KB163076

86
— 에이티식스 —

There are no soldiers
who can't shoot the enemy.

[글]
아사토 아사토

[일러스트]
시라비

[메카닉 디자인] **I - IV**

[EIGHTY SIX Ep.9] — Valkyrie has landed —

ASATO ASATO PRESENTS

⚜

The number is the land
which isn't
admitted in the country.
And they're also boys and
girls from the land.

용어 해설
KEYWORD INTRODUCTION

A call from a sea.
Their soul is driven mad.

[design]
BELL'S GRAPHICS

※노이랴나루세 성교국 : 제3기갑군단 〈시가 투라〉 부대 마크

성교국 : 제3기갑군단 〈시가 투라〉

노이랴나루세 성교국 주력군 중 하나. 주력 펠드레스 는 기갑5식 〈파 마라스〉 및 이와 함께하는 무인기인 기갑7식 〈랴노 슈〉. 레나보다 어린 소녀 헤메르나데 레제 성이장(聖二將)이 군단장을 맡고, 군단원들은 그 호령에 따라 가혹한 전선에 몸을 던진다.

〈 노이랴나루세 성교국 〉

생존이 확인된 몇 안 되는 국가 중 하나. 로아 그레키아 연합왕국에서 서쪽으로 더 멀리 떨어진 곳에 위치 하며, 주변 나라가 멸망하는 가운데 유일하게 저항을 계속하고 있었다. '노이랴 성교'를 국교로 삼고, 나라 의 법보다도 상위의 존재로 엄격하 게 지키고 있다. 그 특수한 국가 체 제는 '그' 비카를 비롯한 연합왕국 에서도 '광국(狂國)'으로 경계할 정 도이므로, 연방도 신중하게 대응할 수밖에 없다.

〈 전자포함형의 현재 〉
녹 틸 루 카

〈전자포함형(녹틸루카)〉은 지난번 무대인 레그키드 정해선단국군(연합 왕국의 동쪽)에서 연합왕국을 크게 우회하듯이 북쪽으로 바다를 이동, 서쪽에 위치하는 해당 국가로 도주 한 것으로 보인다. 〈레기온〉 완전 정 지의 열쇠가 되는 발령소의 정보를 보유했을 가능성이 있다.

KEYWORD
INTRODUCTION

최전선에 선 소녀들의 마음은──.

The number is the land which isn't admitted in the country.
And they're also boys and girls from the land.

ASATO ASATO PRESENTS | ILLUSTRATION/ SHIRABII | MECHANICALDESIGN/ I-IV

죽음이 두 사람을 갈라 놓을 때까지?

그렇게 기한이 정해진 행복은 바라지 않는다.

죽음 따원 주변에. 조약돌처럼 마구 굴러다니는 이 전장에서.

그런 나약한 소원으로는 한순간 뒤에 흩어지고 만다.

죽음도 두 사람을 갈라 놓을 수 없다.

「나도—— 당신을 좋아합니다.」

Ep.9

Valkyrie has landed—

86
—에이티식스—

There are no soldiers
who can't shoot the enemy.

[글] **아사토 아사토**

[일러스트] **시라비**

[메카닉 디자인] **I-Ⅳ**

[EIGHTY
SIX]

ASATO ASATO PRESENTS

The number is the land which isn't
admitted in the country.
And they're also boys and girls
from the land.

긍지. 소망. 유대. 기원. 혹은—— 저주.

프레데리카 로젠폴트 『전야추상』

서장 폭식의 야수

《──시작안 강습양륙전함형[플란슈베르트발]이, 공백지대 주둔군 각기에.》

거대한 쇳빛 실루엣이 기어오르는 소리는 이때조차도 뼈가 스치는 정도로 조용했다.

전장 300미터 이상, 고층 빌딩을 넘어뜨린 듯한 위용. 투구의 장식이나 용의 뿔처럼 하늘을 찌르는 레이더 마스트. 밀려드는 파도, 해안의 거친 모래와 자갈을 무수한 다리로 가르고 있지만, 선체 옆구리에 크게 난 구멍. 포신이 휘고 포탑 자체가 날아간 두 문의 800mm 포와 무참하게 불타버린 네 쌍의 은색 날개.

인류가 전자포함형[녹틸루카]으로 부르는── 〈레기온〉의 강습양륙전함이다.

상처 입은 해양 생물처럼 무참한 모습으로, 거대 전함은 파도치는 해안을 기어 올라갔다. 〈레기온〉에 있어서도 첫 해전, 쇠락했다고는 하나 인류 최대의 해군 국가를 상대한 격전으로 상처 입은 몸이다. 뻐딱한 발자국을 깊게 새기면서 비틀비틀 기다가 결국 다리에서 힘이 빠져서 쿵 하고 주저앉았다.

《지점 087에 상륙. 자력 주행 불능. 구원 요청.》

회색으로 흐려진 대기에 기계의 괴로운 소리가 퍼졌다. 〈레기온〉 전쟁 이전부터 인류에게 버림받아서 무인이 된 지 오래인 이 땅에는 인류 모두의 적인 쇳빛 자율살육기계도 별로 전개하지 않았다. 다만 간간이 있는 발전공장형과 자동공장형만이 전자포함_{아트미랄바이젤}형의 구원 요청을 중계하고.

《——————시작안 육상전함형_{플란페르디난트}, 구원 신호를 수신. 요청 접수. 구원 가겠다.》

그중 한 기가 응답을 보냈다.

이쪽도 시작형인—— 기존 〈레기온〉의 개량, 발전형 기체. 실전에 투입하는 날까지 인간의 눈에 닿지 않는 〈레기온〉 지배영역, 사람이 없는 공백지대에 숨은 기종이.

《플란 페르디난트가 플란 슈베르트발에. 확인 사항 있음. 회답 요청.》

이어서 전파를 타고 질문이 공간에 퍼졌다. 〈레기온〉끼리의 기계 언어. 겹겹이 암호화되어서 인간은 알아들을 수 없는 말.

말 그대로 회색 장막 너머에 이 또한 거대한—— 아니, 전장 300미터 이상의 강습양륙전함조차도 이것에 비교하면 자그만, 도시 그 자체만큼 거대한 실루엣이 기어 나왔다.

역시 〈레기온〉 특유의, 뼈 스치는 정도의 고요한 구동음으로.

《——통합은 가능한가.》

86

―에이티식스―

There are no soldiers
who can't shoot the enemy.

[**Ep.9**]

―Valkyrie has landed―

EIGHTY SIX

The number is the land which isn't
admitted in the country.
And they're also boys and girls
from the land.

ASATO ASATO PRESENTS

[글] **아사토 아사토**

ILLUSTRATION／SHIRABII

[일러스트] **시라비**

MECHANICALDESIGN／I-IV

[메카닉 디자인]**I- Ⅳ**

DESIGN／AFTERGLOW

그레테

연방군 대령. 신 일행의 이해자이기도 하고, [제86독립기동타격군]의 여단장을 맡는다.

아네트

레나의 친구로 〈지각동조〉 시스템 연구 주임. 신과는 과거에 공화국 제1구에서 소꿉친구 사이였다.

시덴

〈에이티식스〉 중 한 명으로 신 일행이 떠난 뒤로 레나의 부하가 되었다. 레나의 직할부대를 이끈다.

샤나

공화국 86구 시절부터 시덴의 부대에서 활약하는 여성. 시덴과는 대조적으로 무덤덤한 성격.

리토

[제86기동타격군]에 합류한 〈에이티식스〉 소년. 과거에 신이 있었던 부대 출신.

미치히

리토와 같이 기동타격군에 합류한 〈에이티식스〉 소녀. 성실하고 조용한 성격. 입니다.

더스틴

공화국 붕괴 전 〈에이티식스〉의 처우를 비난한 공화국 학생으로, 연방에 구원된 후 지원 입대했다.

마르셀

연방 군인. 과거 전투의 후유증으로 레나의 지휘를 보조하는 관제관으로 종군한다.

유토

리카, 미치히 등과 함께 전선에 참여한 〈에이티식스〉 소년. 과묵하지만 탁월한 조종, 지휘력을 지녔다.

올리비아

발트 맹약동맹에서 신병기 교관 자격으로 기동타격군에 합류한, 여자처럼 생긴 청년 사관.

비카

로아 그레키아 연합왕국 제5왕자. 천재인 당대 [자수정]. 인간형 제어장치 〈시린〉을 개발했다.

레르케

반자율병기의 제어장치 〈시린〉의 1번기. 비카의 소꿉친구였던 소녀의 뇌 조직이 사용되었다.

EIGHTY SIX

등 장 인 물 소 개

The number is the land
which isn't
admitted in the country.
And they're also boys and
girls from the land.

〈 제86독립기동타격군 〉

C H A R A C T E R S

신

산마그놀리아 공화국에서 인간이 아닌 존재──〈에이
티식스〉의 낙인이 찍혔던 소년. 레기온의 '목소리'가
들리는 이능력을 지녔으며, 탁월한 조종스킬도 있어서
수많은 전장에서 살아남았다.

레나

과거에 〈에이티식스〉들과 함께 싸웠던 지휘관제관(핸들
러) 소녀. 사지로 향했던 신 일행과 기적의 재회를 이루
었고, 그 뒤로 기아데 연방군에서 작전총지휘관으로 다
시금 함께 싸우게 되었다.

프레데리카

〈레기온〉을 개발한 옛 기아데 제국 황실의 핏줄. 신 일
행과 협력하여 옛날 가신이자 오빠 같은 존재였던 키리
야와 싸웠다. 〈제86독립기동타격군〉에서는 레나의 관
제보좌를 맡는다.

라이덴

신과 함께 연방으로 도망친 〈에이티
식스〉 소년. '이능력' 때문에 고립되
기 일쑤인 신을 도와준 오랜 인연.

크레나

〈에이티식스〉 소녀. 저격 실력이 탁월
하다. 신에게 어렴풋한 연심을 보내지
만──?

세오

〈에이티식스〉 소년. 쿨하고 다소 입이
험한 야유꾼. 와이어를 구사한 기동전
투에 능하다.

앙쥬

〈에이티식스〉 소녀. 다소곳하지만 전
투에서는 과격한 일면도 있다. 미사일
을 사용한 면 제압이 특기.

제1장 인어의 거래

결국에는 이룰 수 없게 되었다고 해도 원생해수 최대의 '둥지(고래)' 제압, 바다 너머 수천 킬로미터로 나가는 원정을 목적으로 한 것이 선단국군의 정해함(슈퍼캐리어)이다.

즉, 상정으로는 최대 반년에 달하는 원양항해 동안 승조원 4천여 명의 생활을 배 안에서만 완결시켜야만 한다. 기본적인 의식주는 물론이고, 도서실에 예배당에 운동시설에 주류 창고. 기지 하나의 기능이 통째로 최대배수량 10만 톤의 거대 선박 내부에 들어간 거나 마찬가지다.

충실한 의료 설비 또한 그 기능이다.

"정해함대와의 공동작전이었던 것이 그나마 불행 중 다행──이었을까."

상처 입은 정해함은 밤의 항구에 거대한 사체처럼, 그림자처럼 몸을 내려놓았다.

그 검은 실루엣을 멀리서 바라보다가 시선을 되돌리며 더스틴이 말했다. 바다와 항구, 거기서부터 펼쳐진 시내를 굽어보는, 다소 높은 언덕 위에 자리한 군 병원의 복도.

마천패루 거점 공략작전에서 발생한 부상자 중 입원이 필요한 중상자의 수송과 수용은 지금 막 끝났다. 하지만 아직 면회는 허락되지 않았으니까 입원 병동 출입 허가가 나오지 않아서. 부상자를 따라온 자들과 마중 나온 자들이 하릴없이 서 있었다.

부상자. 그렇다.

전자포함형을 패배로 몰아넣은 것과 맞바꾸듯이 한 손을 잃은⋯⋯.

"정해함이라면 수술실도 집중치료실도 있으니까. 필요한 치료가 그만큼 빨리 가능했으니까, 아직은⋯⋯."

"무슨 말을 하고 싶은지는 알겠는데. 입 좀 다물어줄 수 없을까, 더스틴."

그 말을 가로막으며 라이덴은 입을 열었다.

야수가 으르렁대는 듯한, 억눌러서 삐걱대는 목소리가 나온 것은 알지만, 지금은 그걸 어떻게 할 정신이 아니었다.

정해함의 의료시설은 여러 개의 수술실과 집중치료실, 입원 치료 설비 등도 있을 정도로 수준이 높다. 본국을 멀리 떠나 고래와의 사투에 몸을 던지는 것이 정해함대인 이상, 승조원이 다쳐도 본국으로 후송할 수 없다는 사실을, 그 기함인 정해함에서는 당연히 상정하고 있다.

실제로 세오도 회수된 직후에 수술이 시작되었으니까, 심장에 가까운 굵은 혈관도 지나는 왼팔의 상실이라는 중상에도 불구하고 생명이 위급한 사태에는 이르지 않았다.

하지만.

"그러니까 어쩌란 말이야. 그 자식의 팔이 없어졌다는 사실은 변함없는데.”

“미안⋯⋯.”

미치히가 조용히 중얼거렸다.

“상이 전역⋯⋯이 될까요.”

“본인이 퇴역을 원하지 않는 이상 비전투 병종으로 옮기게 될 것 같지만.”

그 말에 대답한 것은 마르셀이었다.

그 자리에 있는 전원의 시선이 모이고, 마르셀은 그 어느 시선에도 답하는 일 없이 바닥의 한 점을 대충 보는 채로 말을 이었다.

“우리 특별사관은 군에서 투자한 거니까. 사실은 장교 자격도 안 되면서 앞으로 교육받는 조건으로 미리 장교 월급을 받은 거잖아. 그러니까 부상 정도로 퇴역시키면 군도 곤란해. 장애가 남아서 전투 직책을 수행할 수 없다고 해도 군에 머무는 길을 제시할 수 있어.”

특별사관학교에서 동기였던 신은 이 자리에 없다.

그러니까 마르셀이 다쳐서 관제관으로 재배치되기 전에 〈바나르간드〉 조종사였단 사실은, 이 자리의 모두는 소문 정도로밖에 모른다.

“특별사관도 퇴역하면 먹고살 수 없는 녀석이 많으니까 어지간하지 않으면 퇴역하지 않고. 그리고⋯⋯ 에이티식스는, 저기. 여러모로 배려가 있었다고 할까, 특별사관 중에서도 교육이나 대우에 돈이 많이 들어갔으니까⋯⋯ 그렇게 쉽게 놔주진 않을 거야.”

“하지만⋯⋯.”

뭐라고 말하려다가 주저한 앙쥬의 말을 잇는 형태로 더스틴이 말을 이었다.

"프로세서로 남는 건 불가능하겠지만."

외팔로는 제아무리 에이티식스, 제아무리 네임드라고 해도 다 각기갑병기인 펠드레스의 전투를 견딜 수 없다. 때로는 1초도 안 되는 찰나에 생사가 갈리는 것이 현대 기갑전이다. 본래 양팔로 할 조작을 한 손만으로 할 수 있을 만큼 만만하지 않다.

고기동전에 특화된 〈레긴레이브〉쯤 되면 더더욱.

결합 수술은 잘린 팔이 바다로 떨어져서 없어졌기 때문에 실시할 수 없었으니, 남은 길은.

"의수……는."

어딘가 매달리는 듯한 라이덴의 질문에.

"그렇게 물어볼 줄 알고 일단 연합왕국과 맹약동맹의 기술사관에게 확인해 봤는데. 어느 쪽에도 〈레긴레이브〉의 전투에 따라갈 정도로 고성능인 의수는 없다는 모양입니다."

담담히 대답한 것은 베르노르트였다.

〈시린〉을 응용한 의수나 의족 기술을 가진 연합왕국. 〈스톨른 부름〉 조종에 신경 접속을 이용하는 맹약동맹. 각자 고도의 기술을 자랑하는 북쪽과 남쪽의 나라라고 하더라도.

"연합왕국의 의수는 원래 그 나라의 〈바르슈카 마투슈카〉가 중량급이라서 기동성을 중시하지 않으니까, 〈레긴레이브〉는 고사하고 〈바나르간드〉의 조종에도 따라갈 수 없답니다. 맹약동맹 쪽은 그보다도 반응성과 정밀성이 좋은 모양입니다만, 〈스톨른부름〉의 조종은 신경 접속을 전제로 해서 역시나 〈레긴레이브〉에는 대응할 수 없다고 하더군요."

이어서 미치히가 보충했다.

"그리고 올리비아 대위의 말로는, 정신적 부담도 걱정스럽다는 모양입니다. 시민 태반이 종군하고 있어서 신경 접속 포트를 가지고 있는 맹약동맹 사람은 정밀 의수 조작용 포트를 머리에 넣는 것에 기피감이 없지만, 연방 사람이나 에이티식스에게는 낯선 '이물질'이라서 솔직히 기분이 안 좋을 거라고……."

"애초에 그렇게까지 하더라도, 이제 와서 〈레긴레이브〉를 신경 접속에 대응하도록 개수할 여유는 연방에도 없고요. 어찌 되든 힘들겠지요."

마르셀이 고개를 갸웃거렸다.

"뭐였더라. 생체기술이나 패러바이오(의사생체기술) 같은 건 전쟁 전까지 공화국이 제일 뛰어났잖아. 원래 손처럼 움직일 수 있는 의수는 공화국이라면 만들 수 없을까?"

지각동조 레이드 디바이스에도 응용된 의사신경결정을 시작으로, 생체조직 배양과 인공소재 재현을 특기로 삼던 것이 전쟁 전의 공화국이다.

그것을 에이티식스인 세오가 받아들일지는 넘어가더라도.

모두의 시선을 받으며 더스틴이 살짝 고개를 내저었다.

"대공세 전이라면 모르지. 하지만…… 그것도 지금은……."

공화국의 기술은 태반이 대공세에서 연구자나 기술자와 함께 소멸했다.

기록이 완전히 사라진 건 아니니까, 그중 얼마는 언젠가 수복되겠지만…… 당장은 어렵다.

"……."

해 줄 수 있는 일은 아무것도 없다고.

그걸 깨달을 수밖에 없지만, 그렇다고 납득할 수도 없어서, 라이덴은 침울하게 입을 다물었다.

브리싱가멘 전대는 18명이 KIA^{직전 중 사망}, 혹은 MIA^{행방불명}되었다.

전자가속포^{레일건}의 자폭에 휘말려서, 해상요새의 붕괴에서 몸을 피하는 게 늦어서, 불타오르는 바다에 떨어진 것이다. 전사가 확인된── 시신이 회수된 인원은 고작 몇 명뿐, 다른 인원은 기체 일부도 끌어올릴 수 없었다.

전대의 차석인 샤나도 그중 한 명이었다.

"저격을 위해 최상층에 남은 탓에 도주가 늦었을 거라더군. 사격 같은 건 원래 잘하지도 못했던 주제에……."

구출이 늦지 않았던 몇 안 되는 생존자 중 하나인 시덴을 문병하러 그 방을 찾은 레나는 군함 특유의 작은 방의 입구에서 발을 멈추었다.

여기저기에 붕대를 감은 시덴은 세운 무릎 사이에 머리를 파묻듯이 하고 침대에 웅크려 있었다. 불을 끈 어두운 선실. 거친 바다처럼 주름진 하얀 시트.

"그런 식으로 죽을 수도 있구나……."

떨어진 바다에서 〈키클롭스〉가 견인되기 직전, 샤나와의 동조
가 끊겼다.

그 뒤로 두 번 다시 연결되지 않았다.

"춥다고, 했어. 마지막에. 아마 피가 부족했던 거겠지."

"시덴……."

"그 녀석하고 알고 지낸 건 4년하고 조금 더 됐던가. 처음에는
서로 마음에 안 들어서, 첫 대면부터 드잡이 싸움을 벌였지. 하지
만 그때의 전대는 차례로 동료가 죽었으니까, 싫어도 서로 협력
할 수밖에 없어서. 마지막에는 둘이서 전사한 전대장의 무덤을
팠지. 다음에 여기 묻히는 건 너고, 내가 그 무덤을 팔 거라면서 그
때까지 말싸움을 벌이면서."

그렇게 말싸움을 벌이면서, 드잡이질을 하면서. 그러면서도 서
로 협력하면서, 그 죽음의 전장에서 살아남았다.

대공세에서도 살아남고, 결국 연방의 손에 86구 밖으로 나오게
될 때까지 계속 싸웠다.

그렇게 살아남았는데.

시덴은 꼬불꼬불한 빨강 머리를 두 손으로 움켜쥐었다.

"86구에서. 우리가 아는 전장에서 죽었다면 천국인지 지옥인지
모르지만 가야 할 곳에 간다는 건 알아. 무덤 같은 게 없더라도, 시
체도 멀쩡하게 안 남아도. 짐승에게 잡아먹히고 비바람을 맞아,
마지막에는 흙으로 돌아간다는 건 알아. 하지만."

바다에서 죽은 자는—— 시신도 못 건지고 가라앉은 자는.

"바다 밑바닥에 가라앉은 녀석은 어떻게 되는 거야……? 먼저

죽은 녀석들과 같은 장소에 갈 수 있을까? 내가 언젠가 가는 장소에 녀석은 있을까. 아니면 고래 놈들에게 끌려가는 걸까……?"

그 거슬리고 짜증 나는—— 아름다운 저승사자가 데려가는 것이 아니라.

레나는 가만히 시선을 내렸다.

머릿속에 떠올렸다. 한 줄기 빛도 닿지 않는, 어두컴컴한 바다 밑바닥. 거기에 가라앉은 샤나의 유해와 그 몸을 부서뜨리는, 이름도 모르는 기분 나쁜 생물들과 잔혹한 물의 흐름.

지상에서 죽었으면 유해가 부서지고 땅에 녹아들고, 피에 굶주린 동물과 잔인한 비바람을 만난다. 분명 그것과 다르지 않을 것이다.

"만날 수 있습니다."

힐끗 바라보는 눈에 깔린 듯한 은색의 왼눈을—— 희미한 어둠 속보다도 더 어두운, 빛이 없는 그 눈을 똑바로 바라보며 작게, 하지만 확신을 담아 끄덕였다.

같은 전장에서 죽었다면 같은 장소에 갈 수 있다.

그것이 분명 하늘도 천국도 믿기를 그만둔 에이티식스들의 신앙이며, 그렇다면 분명.

"같은 에이티식스니까요. 샤나도, 당신도, 당신의 전우들도, 마지막에는 같은 장소에서 잠들 거라고…… 그렇게 생각합니다."

[어디 보자……. 신형 〈레기온〉—— 전자포함형의 추격과 우리

기동타격군의 향후 작전행동에 대해서 말인데.]

제86독립기동타격군에는 4개의 기갑 그룹이 존재하고, 네 명의 총대장이 각 그룹의 프로세서를 통괄한다.

선단국군(群)에 주둔하는 제1기갑 그룹 총대장인 신, 연방의 본거지에서 훈련 중인 제2기갑 그룹 총대장 치리, 기지 근처의 학교에서 휴가 중인 제3기갑 총대장, 맹약동맹에 주둔하는 제4기갑 총대장. 서로 멀리 거리를 둔 그들이지만, 통신회선 너머로 한자리에 모였다.

마천패루 거점 공략작전에서 나온 부상자는 중상자만이 군 병원에 수용되었다. 비교적 경상이었던 자들은 정박한 〈스텔라마리스〉의 의료구역에 그대로 남겨져서 병실 침대에 있다. 바다에 떨어질 때의 부상 때문에 피가 부족한 건지, 아니면 단순한 체력 소모 때문인지, 일어나면 현기증이 멎질 않는 바람에 신은 숨을 내뱉었다.

그걸 나무라는 것도 아닐 테지만, 보조 탁자에 놓인 정보단말의 홀로윈도에서 치리가 눈살을 찌푸렸다.

[그 전에—— 괜찮아, 노우젠? 부상도 그렇지만, 그 이상으로 릿카 때문에.]

"그래……."

괜찮다고 대답하려다가, 신은 마음을 고쳐먹고 고개를 내저었다.

괜찮을 리가 없다.

세오가—— 특별정찰에서도 함께 살아남은 전우가 부상 때문이라고 해도 전열을 떠나게 된 것은…… 지적받지 않고도 잘 알 만큼 뼈아프다.

"꽤 동요하고 있다고 생각해. 내가 무모한 소리를 한다고 생각하면 지적해 줘."

[알고 있습니다. 각오해도, 익숙해져도, 동료가 전열을 떠나는 건 역시 힘드니까요.]

치리와 같은 홀로윈도에서 다갈색 머리에 은테 안경을 낀, 피부가 가무잡잡하고 얼굴이 갸름한 소년이 살짝 끄덕였다.

제3기갑 그룹 총대장 겸 제1전대 〈롱보우〉 전대장, 카난 뉴드. 마찬가지로 〈롱보우〉의 이름으로 불린 공화국 86구 서부전선 제1전투구역 제1전대의, 대공세 때의 차석이었던——전대장은 대공세에서 전사했다——소년이다.

[하물며 오랫동안 함께였던 전우라면 더욱 그렇지. 마음속으론 무사한 게 당연하다고 생각하니까……. 이해해. 그건 우리도 마찬가지야.]

이쪽은 두 사람과 다른 홀로윈도에서, 긴 빨강머리를 한 다발로 땋아 내린 소녀—— 수이우 토칸야가 말을 받았다. 제4기갑 그룹 총대장 겸 제1전대 〈슬레지해머〉 전대장. 86구 북부전선 제1전투구역 제1전대 〈슬레지해머〉는 대공세에서 전대장 이하 전원이 전사했기 때문에 제2전투구역의 전대장이었던 그녀의 전대가 그 이름을 이어받은 형태다.

치리가 탄식했다.

[그러니까 나도 이 회의 전에 조금 전에 쉬게 해 주고 싶었지만.

꼭 이럴 때를 골라서 연방군은 평소처럼 여유로운 어른 행세를 할 수 없다니까.]

"그건 상관없지만…… 참 성급하군. 회의도 그렇지만, 작전의 결정 자체도."

기동타격군이 전자포함형과 싸운 것은 오늘 아침이다. 〈스텔라 마리스〉에서 선단국군 본국으로 타전한 내용이 그대로 연방에 공유되었다고 해도, 아직 하루도 지나지 않았다.

[그만큼 높으신 분들에게 위기감이 생긴 거 아닐까. 사거리 400 킬로미터, 공화국의 그랑 뮬을 함락하고, 연방에서는 기지 네 개를 하루도 못 되어 날려 버렸다는 그 레일건이 부활한 거야. 나로서는 무리도 아니라고 생각해.]

[일단 그 긴급사항에 대해서 인식을 맞춰보도록 할까요. 선단국군의 보고에서는 대파한 전자포함형이 바닷속으로 도주했고 그 이후의 행방은 불명. 정해함대에 대한 추격은 없고, 선단국군 영해의 고정 소나와 초계에도 잡히지 않은 이상, 선단국군의 연안에도 접근하지 않았다. 고래란 놈들의 진출로 먼바다에는 나갈 수 없다. 따라서 먼바다와 인간 영역의 경계를 이동한 것으로 추측된다…….]

"그래. 〈스텔라 마리스〉와 교대하는 형태로 선단국군의 군함이 수색을 나갔는데…… 전투로 음문은 기록했으니까 조건이 갖춰지면 꽤 멀리 있어도 소나로 포착할 수 있다고 그랬지만, 역시 발견하지 못한 모양이다."

그렇게 말하며 신은 통한의 마음으로 눈썹을 찌푸렸다.

"진로만이라도 파악했으면 좋았겠지만. 미안하다. 나도 작전 종료 후에 움직일 수 없었으니까."

세오를 포함한 생존자 회수가 완료되고 치료가 시작되었다는 보고를 받았을 때, 긴장이 확 풀린 거겠지. 눈앞이 갑자기 깜깜해졌고, 그 뒤의 일은 기억하지 못한다.

눈을 떴더니 이 병실의 침대 위였고, 그때는 이미 전자포함형의 목소리가 머나먼 어딘가로 사라져버렸다.

[부상 상태에 대해서도 들었어. 무리도 아니지. 그보다 오히려 어떻게 그런 큰 부상으로 무리해서 함교 같은 델 간 거야?]

[애초에 작전 중에도 움직일 수 없었고, 부상 직후에 혼자서 걷지도 못했겠지. 혼자서 설 수도 없으면 얌전히 병실에서 자고 있어.]

[제일 위에서 무리하면 밑에 있는 녀석도 무리할 수밖에 없잖아. 그런 건 오히려 주위에 민폐야.]

"……."

끽소리도 못 하고 신은 침묵했다. 딱히 무리할 생각은 없었지만.

치리가 불쾌한 듯이 콧소리를 내었다.

[아무튼 그 전자포함형 말이지. 희망적 관측을 말하자면 그대로 가라앉아서 뒈졌겠지만.]

[물론 그럴 리가 없으니까, 노우젠이 이능력으로 감지할 수 있는 범위 밖으로 나갔다고 생각하는 게 타당하겠죠.]

카난이 딱 잘라 부정하는 바람에, 치리가 더욱 인상을 썼다.

그걸 무시하고 카난은 중지로 안경을 슥 올렸다.

[그렇지만 아무리 그래도 측면에 구멍이 난 채로 대륙 남부나 동부, 서부까지 이동할 순 없을 겁니다. 애초에 일부러 그렇게 먼 곳에 후방 기지를 두지 않았겠죠. 전투에 의한 손상 수선에 탄약 보충. 원자로는 연료가 불필요한 모양입니다만.]

[즉, 어딘가에서 자동공장형이나 발전공장형과 합류해야 한다는 거네. 하지만 마천패루 이외의 해상거점이 확인되었다는 보고는 현재로선 어느 나라에서도 들어오지 않았어.]

이스마엘의 말로는 애초에 대륙 북부의 다른 해역은 해저까지의 깊이와 고래 영역과의 거리 관계상, 마천패루 같은 해상거점 건설이 어렵단다.

[그런 점들을 감안하면 전자포함형의 도주로는 대륙 북방의 연안 중 어딘가. 거기 있는 일정 이상 규모의 〈레기온〉 생산거점. 우리 기동타격군의 다음 임무는 그 전자포함형의 도피처를 포함한 복수 거점의 동시 일제 강습이야.]

[목적은 전자포함형 파괴, 더불어서 정보 수집. 특히 자동공장형의 현재 생산부품, 그리고 제어중추 부품에 중점을 두라는 명령입니다.]

〈레기온〉은 인간의 언어를 사용하지 않는다. 그리고 그 지배영역은 방전교란형의 전자방해로 뒤덮여서 보도도, 외교도, 교역도 없다. 정보를 수집할 수단은 관측 범위의 〈레기온〉 각 부대의 움직임, 그 밖에는 생산거점이나 사령거점을 제압하고 생산물이나 정보를 탈취하는 정도밖에 없다.

［〈레기온〉이 요격 태세를 취하기 전에 급습할 거니까, 마천패루 거점 제압에서는 사용되지 않은 그 신장비, 〈아르메 퓨리우즈〉를 드디어 투입하게 되네.]

〈레긴레이브〉용 신장비 〈아르메 퓨리우즈〉는 어제 마천패루 거점 제압작전에서 정해함에 탑재하기 어렵다는 점, 기습의 이점을 버릴 정도의 전과를 기대하기 어렵다는 점의 이유로 사용이 보류되었다. 선단국에서 작전할 때 훈련을 완료한 것은 제1기갑 그룹뿐이다. 비밀로 한 신병기를 〈레기온〉에 알려주는 대가로 포진지 하나만 취하는 것은 아무래도 손해다.

［이번에는 정규 훈련 기간을 마친 치리의 제2기갑에 우리 제3도 작전에 참여하니까, 최소한 세 곳을 동시에 기습할 수 있습니다. 휴가는 최소한으로 마치고 훈련에 들어갔으니까요. 그레테 대령님이나 우리 작전지휘관은 유쾌한 표정이 아니었지만. 뭐, 우리 에이티식스는 익숙하니까요.]

86구에서는 휴가 따윈 단 하루도 주어지지 않았다.

그래도 몇 년이나 살아남으며 계속 싸웠다.

그게 가능한 자만이, 휴식도 없이 전투 능력을 유지할 수 있는 자만이, 살아남을 수 있었다.

［우리 제4는 휴가와 예비를 포함하여 본거지에서 대기하지만, 우리도 휴가보다 훈련을 우선할 예정이야. 〈레기온〉과의 전투에서는 무슨 일이 일어나도 이상하지 않아. 〈아르메 퓨리우즈〉의 조종은 최대한 빨리 익혀두고 싶으니까.]

［애들이 이렇게 말하는 바람에 벌써 그레테 대령님이 시끄러워.

전쟁이 끝나면 지금 일찍 접은 만큼은 확실하게 학교에 다니게 할 거고, 규정 과정을 수료할 때까지 전원 퇴역을 허락하지 않겠다면서.]

맹약동맹에 주둔하여 부재 중인 수이우를 대신해 카난과 함께 야단맞은 듯한 치리가 눈빛을 흐렸다. 수이우가 쓴웃음을 짓는다.

[뭐, 응. 대령님이…… 연방이 그렇게 말해 주는 건 고마워. 전투만 하면 된다고 말하지 않아서.]

[실제로 보내준다면 이번에 단축한 만큼도, 과정을 수료할 때까지도 학교에 다니고 싶습니다. 오랜만이라서 잊어버렸지만 즐겁네요, 학생이란 건.]

[연방에 온 뒤에도 변함없이, 정말 전쟁이 끝나려나? 싶은 상황이지만, 그렇다고 끝나지 않았을 때만 생각해도 어쩔 수 없고.]

기동타격군은 반년 가깝게 연방의 각 전선과 주변 각국에 파견되었다.

신과 제1기갑 그룹이 연합왕국에서 〈시린〉과, 선단국군에서 정해씨족과 만난 것처럼, 치리도 카난도 수이우도 그 부하들도 각자 파견지에서 여러 경험을 쌓았다.

많은 것을 보았다.

〈레기온〉의 대군세와 인간의 악의에 갇힌 86구에서는 볼 수 없을 터였던 것들을.

신은 억지로 살짝 웃었다.

제대로 웃었는지는 모르겠지만.

"과정 수료까지 우리 총대장들은 시간깨나 걸리겠군."

[그렇겠지…….]

[너 사람 기분 상할 소릴 하네.]

[지금은 그만두죠. 전쟁이 끝나면 그때 실컷 싸우세요.]

총대장 네 명, 그리고 대장급과 그 차석은 특별사관 과정만이 아니라 그 위 과정의 수료까지 요구받는다. 그리고 특별사관 과정조차 아직 단 한 명도 끝내지 못했다.

[본론으로 돌아가서.]

안경 안쪽의 눈을 또 미묘하게 흔들면서 카난이 말했다.

[제압 목표가 되는 거점은 세 군데로 끝나지 않기 때문에, 우리 이외에도 연방군에서 몇몇 부대가 투입될 예정입니다. 그렇긴 해도 연방군에도 추출할 수 있는 예비전력은 없으니까, 옛 대귀족의 사병부대를 접수해서 편입한다나요. 곧바로 투입할 수 있는 부대는 10개 연대도 안 된다고 합니다만, 그 부대를 죄다 동원한다고 하네요.]

과연, 군 상층부는 정말로 절박한 모양이다. 신은 그렇게 생각했다.

연방군에서도 이미 정공법으로 전진할 여유가 없으니까 설립된 것이 기동타격군이다.

그럴 터인데 군 외부에서 전력을 접수하면서까지 정보 수집을 위한 부대를 투입하려고 한다. 군 상층부는 신이 느낀 이상으로 전자포함형에── 혹은 그걸 투입한 〈레기온〉의 사상에 위기감이 생긴 모양이다.

아니면 전자포함형 대책으로 위장한 다른 목적일까. 사병의 접수도, 투입할 수 있는 옛 귀족의 사병부대를 불완전하게나마 연방군 밑에 두는 것도, 하루 이틀에 되는 일이 아니다. 더 이전부터 움직인 이야기일 것이다.

이를테면 에른스트에게 〈레기온〉 완전 정지의 수단을 밝힌 한 달 전부터. 정지를 위한 열쇠 중 하나, 소재지를 알 수 없는 비밀사령부는 전력이 부족하다는 이유로 수색이 이루어지지 않았다.

"알았어. 그렇다면…… 우리 제1은 어느 거점으로?"

[아, 그건 예정대로야. 선단국군 다음에 노우젠과 제1이 파견될 터였던 나라. 노이랴나루세 성교국이야.]

대륙 북서부, 극서제국(諸國)으로 총칭되는 금계종 국가들, 그 맹주 자리에 있는 국가다.

공화국을 넘어, 또 몇 개의 작은 나라를 넘어간 곳에 있는, 서쪽 끝의 이방. 연방과도 공화국과도 국경을 접하지 않는, 언어와 문화가 다른 나라.

공화국과 극서제국 사이의 나라들은 〈레기온〉 전쟁으로 멸망했다는 모양이다. 두 달 전에 연합왕국이 무선을 감청하고 생존을 확인한 극서제국도 역시 11년 동안 나라 전체가 〈레기온〉에 포위되어서 항전을 계속한 모양인지, 극서제국 최북단에 위치하는 성교국은 대륙 서부의 최북단, 공백지대에 포진한 〈레기온〉과 대치하고 있다나.

공백지대는 〈레기온〉 전쟁 이전부터 무인지대인 반도다. 그렇기에 전쟁 초부터 대규모 생산거점 건조를 여럿 허용하였고, 그 결과 성교국의 전시 상황은 대단히 힘들다. 그 구원이 선단국군에 파견되기 이전부터 정해졌던 제1기갑 그룹의 임무로, 전자포함형의 등장으로 임무의 내용이 다소 변했더라도 파견지는 변함없다.

그래.

신은 눈을 가늘게 떴다. 냉철하게.

대륙 서부 최북단의 공백지대.

의식을 잃기 전까지 신이 들었던, 전자포함형의 진로——서쪽.

[제1기갑 그룹은 전자포함형이 있을 확률이 가장 높은 극서 파견이 결정되었어. 복수할 수 있으면 좋겠네.]

[——성교국에 너를 파견할 수 없는 건 당연히 알겠지, 비카. 그리고 너의 귀여운 새들처럼 국방에 관련된 정보 쪽으로도 주의를 기울이도록 하거라.]

레나가 작전지휘관으로서, 라이덴이 전대 총대장의 대리로서 작전 뒤처리에 분주한 것과 마찬가지로. 비카에게도 연합왕국의 왕자로서, 파견 장교로서 해야 할 직무가 있다.

마천패루 거점 공략작전의 전말과 전자포함형 수색 요청. 그 질문을 얼추 마친 뒤, 왕태자인 형이 한 말에 비카는 고개를 끄덕였다. 선단국군의 항구도시에 있는 주둔기지의 한 방에서.

노이랴나루세 성교국——광국(狂國), 노이랴나루세.

"예. 형님. 그 교국은 광국으로 불릴 만큼 우리와는 어우러질 수 없는 가치관을 가진 나라. 최소한의 도의도 공유할 수 없는 나라는 우방으로서 신뢰할 수 없죠. 연방도 그 나라에는 지각동조도, 노우젠의 이능력도 공개하지 않을 생각인 듯합니다."

[그렇겠지. 아, 그래. 혹시 모르니까 이것도 당부하겠는데.]

"물론 알고 있습니다. 에이티식스들에게는 광국의 더러움을 숨길 생각입니다."

[좋아.]

자파르는 우아하게 웃었다.

[이 휴가 동안에 연방 장성들과도 정보 교환에 힘써 주면 좋겠다. 네 말처럼 마천패루 거점과 전자포함형은 조금 묘하다. 아, 그래, 휴가 이야기가 나와서 말인데.]

대수롭지 않게, 잡담이라도 하는 느낌으로 자파르는 말을 이었고, 그러니까 무슨 일상의 잔소리나 주의라도 주려는가 싶어서 비카도 별로 긴장하지 않고 들었다.

[맹약동맹에 휴가를 갔을 때부터. 나에게 뭔가 감추고 있지?]

그렇기에 완벽한 기습이었다. 아무리 비카라도 뜨끔했다.

안색에는 전혀 드러내지 않으면서 대답했다.

그야말로 머리카락 한 올, 눈썹 하나도 떨리지 않았다는 자신감이 있었다.

"설마요. 제가 형님께 비밀 따위를 가질 리가 없겠지요."

——〈레기온〉이 제2차 대공세를 계획하며 자체적인 개량을 꾀하고 있다.

제레네에게서 받은 정보라고, 비카가 자파르와 부왕에게 보고

한 것은 그것이 전부다.

대륙 전체의 모든 〈레기온〉의 정지 수단—— 현실적으로는 실행할 수 없는, 연방에 대한 주변국의 감정을 무의미하게 악화할 정보에 대해서는 그들에게도 감추었다.

자파르의 미소는 변함없었다.

[그토록 비밀을 만들지 않았던 아이가, 드디어 나에게 그러게 되다니.]

"형님……."

[다행이야. 에이티식스들과는 잘 지내는 모양이구나.]

바라본 곳에서 자파르는 왜인지 매우 기쁜 얼굴을 하고 있었다.

[아이가 부모나 나이 많은 형제에게 반항하거나, 친구와의 약속을 우선하는 것은 성장의 증거라는 모양이니까. 그렇다면 비밀은 모르는 것으로 해둘까.]

귀여운 동생의 성장을 봐서 눈감아주겠다고.

[혹시 전쟁이 끝나거든 연방의 대학에 유학이라도 가 보겠니? 너는 이 전쟁 때문에 제대로 학교를 못 다녔으니까, 전쟁 후에는 그만큼 학생 생활을 만끽해도 좋겠구나.]

비카는 담담히 큰형이나 아버지에게만 보이는 얼굴로 쓴웃음을 지었다. 성장했다……고 말하면서 자파르는 곧바로 이렇게 자신을 오냐오냐 잘 돌봐주려고 한다.

"——형님과 아바마마께서 허락해 주신다면."

전쟁 후라.

그러고 보면 신이나 에이티식스들은 어쩔 생각일까. 관심보다는 단순한 흥미로, 비카는 생각했다. 연합왕국에 왔을 무렵의 그들은 물어봐도 대답할 수 없었겠지만, 지금의 그들은 어떨까.

전장에 설 수 없게 된 세오는?

비카는 통신을 마치고 정보단말의 전원을 끈 뒤, 통신 동안 말없이 대기하던 그것을 바라보았다.

"──망가뜨리지 말라고 몇 번 말해야 알아듣는 거지, 너는?"

"면목이 없사옵니다……."

간신히 재기동한 레르케는 또다시 몸이 반쯤 없어진 상태였다. 이번에는 몸통 아래가 아니라 좌반신이 싹 날아가서── 즉, 냉각계나 주동력도 나란히 망가진 참상이다. 소녀를 본뜬 얼굴도 일부 피부가 벗겨져서, 완전히 물고기에게 뜯어 먹힌 익사체 같은 꼴이었다.

전체적으로 살펴보고선, 이건 쉽게 못 고치겠다고 탄식했다.

"연방으로 돌아가 확인해 보고 싶은 일도 생겼고, 들었다시피 나는 다음 파견지에 갈 수 없으니까 시간은 있지만, 너무 사람 고생시키지 마라."

"전하, 그 뒤로 전자포함형은……."

"타격은 입혔지만, 놓쳤다. 그걸 모르는 걸 보니 노우젠의 생환도 모르려나. 누가 죽고 누가 살았는지도."

"예, 그렇습니다. 저승사자님은…… 살아계신 거로군요. 다행입니다. 그러면 유토 님은. 늑대인간님과 눈마녀님, 외눈공주님은…… 마지막에 남겨진 여우님은."

비카는 한 차례 눈을 깜빡였다. 차갑게.

이 작전에서의 생사를 한 명 한 명 다 열거할 만큼 한가하지 않고, 레나나 신과 달리 그는 파악하지도 않았지만.

"아무튼 노우젠과 슈가, 에마와 쿠쿠미라 앞에서 릿카의 이름은 꺼내지 마라."

"그, 그건……."

"죽진 않았지만 무사하지도 못했다. 자세한 내용과 다른 사망자는 보고서 사본을 줄 테니까 나중에 확인해라."

레르케가 초연하게 탄식했다.

〈시린〉에게 내뱉을 숨결은 없지만, 비카가 준 감정 표현에 따른 것이다.

"그렇……습니까. 그건…… 저승사자님은 괴롭겠군요……."

"이번에는 뜻밖에도 사망자가 많았다. 노우젠을 포함해서 모두가 침울한 분위기라서 못 견디겠군."

"당연하겠지요. 그거야말로 저승사자님이나 늑대인간님, 눈마녀님과 저격수님 앞에서 꺼내선 안 되는 말이옵니다."

그 뒤로 레르케는 아주 조심스러운 분위기로 물었다.

"전하……. 저기…… 소생의 회수를 우선하다가 어느 분이 대신 돌아가신 것은……."

그 질문에 비카는 눈썹을 꿈틀거렸다. 그래, 〈시린〉인 레르케에게는 걱정스러울까.

"그건 아니니까 걱정하지 마라."

개인 감정으로 구출할 순서를 그르치다니, 위에 선 사람으로서 체면 문제다.

프레데리카도, 정해함의 구조요원도, 레르케를 포함한 〈시린〉의 우선도는, 감정이야 어찌 되었든 최하로 간주했겠지. 그런 와중에 레르케가 구조된 것은 우연이다.

"네가 떨어진 장소에 다른 추락자가 있어서 내친김에 같이 건졌을 뿐이다. 선더볼트 전대의 사키라고 했던가. 만나면 고맙다는 말이라도 해라. 꽤 무거웠을 테니까."

속사포의 지근탄에 날아가서 떨어져 구원을 기다리던 찰나에 〈차이카〉와 함께 레르케가 떨어졌다나.

가라앉기 전에 〈차이카〉의 콕핏을 간신히 열고 끄집어낸 레르케의 잔해를 사키가 껴안고 있던 것을, 구조정이 그를 주울 때까지 아무도 알아차리지 못했다. 비카 자신도 보고를 듣기까지는 레르케도 상실했다고 각오했을 정도다. 아, 그렇다.

"깜빡 잊고 있었는데, 잘 돌아왔다. 그것만큼은 칭찬해 주마."

넌지시 창밖으로 시선을 주고, 비카는 대수롭지 않은 말처럼 덧붙였다.

시야 구석에서 레르케는 살짝 미소 지었다.

"감사합니다."

"으음. 절대로 그게 잘못이라든가, 왜 살아있냐고 말하고 싶은 건 아닌데 말이지. 정말, 정말로 다행이라고 생각하는데……."

부상자가 수용된 병원, 입원환자들이 큰 병실에 단체로 수용된 병동은 건물 자체야 낡았지만 구석구석 청소되어서 깨끗했다. 침대 옆 둥근 의자에 앉아서 리토는 눈앞의 침대와 거기서 몸을 일으킬 수도 없이 누워있는 사람에게 다시금 시선을 되돌렸다.

"유토, 용케 무사했구나."

"동감이다."

사정을 모른다면 전혀 무사하게 보이지 않는, 붕대와 깁스투성이인 참상으로 유토는 끄덕였다.

중증의 타박상과 합계 십여 군데의 골절, 갈비뼈 골절에 따른 외상성 기흉. 그래도 가볍게 쳐서 수백 톤을 가뿐히 넘을 800mm 포신에 얻어맞고 날아갔는데 목숨이 붙어있는 것만 해도 기적의 영역이겠지. 대신 그의 〈저거노트〉는 전손 판정이었지만.

"갈비뼈가 좌우 양쪽 다 부러지고, 폐 한쪽에 구멍이 난 게 최악이군. 숨을 쉴 때마다 아프지만, 그렇다고 해서 숨을 안 쉴 수도 없고. 살아남은 걸 저주하고 싶다."

"아, 혹시 말하기 힘들어? 조금 더 있다가 오는 게 나았을까?"

"아니, 고맙다. 사람이 있는 만큼 신경이 분산되고, 너는 아무튼 시끄러우니까."

"왠지 심한 소리를 들은 것 같은데!"

리토는 뚱한 기색을 했지만, 딱히 진심으로 그러는 건 아니다.

과묵한 유토가 오늘에 한해서 묘하게 말이 많은 것은, 본인의 말처럼 신경을 흐트러뜨리고 싶기 때문이겠지. 잠시도 멈출 수 없는 호흡이라는 동작에 따르는 격통에서. 그리고.

"살아남은 만큼 나는 운이 있었는데 불평하고 싶지 않으니까. 신경이 흐트러지는 건 고마워."

동료를 잃은 마음의 고통에서.

유토가 지휘하는 선더볼트 전대도, 각 소대의 포인트맨을 중심으로 사망자, 행방불명자가 여럿 나왔다. 시덴의 브리싱가멘 전대와 마찬가지로 다음 작전까지 전대의 해산과 재편이 이루어지겠고, 그때 아마 유토는 복귀할 수 없겠지.

"옹……. 하지만 역시 말하면 아플 테니까, 일단 내가 멋대로 이것저것 말할게. 유토가 기절한 동안에 있었던 일이라든가, 방위선의 전투라든가, 아, 그렇지, 고래! 뭐랬더라, 포광종^{무스쿨라}이랬나? 낮거든 어떤 거였는지 가르쳐 줘!"

"미안하지만, 나는 그때 가라앉고 있었던 데다가 기절한 상태였으니으까."

"아, 그런가. 그럼…… 노우젠 대장은 지금 안 될 테니까, 왕자 전하한테 물어볼까. 아니, 하지만 전하한테 물어보면 재미없을 것 같다고 할까, 다른 의미로 재미있는 감상을 들을 수 있을 것 같고. 맛있을 것 같다든지 할 것 같단 말이야, 전하는. 역시 좀 이따가 대장한테 물어볼까."

"……."

진짜로.

시끄럽다고 할까, 아무튼 화제가 이리저리 튀어서 정신없다고 유토는 생각했다.

지금은── 아니, 정말로 항상 그게 고맙다.

리토는 많은 에이티식스가 곧잘 붙들리는 죽음의 그림자가 끼지 않았으니까. 태연히 내일 이야기를 하니까.

오늘 죽지 않고, 내일도 당연히 살아남을 생각으로 사니까. 그렇다…….

나도 살아남았다.

86구도, 대공세도, 마치 죽음으로 향하는 탑을 오르는 듯한 마천패루 거점의 전투도.

살아남았다.

살아있다.

그렇다면 살아있는 자답게 행동해도 좋을 테니까.

작전 전에 수평선이 보이는 등대를 가르쳐 준 파수함(破獸艦)의 여함장을 떠올렸다.

다음에 놀러 오라며 웃어 주고, 미끼가 되어 파도 저편으로 사라졌다.

어렸을 적에 고래의 골격표본을 보았다는 신의 이야기를 떠올렸다.

그 철가면 저승사자도 어렸을 적에는 괴수를 동경하는 귀여움을 가졌다는, 흐뭇하고 별것도 아닌 잡담.

어렸을 적의 사소한 꿈을, 86구에서 버릴 수밖에 없었던 꿈을, 지금은 다시 꾸어도 된다.

"그럼 나도 물어보고 싶은데."

"응?"이라며 고개를 갸웃거리는 리토에게 억지로 어깨를 으쓱여주었다.

"고래 말이야. 아니, 그보다 보고 싶어. 다음에는 내 눈으로."

다음에는 그저 관광으로.

전쟁이 끝나거든. 그 여함장이 그래 달라고 마지막에 바랐던 것처럼.

"또 여담인데, 실제로 고래도 종류에 따라 먹으면 맛있다고 승조원 누가 그랬어. 신선한 것을 날로 잘게 썰어서 어장에 찍어 먹는다고."

"먹을 수 있구나……."

"뭐, 일단 생물일…… 테고……?"

레이저를 쏴댔지만.

"생물 맞지……?"

"나한테 묻지 마, 유토."

먼바다의 거친 파도 소리는 어느 틈에 중기계가 돌아가는 소음으로 바뀌어 있어서, 보아하니 〈스텔라마리스〉는 오래전에 항구에 정박한 듯하다.

대기상태였던 시스템이 갑자기 홀로윈도를 띄우는데도, 자신의 〈저거노트〉──〈건슬링어〉 안에서 웅크리고 있던 크레나는 느릿느릿 고개를 들었다.

그렇게 쳐다보니 〈건슬링어〉 바로 옆에 서 있던 것은 프레데리카였다.

"뭐야."

캐노피를 열지 않고 외부 스피커 너머로 반응한 크레나의 말에 프레데리카는 몸을 움츠렸다.

[저기, 슬슬 프로세서의 하선 순번이니까 말이다. 그 전에 식사 정도는 하는 게 어떻겠느냐. 돌아오는 동안, 벌써 한나절이나 거기에 있었다. 아무것도 먹지도 마시지도 않고 있으면 몸에 나쁘고, 몸도 쉴 수 없다. 그러니까…….]

"필요 없어."

[하지만…….]

"필요 없다니까. 고작 한나절 동안 안 먹었다고 어떻게 될 만큼 허약하지 않아. 꼬박 하루 동안 싸우는 일도 86구에서는 종종 있었고, 연방에서도 전혀 없었던 건 아냐. 그러지 않으면 살아남을 수 없었으니까, 죽었을 테니까 이제 와서 그 정도로."

광학 센서의 사각에 서 있었던 모양인, 홀로윈도에 비치지 않던 제삼자의 목소리가 갑자기 울렸다.

[비켜, 꼬맹이.]

그 말과 함께 캐노피가 열렸다. 긴급용 공통 패스코드를 입력하고 캐노피의 외부 개방 레버를 돌린 것이다.

반사적으로 노려본 곳에 같은 쇳빛 기갑탑승복을 입은 에이티식스 소녀가 서 있었다. 시덴과 샤나와 같은 브리싱가멘 전대의 소대장 중 하나인 미카.

"군함의 식당은 누가 먹으러 오고 누가 안 먹었는지 다 파악한다고. 에이티식스 아가씨 하나가 안 왔다고 배의 요리사가 애태우고 있어. 자."

그러며 한 손에 든, 식은 식사가 담긴 식판을 내밀기에 말없이 고개를 돌렸다.

미카가 눈썹을 곤두세웠다.

"그리고 모르는 척하고 있나 본데, 이미 옛적에 항구에 도착해서 중상자 이송도 끝났고, 지금은 〈저거노트〉 반출 작업이 시작됐어. 의료구역에 입원한 녀석들 이외의 프로세서 퇴함 준비도. 이해했어? 네가 거기서 무릎 껴안고 꾸물대고 있으면 여기저기 민폐인 게 아니야. 디브리핑도 너희 부대에서 대장급이 두 명이나 부상으로 이탈했고, 라이덴은 총대장 대리를 맡고 있는데, 다치지도 않은 네가 빠지다니."

조금 떨어진 곳에서 이쪽을 지켜보는, 낯익은 정비원이 눈에 들어왔다.

스피어헤드 전대 이외의 〈저거노트〉는 거의 다 없어지고, 그들이 마음 써서 〈건슬링어〉의 반출을 나중으로 미뤄준 것을 간신히 깨달았다.

디브리핑도, 미카의 말처럼 신은 부상 때문에 정신을 잃었고, 라이덴은 차석으로서 그 대리를 맡았고, 세오는── 회수 직후에 바로 수술실로 들어갔고. 크레나가 없으면 나머지 대장급은 앙쥬와 제4소대장뿐이니 그만큼 고생이었을 거란 건 상상이 간다.

미안한 마음을 뿌리치듯이, 도망치듯이 노려보았다.

그런 당연한 소리를 하지 마.

"하고 싶은 말은 다 했어? 누구한테 민폐네 어쩌네가 아니라 네 마음에 안 드는 것뿐이잖아. 샤나가 죽은 건 내 탓이라고 하고 싶은 거잖아?!"

미카의 손이 뻗어 와서 멱살을 붙잡고 끌어당겼다.

"그건 네가 그렇게 말하고 싶은 거겠지."

코끝이 닿을 거리에서 내려다보며 미카는 말했다. 격노한 나머지 오히려 고요한, 녹색 홍채에 금색 입자가 흩어지는 금록종 특유의 눈동자.^{아벤툴라}

"나는 말 안 해. 샤나가 죽은 건, 샤나가 싸웠기 때문. 끝까지 싸운다고 샤나 자신이 선택했으니까. 그걸 멋대로…… 너 같은 게 짊어지는 척하는 건 못 참아."

죄악감 따윈.

결국 잠기기 위한. 자기연민을 위한…… 괴롭힘당하는 것으로 오히려 자기가 편해지기 위한 죄악감 따윈.

용서하지 않는다.

용서할까 보냐.

"신의 생사를 알 수 없게 되었다고 해서, 세오가 다쳤다고 해서, 그 정도로 작전 도중에도 지금도 못 싸우게 되는 너 같은 게! 그래서 뭐? 신은 살아있고, 세오도 죽은 건 아니잖아! 그렇다면 그나마 낫잖아! 이쪽은 샤나가 죽었어. 알트도 산나도 하니도 메를료도 돌아오지 않았어! 하지만 나도 너도 살아있잖아. 그렇게 무릎 껴안고 찡찡대고 있을 때가 아니잖아!"

크레나의 금색 눈동자의 동공이 수축했다. 그 정도?

그나마 낫다——고?

상대의 멱살을 잡아주었다. 물어뜯듯이, 비명을 지르듯이 크레나는 외쳤다.

"나을 리가 없잖아! 그나마 낫다든가, 그런 게 아니잖아!"

세오도. 자신도――우리 에이티식스에게는 이미.

"싸우는 것밖에 없잖아. 우리에게는 가족도 고향도 아무것도 없고, 끝까지 싸우는 것밖에 없다고. 그런데 싸울 수 없게 되면……끝까지 싸우는 것밖에 없는데, 그것마저 없어지면."

긍지밖에 없다.

자신의 형태를 지키는 것이 긍지밖에 없다.

있어야 할 것을 모두 공화국에 빼앗기고, 그것밖에 남지 않았을 터인.

그 긍지마저도.

"그렇게 되면 우리는……!"

생각한 적도 없었다.

그리고 지금도 생각해야만 한다. 눈앞에 제시되었다.

긍지마저도 빼앗긴다는 것을.

그래도 죽지 않는다고―― 살아야만 한다고.

에이티식스가 아니게 될 수밖에 없다. 그런 미래가―― 세오에게, 그리고 자신에게도, 찾아올지도 모른다니.

그런 건.

"괜찮을 리가…… 없잖아."

어린아이처럼, 정말로 한심한 그 울림이 싫어서, 크레나는 미카를 밀치듯이 떼어내고 그 자리에서 뛰쳐나갔다.

멱살을 잡고 끌어당길 때 식판 생각이 머릿속에서 날아가는 바

람에 무심코 떨어뜨렸겠거니 싶어서 돌아보자 프레데리카가 작은 두 손으로 들고 있었다. 무의식중에 떨어뜨릴 뻔한 것을 간신히 받아준 모양이다.

"말이 조금 심했네……."

크레나에 대한 말은 지당하다고 생각하니 반성하지도 않지만, 세오에 대해서는.

──죽지 않았으니까 그나마 낫잖아.

나을 리가 없다.

전사하는 것도 싸울 수 없게 되는 것도 자신들에게는 큰 차이 없는 재앙이다. 오히려 전사하는 것보다도 안 좋을지도 모른다.

끝까지 싸우는 것이 에이티식스의 긍지.

그것밖에 없는 그 긍지조차도, 자신의 형태를 지키는 유일한 것조차도 잃어버린다는 뜻이니까.

그래, 그걸 생각하면 일어설 수 없게 되기도 하려나.

크레나에 대해서도 조금 말이 지나쳤다고 생각을 고쳐먹으면서 미카는 말했다.

"꼬맹이. 일단 그것 좀 먹어주지 않을래?"

"필요 없다."

도망치듯이 미카의 앞에서 뛰쳐나가서 격납고도 나간 크레나의 다리는 자연스럽게 그쪽으로 향했다.

〈스텔라마리스〉의 의료구역. 신이 지금 있을 터인 장소.

목소리를 듣고 싶다. 신의 얼굴을 보고 싶다.

──크레나.

86구의 그 그리운 막사에서, 크레나가 하얀 돼지에 대한 분노나 원망으로 벽을 치고 있으면 항상 곁에서 그렇게 한마디 말하고 묵묵히 함께 있던 무렵처럼. 그냥 조용하고 온화한 목소리로 불러준다면.

마지막 코너를 돌고 크레나는 발걸음을 멈추었다.

목적하는 병실 앞에 누가 서 있었다. 푸른빛이 도는 월백종의 은 발과 험악한 은색 눈. 튼튼한 무인의 체구와 종군사제의 완장.

아듈라리아

"아, 신부님……."

커다란 곰이 머리를 돌리듯이, 덩치 큰 신부가 시선을 이쪽으로 돌렸다. 라이덴보다도, 지금은 없는 다이야나 쿠죠보다도 키가 큰, 올려다봐야 할 정도의 거구. 소녀 중에서는 평균 신장인 크레나 따위 거의 머리 위에서 내려다볼 정도의 거구.

마치.

──그때 부모의 시체와 언니와 어린 크레나를 내려다보고 웃던 녀석들 같은.

"아……."

마치 올려다보는 듯했다. 그때 크레나는 어리고 작아서 거의 거인처럼 보인── 그 녀석들은 마치 포악한, 불사신인, 누구도 대항할 수 없는 신화의 거인 같았다.

그 자리로 되돌아간 듯이 되살아났다. 밤의 어둠을 찢는 머즐 플래시와 피 냄새.

악귀처럼 웃는, 은색의.

핏기가 싹 가셨다.

발걸음을 빙 돌리고, 크레나는 그 자리에서 도망쳤다.

세오나 유토 등 중상자들에 대한 현황 보고를 다 듣고, 〈스텔라 마리스〉에 남은 경상자에 대해서도 확인과 병문안을 가겠다며 레나는 다시금 정해함으로 돌아와서 비좁은 통로를 걸었다.

의료구역에 들어갔을 때, 뛰쳐나온 크레나와 부딪칠 뻔해서 다급히 몸을 피했다. 마치 도망치는 토끼 같은 그 뒷모습을 의아하게 지켜보고 시선을 돌려보자, 노신부가 묵묵히 서 있었다.

"죄송합니다. 부하가 무슨 실례라도."

"아니……."

신부는 달려온 레나에게 느긋하게 고개를 내저으며 뒤돌아보았다.

"저 아이들이 당한 짓을 생각하면 실례고 뭐고 없지. 내 은발을 두려워하는 것도, 은색 눈을 두려워하는 것도."

의외의 말에 레나는 눈을 깜빡였다.

"두려워……합니까?"

크레나를 포함해서 에이티식스들은 백계종에게──그들이 말하는 하얀 돼지에게 차가운 모멸을 보내기는 해도 두려워하는 기색은 여태까지 본 적이 없었던 것 같은데.

"두려울 것 같은데. 그 아이들이 86구로 쫓겨난 것은 고작 일곱,

여덟 살 때의 어릴 적이지. 그렇게 어린애들이 다 큰 어른에게 욕을 듣고 끌려다니고…… 두려웠겠지. 어떻게 할 수 없는 압도적인 폭력에 몸을 지킬 방법도 없이 드러나 있었으니까."

"……."

자신의 부족함을 부끄러워하며 레나는 침묵했다. 개전 이전부터 백계종 이외의 주민이 적은 제1구에서 자란 레나는 에이티식스의 호송 모습을 직접 보지 못했다. 86구로 호송되는 과정이 어떤 것이었는지 상상은 했지만, 실감하지 못하는 것이다.

"그런가……. 내 덩치도…… 어른이 어린애를 내려다보듯이 느껴지는 것도 방아쇠가 되었겠군. 앞으로는 그 애들을 그렇게 내려다보지 않도록 조심해야겠어."

"신부님……."

"뭘 또, 아이들이 겁내는 건 익숙하네. 애초에 덩치가 덩치다 보니…… 저 안에서 자는 까탈스러운 녀석도, 처음 만났던, 새끼고양이였을 무렵에는 꽤 두려워했지."

느긋하게, 정말로 농담이라고 느껴지는 기색으로 어깨를 으쓱였다.

그 모습과, 무심코 상상한 어렸을 적의 겁쟁이 신의 모습에, 레나도 조금 억지로나마 미소를 돌려주었다. 레나가 느낀 부끄러움을 알아차리고 눈치 써 준 게 고마웠다.

그런데.

"신…… 노우젠 대위, 자고 있습니까? 벌써?"

크레나도 레나 자신도 이렇게 돌아다니고 있듯이 취침 시간이 되려면 아직 시간이 좀 있는데.

말없이 입구 쪽을 양보해 주길래 살짝 들여다보니, 희미한 숨소리가 들렸다.

소등 전이라 불을 켜놓은 상태인 병실 안쪽. 하지만 침대 주위의 커튼을 쳐놓고…… 신은 잠들어있는 듯했다.

"부상으로 체력을 소비한 데다가 신형 〈레기온〉의 추격으로 다른 총대장들과 회의를 했다는 모양이더군. 그 바람에 지친 거겠지."

"……"

소모된 데는 부상 때문만이 아니라 세오의 문제도 꽤 부담을 줬을 테고.

그래도 전대 총대장으로서 무리를 무릅쓰고 책임을 다하며.

그런 사람이니까 레나도 살펴보러 왔는데…… 역시 너무 무리했던 걸까.

"군의관에게도 얌전히 있으라고 잔소리를 들은 참이지. 내일이라도 당신이 따끔하게 말해 줄 수 없을까?"

그 말에 레나는 놀라서 눈을 껌뻑였다. 그렇게 말하는 건 상관없지만. 그럴 거면 양부모인…….

"신부님께서 말씀하시는 편이……."

"이미 양부모의 말을 얌전히 들을 나이도 아니지. 게다가 당신이 하는 편이 더 효과가 있겠고."

의미심장하게 곁눈질하며 하는 말에 레나는 얼굴을 붉혔다.

으음, 뭐…….

라이덴은 주위가 대충 다 알고 있다고 말했고, 그러니까 신부님이 눈치를 채는 것도 당연하다는 건 알지만, 그건 그렇더라도 부끄럽다.

시선을 이리저리 돌리는 레나의 모습을 보고…… 신부님은 시선을 누그러뜨렸다.

"수용소에서 내가 마지막으로 봤을 때, 저 아이는 웃는 법도 우는 법도 잊어버린 상태였지."

돌아본 곳에서 신부님은 옆 병실에 시선을 주고 있었다. 반쯤 하얗게 변한 은발. 달빛 같은 눈동자.

"그런 아이가 다시 웃을 수 있게 된 것은…… 당신의 존재도 클 테니까."

자기 방으로 돌아와 보니 같은 방을 쓰는 앙쥬는 아직 돌아오지 않았고, 옆방의 프레데리카도 맞은편 방의 시덴도 아직 없는 듯했다.

시덴과 같은 방을 쓰던 샤나는 두 번 다시 돌아오지 않는다.

문 앞에서 빈둥거리던 검은고양이 티피가 크레나를 보고 몸을 일으켰다. 아장아장 걸어와서 부츠에 머리를 문지르면서 야옹 하고 울었다.

간신히 살짝 미소가 나왔다.

"나 왔어……."

머리를 쓸어주고 안아 주었다. 86구에서 다이야가 주운 고양이. 그때는 아직 새끼였고, 다이야가 주웠는데도 왠지 신을 제일 따르던 고양이.

〈레기온〉과의 전투나 나날의 잡무가 끝나고 한숨 돌리는 밤에는 신의 곁에 있는 게 당연했다. 책의 페이지를 가지고 놀며 방해하고, 그렇다고 해도 신은 쫓아내려고 하지 않았다. 고양이를 돌보려면 자연스럽게 신의 곁에 가게 되니까 크레나는 항상 고양이와 신의 곁에 있었다. 전대장의 방은 집무실도 겸하기에 다소 넓고, 어느 틈에 모두가 모이는 장소가 되어서.

"이제는 그런 일이…… 거의 없어졌네."

딱히 누가 들으랄 것도 없는 말을 티피에게 했다. 올려다보는 검정고양이의, 사람과 전혀 다른 맑은 눈동자.

기동타격군의 기지 집무실이나 거실에서 모이는 일은 없고, 대신 식당이나 병설된 카페, 담화실이나 오락실이 프로세서들이 모이는 곳이다. 어디고 그 작은 전대장실보다 훨씬 넓고, 그러니까 더 많은 이들이 모이는 장소.

자연스럽게 전대별로 모이는 위치란 것은 있지만, 전대의 동료 밖에 없는 공간이라고 할 정도는 아니다. 그때처럼 새끼 고양이 같이 어리광 부리기에는 보는 눈이 너무 많아서 부끄럽다.

애초에 신은 다른 대원들과 함께 스피어헤드 전대의 지정석인 오락실 안쪽의 소파에 있긴 하지만, 기지의 자습실에 가는 일도 많아졌고.

어느 틈에 라이덴이나 앙쥬도, 같은 스피어헤드 전대의 프로세서도 몇 명이나.

"알고는 있어⋯⋯. 단순히 나도 같이 가면 된다는 건."

외롭다면, 혼자 남겨지고 싶지 않다면, 자기도 같이 가면 된다는 건. 긍지조차 잃는다면 더더욱 전장 밖을 가리키는 그 방에 지금부터라도 가야 한다는 건.

딱히 신도 라이덴도 앙쥬도, 구체적으로 전장 밖에서 하고 싶은 일이 생긴 건 아니다. 아직 막연하게, 뭔가를 목표로 하기 위한 준비를 시작했을 뿐이다. 정말로 자기 길을 결정하는 건 더 나중에라도 괜찮다. 그것도 알고 있다.

그래도 두렵다.

크레나는 자습실에 가려면 저절로 다리가 굳어버린다. 전장 밖의 미래라는 것을 의식하는 게 두렵고 생각하기 싫다.

어쩌면 그건 마찬가지로 아직도 전장에 집착하는, 전장 밖의 미래를 완강히 거부하는 다수의 에이티식스에게 공통되는 감정이었을지도 모른다.

발을 내디딘 곳에 지면이 없을지도 모른다.

미래는 언제든 보증이 없다. 자신들은 오늘 죽을지도 모르는 자다. 내일이면 살아있을 수 없을지도 모르는 자다. 제대로 된 지원도 없는 죽음의 전장에서 오랫동안 살며, 체념과도 비슷한 그 인식은 아무래도 그들의 안에서 떠나질 않았다.

바라면 행복한 내일이 온다니── 믿을 수 없다.

야옹 하고 검정고양이가 울고, 크레나는 껴안은 그 털에 얼굴을 묻었다.

†

　임무를 마치고 선단국군에서 철수하는 날이 되고도 기동타격군의 프로세서들의 마음은 편치 않았다.

　선단국군에 파견된 당초 작전 목표는 확실히 완수했다. 전자포함형을 놓치긴 했지만, 그건 예상 밖의 사태였다. 그러니까 쫓아낸 것만으로도 충분할 텐데.

　바다에서는 지나간 태풍 따윈, 전쟁의 폭풍 따윈 전혀 모르는 기색으로 오늘도 바닷새가 느긋하게 울어대고, 〈스텔라마리스〉는 그 앞바다에 유령선처럼 조용히 정박해 있다.

　거리가 먼 여기서는 심한 손상이 없어 보이지만, 선박의 주행과 관련된 부위에 치명적인 손상을 입었다고 한다. 10년의 전란으로 계속 소모되고, 애초부터 국력도 기술력도 대단치 않은 소국인 선단국군에서는 더 이상 수복할 수 없다고.

　은밀한 출항을 마치고, 마지막 작전을 마치고, 이제 거점으로 삼은 항구가 어딘지 〈레기온〉들에 숨길 필요가 없다. 그러니까 앞바다에 모습을 드러낸 채로.

　정해함의 옛 승조원도, 정해선단의 몇 안 되는 생존자도, 시민들도 어딘가 불이 꺼진 듯했다.

　출격 전의 축제 분위기가 거짓말처럼, 불이 꺼진 듯했다.

　"나라 이름은 어떻게 될까. 이제 선단국이 아니게 되었잖아."

　"그만둬……. 미안하잖아."

　"하지만, 그래도 혹시."

우리가 혹시 그렇게 되면?

소년병들은 무심코 그런 생각을 했다. 도무지 남 일이라고 무시할 수가 없다.

그들 자신이 과거에 한 차례 빼앗겼다. 86구가 생길 때. 강제수용이라는 형태로.

그렇다면 다시금 같은 일이 일어나지 않으리란 보증도 없다.

가까스로 붙잡은 소중한 것도, 새롭게 손에 넣을지도 모르는 소중한 것도—— 빼앗는 자에게는 알 바 아니니까, 그러니까 또 빼앗기지 않는다는 보증 따윈.

어디에도 없으니까.

86구에 있을 적부터 전투 때마다 무리하느라 다치는 일도 많았던 신을 보조하며 몇 년이나 함께한 라이덴은 그 대리로 서류 업무를 처리하는 것에도 익숙했다.

익숙하지만, 부품 취급인 탓에 만사가 건성이었던 86구와 달리 연방에서는 정규 군인이다. 서류 하나만 해도 대충 처리할 수 없다. 실무는 참모들이 처리해 준다지만 절대량이 많은 이송 체크리스트 앞에서 라이덴은 비명을 지르며 옆으로 시선을 돌렸다.

"어이, 세오, 미안하지만 좀 도와……."

눈이 마주친 상대는 우연히 거기에 있던 모양인 앙쥬였다.

혀를 차고 싶은 마음을 누르며 라이덴은 천장을 올려다보았다. 그랬다. 그 녀석은 지금 없다.

시선 앞에서 앙쥬가 미소 지었다.

무리하고 있구나, 라고 그 미묘한 두 눈동자에 진 그늘을 보고 생각했다.

"도울게, 라이덴 군."

"미안해."

"아니야."

손을 뻗어서 리스트의 절반을 가져갔다. 첫 장을 훑어보는 그 하늘색 두 눈동자에는 이미 미소라고는 한 조각도 없었다.

"생각보다 훨씬 견디기 힘드네……."

라이덴도 앙쥬도, 모습이 보이지 않는 크레나도…… 당연히 신도.

동료의 죽음은 86구에서 일상이고, 연방에 온 뒤로도 그건 변함없고.

죽지 않았지만 싸울 수 없어진다……. 그런 상실은 이들에게 이것이 처음이라서, 그 고통과 답답함은 동료의 죽음에 대한 것과 마찬가지로 익숙해질 수 없으리라.

시선 한구석에서 앙쥬가 입술을 깨무는 게 보였다.

여자의 소양으로, 그 이상으로 즐거운 것이니까, 그런 이유로 그레테 같은 여자 군인들이 권했기에 기동타격군에서는 많은 소녀가 화장을 하게 되었다. 라이덴도 지금은 완전히 익숙해진, 연하게 연지를 칠한 페일핑크색 입술.

"그래. 우리 다섯 명 중에서 누군가가 없어진다는 생각은 어느새 안 하게 되었는데."

작전 전에는 보러 갈 생각이 없었던 바다지만, 작전이 끝나고 나니 크레나는 어느새 해변에 있었다.

귀환을 앞두고 동료들은 한 명도 없는 해변. 작전 다음 날에는 프로세서 중 희망자와 정해함의 승조원들과 시민들이 각각 꽃을 바치러 찾아왔던 해변.

전사자들을, 세오의 한 팔을 지금도 어딘가에 삼킨 채인 해변.

"──크레나."

이름을 부르는 소리에 돌아보니 신이 있었다.

"아슬아슬하게 면회 허가가 나왔으니까 지금부터 세오를 문병하러 갈 건데. 너도 괜찮아?"

다급히 끄덕였다.

"으, 응! 나는 이제 괜찮아!"

스스로도 부자연스럽다고 느낄 정도로 밝은 목소리가 나왔다.

어떻게든 추스르려는데, 신도 눈치챈 거겠지. 뭔가 생각하듯이 일그러진 핏빛 두 눈이 뭐라고 하기 전에 크레나는 말을 이었다.

"저기, 미안하다고 말하게 해 줄래? 난 그때 전혀 도움이 못 되었으니까……."

움직일 수 없었다. 쏠 수 없었다. 고기동형과의 전투에서도, 이어진 전자포함형과의 전투에서도.

동료에게 도움이 되는 것이 자기 역할이자 존재하는 이유였을 텐데.

"내가 그때 정신 똑바로 차렸으면 세오는⋯⋯."

"크레나."

조용한 목소리가 말을 가로막았다.

시선을 주자 신은 어딘가 고통을 참는 듯한 얼굴을 하고 있었다.

"네 탓이 아니야. 누구 탓도 아니야."

──샤나가 죽은 것은 샤나가 싸웠기 때문.

그래.

"맞아⋯⋯. 하지만 내가 정신을 똑바로 차리지 않은 것도 사실이니까."

내가 자기 할 일을 다하지 못했으니까 세오는. 샤나는── 신의 부상도.

내가 똑바로 했으면 지금은 뭔가 변했을 터이다. 그럴 터이다.

그게 아니라면.

내가 아무도 구할 수 없었다니── 아무것도 할 수 없다니, 그런 건.

싫다. 그렇게 깨달은 생각에 흠칫했다. 아무것도, 할 수 없었으면. 싸움에 도움이 되지 않았다면.

그렇게 되면 더 이상── 눈앞에 있는 사람의 곁에, 있을 수 없어진다.

"다음에는 똑바로 할 테니까. 제대로 싸울게. 더 이상 실수는, 안 할 거니까."

"──크레나."

"버리지 마."

선단국군의 군 병원, 커튼 너머의 햇살이 희미한 줄무늬를 그리는 나무 바닥 복도를 걸으면서 신은 크레나의 말과 표정을 머릿속에서 지울 수 없었다.

——내가 그때 정신 똑바로 차렸으면 세오는.

——내가 정신을 똑바로 차리지 않은 것도 사실이니까.

당장에라도 울 것처럼 말하던, 버림받은 아이 같은 얼굴로.

신 자신도 '내가 고기동형과의 교전에서 추락하지 않았으면'이라고 생각하지 않는 건 아니다.

또한 누구의 책임이냐고 묻는다면, 그건 전대장인 자신의 책임이다. 레나나 이스마엘도 자신의 책임, 자신의 추태라고 말하겠지만, 신은 그 말에 수긍할 수 없다.

하지만 자신의 죄라고 외치는 감정과 달리, 이성으로는 그게 아니라고 이해하고 있다.

신이 떨어지든 말든, 아마도 결과는 변함없었을 것이다. 전자포함형에 대해 무력한 것은 〈언더테이커〉도 변함없다. 기껏해야 제어중추의 위치를 찾는 데 시간을 들이지 않는 정도지, 격침하는 데 〈스텔라마리스〉의 접근과 주포 사격이 필요했던 것은 변함없다. 그런 이상 레일건을 제거하는 것은 필수였고, 다시 말해 갑판 위에서의 전투는 피할 수 없었다.

무엇보다 신도 예상하지 못했던, 전자포함형의 마지막 사격. 유체금속을 이용한 포신의 재생. 〈스텔라마리스〉가 격침되지 않으려면 역시 누군가가 그 사선에 끼어들 수밖에 없었다.

그 역할을 자신 대신 다른 사람이 했을 뿐이다. 신 자신이라면 그 결과를 바꿀 수 있었다고 생각하는 건―― 과언이고 오만이다.

전해서 들은 병실 앞에 도착하자, 지금은 닫힌 문에 기대서 기다리는 사람이 있었다. 바닷바람에 빛바랜 금발에 선단국군의 푸른색 군복. 이스마엘.

"안녕하신가."

한 손을 들길래 목례로 답했다. 이스마엘은 등 뒤의 문을 시선으로 가리켰다.

"꼬맹이를 포함해서 기동타격군의 부상자는 어느 정도 회복되어 이송할 수 있게 될 때까지 선단국군이 책임지고 맡지. 손발은 아니지만 경험자다. 이야기 정도는 들어줄 수 있을 테니까."

"예. 잘 부탁드립니다."

진지하게 머리를 숙였다. 이스마엘이 크게 끄덕이는 기척이 느껴진다.

푸른 군복의 뒷모습이 복도 저편으로 사라진 뒤에 신은 병실 문을 열었다.

살짝 열린 창문으로 바닷바람이 들어오는 개인실에서 세오는 침대에 앉아 밖을 보고 있었다.

문이 열리면서 삐걱거리는 소리를 알아차리고 시선을 이쪽으로 돌렸다. 어딘가 멍한 기색으로 뜬 녹색 눈이 초점을 맞추더니 한 차례 껌뻑였다.

"신…… 벌써 걸어 다녀도 괜찮아?"

"부상 상태는 내가 물어봐야 한다고 생각하는데…… 그래. 적어도 움직일 수는 있을 정도야."

"그래. 다행이다."

자기는 아직 퇴원 허가가 나오지 않는 중상자인 주제에 세오는 안도하여 어깨의 힘을 뺐다.

너는 어떠냐고 되물을 수 없었던 신의 속내를 알아차린 것처럼, 세오는 아무래도 좋은 일처럼 말을 이었다.

"나는 일단 감염증 같은 건 걱정 없대."

멍하니 어딘가 공허한 녹색 눈동자의, 어디도 보지 않듯이 무감동한 시선.

"비교적 깨끗하게 잘려 나가서 그런지, 순조롭게 아물고 있다니까 별로 아프지도 않아. 다만 뭐라고 할까, 이상한 느낌이야. 앉아도 그렇고, 일어서도 역시 균형이 안 맞아. 이렇게……."

붕대가 감긴, 팔꿈치와 손목의 중간 지점부터 사라진 왼팔을 눈짓하며, 힘이 빠지듯이 쓴웃음을 지었다.

"끝부분이 좀 없어진 건데."

"……."

"팔은 무겁대. 평소에는 붙어있으니까 별로 의식하지 않을 뿐이지, 수십 킬로그램이나 되는 인체의 일부니까 꽤 무겁다나."

녹색 눈동자는 그대로 잃어버린 왼팔이 있었을 터인 장소를 바라보았다.

"전에 86구에서 신과 만나기 더 전에. 전대 동료가 한 팔이 날아가서 말이지. 나는 그걸 주웠어. 나는 그걸 주웠으니까 알고 있었을 텐데…… 잊어버렸던 거야."

있는 게 당연하다고 생각했던 것의 무게를.

아니면 그것은 사실 언제 잃어버릴지도 모르는 것이었다는 허무함을.

손이란── 끝까지 싸우는 긍지란.

"그 녀석은 말이지, 그대로 죽었어. 더는 싸울 수 없어졌다면서 치료 같은 것도 못 받고, 그러니까 피가 멈추지 않아서 그대로 죽었어."

86구에서의 치료는 인간이 아닌 에이티식스에게 하는 것이니까 고작 그 정도였다.

치료해서 바로 전열에 복귀할 수 있는 부상이라면 대처하지만, 복귀할 수 없는 부상, 한동안 요양이 필요한 부상은, 적절한 치료를 받으면 목숨을 건질 부상이라고 해도 버려졌다. 공화국은 싸울 수 없는 가축에게 헛되이 먹이를 주는 것을 싫어했으니까.

"나는 더 싸울 수 없어."

86구에서 죽었다는, 신이 모르는 전우와 같은 부상을 바라보며 세오는 말했다.

86구에서는 확실히 버림받았을 부상.

86구 밖에서는 그게 당연하다는 듯이 치료받은 부상을.

"하지만 죽지 않아도 돼. 이렇게 치료받았고, 알아서 뒤처리하라는 소리를 들은 것도 아니야. 여기는 정말 86구가 아니구나 하고…… 나는 정말로 그 전장 밖으로 나왔구나 하고. 이제야 간신히 실감한 것 같아."

5년 동안의 종군 끝에 반드시 죽는다는, 아무리 바라도 미래 따위 없는, 그들의 죽음이 정해져 있던 땅에서.

병역 끝에 반드시 죽는다고 정해진 것을 그대로 받아들인 그들 에이티식스들의 운명에서.

"그럼 내가 얽매이는 것을 그만두는 것뿐."

그것이 자기들 운명이라고. 생각하고 끌어안았던 상처를──── 내려놓을 뿐.

"괜찮아. 살아있으니까. 나는 살아남았으니까. 분명 행복해질 테니까. 그게 아니면 대장도, 먼저 죽은 녀석들도 볼 낯이 없어."

"그건……."

"알아. 저주지. 하지만 지금은 매달릴 수 있는 게 그것밖에 없으니까."

자신의 마지막 순간까지 싸우는 것이 에이티식스의 긍지. 유일한 존재 증명.

그 긍지를, 그것밖에 없는 존재 증명을, 하지만 잃어버린 지금에 와선.

"얽매이면 정말로 저주가 되지만, 너처럼 누군가를, 뭔가를 찾을 때까지라면 희망 같은 거겠지. 그 정도라면 대장도 용서해 주겠고…… 대장이라면 지금쯤 행복해지라고 빌어 줄 것 같으니까."

"────세오."

견디기 힘들어서, 신은 입을 열었다.

조용히 듣고 있어야겠지만…… 도저히 들을 수 없었다.

"무리하지 않아도 돼. 태연한 척하지 마."

그 말에 세오는 울상이 섞인 웃음으로 두 눈을 일그러뜨렸다.

그럴 생각으로 온 것은 알고 있지만.

"응. 하지만 멋진 모습 좀 보이게 해 줘. 여태까지도 계속 널 의지했는데, 더는."

널 의지하게 하지 마.

매달려도 된다고 말하지 마.

"미안해. 여태까지 계속 무거웠지? 우리의 저승사자는 무슨."

함께 싸우고, 먼저 죽은 전우 모두를, 그 이름과 마음을 끌어안고 자기가 도달하는 곳까지 데려간다.

그것은 세오에게도, 신과 함께 싸운 모두에게도 더없는 구원이었지만, 그들 모두에게서 마음을 받은 신에게는…… 대체 얼마나 무거운 짐이었을까.

"미안해. 여태까지…… 정말로."

반사적으로 부정하려다가 마음을 바꾸고, 신은 입을 다물었다.

그렇지 않다고 말하려고 했다.

하지만 그렇지 않을 리가 없었다.

"그래…… 무거웠어. 사실은 처음부터 계속."

기대받는 것은── 넘겨받은 마음은.

"무거우니까 간단히 죽고 내던지는 짓은 할 수 없다고 생각하게 되었어. 그만큼 많은 사람이 날 의지했으니까, 부러지지 않고 버틸 수 있었어. 도움을 받은 건 나도 마찬가지야. 이것만이라도 해

줄 수 있는 일이 있다고 생각하니까, 마음이 편해졌어."

의지했기에 버틸 수 있었다.

다른 사람을 구하는 것으로, 신 자신도 구했다고 생각한다.

그 관계가 가벼울 리가 없다. 하나같이 무겁고── 소중했으니까.

"……. 그런가."

잠시 그 답을 음미하듯이 조용히 생각한 뒤 세오는 끄덕였다. 한 차례. 또 한 차례── 깊게.

"그런가. 그래도 도움이 되긴 했구나. 그렇다면……."

고개를 들었다. 그 녹색 눈동자는 아직 미덥지 않고, 어쩔 줄 모르고, 하지만 조금은 밝고 생기가 있었다.

"이젠 내가 없어도 될까……?"

"그건 아니지만. 그래. 괜찮을 것 같군."

"나도 지금은 괜찮아. 조금이지만 안심했어. 우리의 긍지를 저주로 바꾸지 않아도 되니까."

마지막까지 싸운다는 긍지를, 싸움밖에 없는 미래와 그 끝에 있는 죽음밖에 택할 수 없는 저주로 바꾸지 않아도 되어서.

대장의 기도를 저주처럼 생각하며 전사하는 최후를 맞지 않아도 되어서.

"아무튼 힘내볼게. 정 안 될 것 같을 때, 이번에야말로 날 의지하라고 할 수 있도록."

여태까지처럼 일방적으로 기대기만 하는 게 아니라, 이번에는 대등하게.

"그때까지는 나도 네게, 힘들거든 날 의지하라고 말할 수 있게 되고 싶으니까."

군 병원을 나섰다. 총대장인 자신은 귀환 준비를 지휘해야 한다는 걸 알지만, 어느새 신은 기지의 홀에 있는, 느긋하게 자리 잡은 고래의 골격표본 앞에 서 있었다.

어린 시절에 처음 봤을 때는 옛날이야기에 나오는 용의 뼈라고 생각했고, 그로부터 10년 이상의 시간이 흘러 다시금 올려다본 지금도 역시 용 같다고 생각할 정도로 거대한 백골.

진짜 대해의 패왕과 비교하면 마치 갓난아기 같은 크기라는 걸 안 지금조차도.

──내가 없어도 될까?

"글쎄……."

세오의 앞에서는 괜찮다고 했지만, 솔직히 말해서 자신이 없다.

세오 앞에서는 도저히 그런 약한 소리를 할 수 없으니까 말할 수 없었지만, 자신은 없다.

깨닫게 되었다.

아무것도 할 수 없다.

세오가 도달한 결말에, 끝까지 싸운 끝에 도달한, 원하지 않는 상실에, 신은 아무것도 해 줄 수 없다. 뭐라고 말해 줄 수도 없었다.

할 수 있는 일이 없다.

뒤집을 힘은 자신에게 없다.

지금도—— 언제든.

내려다보는 거룡의 백골은 당연하지만 아무런 말도 없다. 탄식을 흘리며 돌아가려고 발길을 돌리자, 레나가 거기 서 있었다.

거기에 허를 찔려서 신은 눈을 껌뻑였다.

"어쩐 일입니까……?"

"어쩐 일이라뇨. 신이 늦게까지 안 오길래 걱정되어서……."

쓴웃음을 지으며 다가오는 레나의 그 표정도 꾸민 것이다.

레나도 세오와 짧게 안 사이는 아니다. 오히려 세오와의 실랑이가 음성밖에 없었던, 그런데도 확실하게 이어지는 무언가가 있었던 몇 달로 이어진 거니까, 그런 그가 이탈한 것은 레나에게도 몹시 힘들 것이다.

"세오는, 어떻게……."

"태연한 척하고 있었습니다. 자기는 괜찮으니까, 괜히 기대게 하지 말아 달라고."

화풀이해도 된다고, 정리되지 않는, 다 끌어안을 수 없는 감정을 토해내고 내던져도 된다고, 만나러 간 것이기도 했지만——그렇게 하지 말아 달라고 했다.

"그렇, 습니까……."

레나가 나란히 섰다. 은색 두 눈이 신의 시선을 따라 백골표본을 올려다보았다.

"힘들겠네요."

누구 이야기인지 명시하지 않은 말이었다. 그 모두를 향해서도 할 수 있는 말이었다.

세오가 짊어진 상실에도. 아무것도 해 줄 수 없는 신의 무력함에도.

"――예."

옆에 있는, 자신보다 낮은 체온 때문인지 얌전히 고개를 끄덕일 수 있었다.

고개를 끄덕이니 견딜 수 없어졌다.

"뭔가 해 줄 수 있다고, 생각했습니다."

우리의 저승사자라고 불리고. 신망을 모으고.

"마음만이라도, 지킬 수 있다고 생각했습니다. 하지만 막상 이렇게 되고 보니, 해 줄 수 있는 게 없군요. 말 한마디도 떠오르지 않고. 저는 녀석에게 뭘 해 주면 좋을지……."

짐작도 가지 않는다.

"죄송합니다. 한심한 소리를 하고 말았습니다."

"아뇨. 그러려고, 왔으니까요."

이쪽을 바라보는 핏빛 눈동자를, 그 어딘가 힘없이 흔들리는 눈동자를, 레나는 똑바로 올려다보았다. 그래도 된다고 말없이 긍정하듯이.

모두를 구할 수는 없다고, 모든 것을 짊어질 수는 없다고, 그건 신도 잘 알고 있겠지.

세오의 선택과 결과는 모두 세오 혼자의 것이다. 그건 아무도 대신할 수 없고, 그럴 수 있다고 생각해도 안 되는 것이다.

그건 신도 알고 있으리라. 하지만 그래도 이렇게 되지 않으면 좋았다고. 이렇게 되어서 슬프다고, 그렇게 생각하는 신의 마음도 잘못된 것은 아니다.

괴롭겠거니 싶어서 다가갔다가 무력하게 꺾이는 것도—— 그만큼 신에게 세오가 소중했기 때문이지, 그 마음이 잘못된 것일 리가 없다.

그러니까 그 마음을 드러낸 것이 한심할 리가 없다.

"의지해 주세요. 괴롭거든 기대주세요. 끌어안을 수 없을 만큼 슬프다면 나눠주세요. 힘이 될 테니까요. 함께 끌어안을 테니까요. 당신이 괴롭고 슬프기 짝이 없을 때는 내가 당신을…… 지킬 테니까요."

다정한 사람이다. 누군가의 불행을 슬퍼하는 사람이다. 하지만 —— 그 다정함 때문에 이 사람은 자기 자신을 줄이고 깎아내고, 더 버티지 못하고 짓눌릴지도 모르니까.

"신. 앞으로는 괴로울 때면 내가 곁에 있겠습니다. 반드시 나는 곁에 있겠습니다."

결코 당신을 두고 가지 않는다.

나는 당신을 슬프게 하지 않겠다. 나만큼은 결코 당신에게 상처가 되지 않는다.

"나도………… 당신을 좋아합니다."

"함께 살고 싶어요. 같이 또 바다를 보고 싶어요. 당신이 보여준다고 말해 준 바다를."

조용하고 푸르게 빛을 품는다는, 북쪽의 무정한 바다를.

눈이 부시도록 빛이 내리쬔다는, 남쪽의 여름 바다를.

혁명제의 불꽃을. 레나는 아직 모르는 연방의 가을과 겨울을. 보러 오라는 말을 들었던 연합왕국의 극광을. 봐달라는 제안을 받았던 맹약동맹의 절경을. 〈레기온〉 지배영역 너머의, 아직 본 적 없는 이국의 도시를. 86구에서 다시금 피어날 꽃들을.

전장의 너머, 당신이 보여주고 싶다고, 함께 보고 싶다고 희망해 주었던 것을.

"본 적 없는 것을 함께 보고 싶어요. 그걸 보고 웃는 당신을 보고 싶어요. 마음을 서로 나누고 싶어요. 기쁜 일도, 괴로운 일도. 가능하다면…… 언제까지고."

당신이 지금 품은 아픔도. 아직 감추고 있는 목에 난 상처의 유래도. 언젠가.

목의 흉터를 더듬듯이 두 손으로 만지고, 발돋움해서 입술을 포갰다.

남들의 눈이 닿는 것을 거부하듯 옷깃에 숨긴 흉터를 만져도 신은 거부하지 않았다. 오히려 깨지는 것이라도 만지듯이 어깨와 허리에 팔을 두르고 조심스럽게 끌어안았다.

깨물어서 찢어진 입술에서 피 냄새와 맛이 희미하게 났다.

눈물의 맛이라고 생각했다.

내 앞에서는 흘리지 않는, 누구 앞에서도 흘리지 않는 눈물의 맛.

그걸 씻어내듯이 다시금 입을 맞추었다.

신들의 앞에서 하는 키스는 맹세고, 왕의 입맞춤은 기적을 일으킨다고 한다.

전장을 다스리는 저승사자의 앞에서 한 맹세로서.

선혈의 여왕이 일으키는 기적으로서.

"가죠. 함께. 이 전쟁을 넘어서. 목숨이 있는 한 살아서, 그 마지막까지…… 함께 싸우죠."

죽음이 두 사람을 갈라놓을 때까지?

그렇게 기한이 정해진 행복은 바라지 않는다. 죽음 따윈 주변에 조약돌처럼 마구 굴러다니는 이 전장에서, 그런 나약한 소원으로는 한순간 뒤에 흩어지고 만다.

죽음도 두 사람을 갈라놓을 수 없다.

"나는 반드시 당신이 돌아오는 것을 기다리고 있습니다. 결코 당신을 두고 가지 않아요."

그것은 이 죽음의 전장에서 기적이라도 없으면 이룰 수 없는 소원이고, 서로가 이행을 촉구하는 이상 이것은 맹세다.

"그러니까 당신은 반드시 내가 있는 곳으로 돌아오세요."

앞으로 어떤 전투가 기다리고 있더라도, 그 사선을 뚫고서.

"반드시 무사히…… 돌아오세요."

막간 스페이드 킹과 하트 퀸의 하찮은 다툼

《──왜 있지, 뱀? 다음 작전이 시작된 것 아닌가?》

"유쾌한 소리를 다 하는군, 제레네."

연방의 연구소로 돌아온 컨테이너 안. 의아하게 묻는 제레네에게 비카는 어깨를 으쓱였다.

질문에는 대답하지 않는 채로 성질 나쁜 뱀처럼 희미하게 웃었다.

"슬슬 노우젠의 앞에서도 지금처럼 말하면 어떨까? 그것이 〈레기온〉인 경의 본성이겠지. 저번에는 웃기까지 하고…… 그것이 지금의 경에게 어느 정도 부자연스럽고 부담이 가는지, 그건 정말 짐작도 되지 않는군."

《──.》

〈레기온〉은 결국 살육을 위한 전투기계다.

본래 전투기계에는 인간의 어휘이고 감정이고 다 필요가 없다. 〈양치기〉인 제레네는 기억하고 있지만, 〈레기온〉에는 그것을 재현하는 기능이 없다.

잡담 따윈 사실은── 유체 마이크로머신 뇌가 타는 듯한 부담이다.

그래도 지금의 자신에게는 자연스러운, 기계적인 어휘와 거동으로 신을 대하기는 싫다.

신은 〈레기온〉인 제레네일지라도 인간으로 대하려 해 준다. 그런 신에게 자신은 결국 살육기계라고 말하는 〈레기온〉의 행동으로 대하고 싶지 않다.

그 사실은 저 다정한 아이를 크게 괴롭게 할 테니까.

《──무슨 일인가.》

비카는 어깨를 으쓱이고 그 이상은 추궁하지 않았다.

"경이 제2차 대공세의 선봉이라고 가르쳐 준 전자가속포형 4번기. 그것에 해당하는 기종과 선단국군에서 조우했다. 레일건을 탑재한 해전 사양. 전함, 혹은 강습양륙함 타입인."

제레네는 한순간 침묵했다. 양산형 전자가속포형 건조는 그녀가 추측한 대로지만.

전함? 그것도── 선단국군에서?

《불명. 관할 외. 본거지 및 신형실험기 건조는 해당 전역 지휘관 기만이 파악.》

"그건 그렇겠지. 기밀 보호를 위해서 담당이 아닌 정보는 알려 주지 않는 법이다."

《그래도── 이해 불가.》

"그래……."

조악한 외부 카메라의 조악한 영상에서 비카의 보라색 두 눈동자가 둔하게 빛났다.

"확인하고 싶은 건 그 전함형의 제어계가 기존의 〈양치기〉에 외부 데이터베이스로 다른 인간의 뇌 조직을 추가한 것이라는 점이다. 경이 말하는 〈레기온〉의 개량이라고 하기에는 부자연스럽겠지. 단순히 원래의 〈양치기〉에서 새로운 것으로 교환하면 될 뿐인데."

전투기계인 〈레기온〉은 중추처리계도 부품이다. 교환할 수 없을 리가 없다.

"더불어서 고기동형. 경은 인공지능의 연구라고 말했지. 그리고―― 재미있는 이름을 붙였다고."

포닉스―― 죽을 때 자기 몸을 불에 던져서 되살아나는 불사조.

"죽지 않는 것이야말로 고기동형의 본래 모습―― 그건 인공지능의 불사화 연구다. 양산되어서 얼마든지 대체할 수 있는 〈레기온〉 중에서 유일하게 양산할 수 없는 그것들을 죽지 않게 하기 위한 개량. 즉, 〈양치기〉의 불사화를 위한 시금석이다."

그리고 〈양치기〉의 교환이 아니라 불사화를 꾀하는 것은.

새롭게 얻은 뇌를 접속하는 것에 머무르며, 현행 〈양치기〉와 교환하지 않는 것은.

"지금 있는 〈양치기〉들이 자신의 인격과 존재를 유지하는 것에…… 나답지 않게 시적으로 표현하자면 자기 생존에 집착하고 있는 거로군? 마치."

죽음을 두려워하는 인간처럼. 〈양치기〉가 생전에 그랬던――
연약하고 헛된 인간처럼.

"——〈양치기〉의 강화에 고기동형 양산. 전자포함형 투입. 전체적으로 부자연스럽다."

그것은 기동타격군의 보고를 받은 연방군 장성들에게 공통된 소감이다.

그렇게 말을 꺼낸 리햐르트 소장에게 빌렘 참모장, 그리고 세 곳에서 동시에 진행되는 작전의 총괄을 위해 연방에 돌아온 그레테가 각각 고개를 끄덕였다. 서방 방면군 통합사령부의 참모장 집무실.

"고기동형으로 장수의 머리를 사냥하는 건 그렇다고 해도, 보병으로 강습양륙함에 탑재? 그런 운용은 말도 안 돼. 근접엽병형^{그라우볼프}으로 충분…… 오히려 근접엽병형이 나을 정도도."

리햐르트가 보자면 고기동형은 속도만을 추구하여 무거운 장갑과 화포를 버린 점이 대단히 치명적이다. 현대 화포의 사거리는 수십 킬로미터에서 백 킬로미터에 가깝다. 근접병기밖에 없는 고기동형은 일반적으로 탄환의 비를 맞으며 수십 킬로미터나 되는 죽음의 행군을 하지 않으면 전혀 반격할 수 없다. 다소 속도가 빠르더라도, 광학 위장이 있어도, 살상범위가 넓은 고폭탄에는 완전히 무의미하다.

접근해 봤자 기동타격군과 그 여왕의 손에 대책은 거의 확립되었고, 애초에 같은 백병전 특화에 유인기인 〈언더테이커〉에도 몇 번이나 패배한 꼬락서니.

고기동형은 양산에 따른 결과를 내놓지 못했다. 그런데도.

"애초에 전자포함형 자체가 이상하게 생각됩니다. 연방 북부 전선에는 바다가 없는 이상, 투입 예정이었던 것은 선단국군이나 연합왕국의 전선이겠지요. 전자는 기습의 이점을 살릴 수 있는 초기에 노려야 할 적이 아닙니다. 기존 전력으로 목을 조르고 말려 죽이면 되었으니까."

소파의 팔걸이에 팔을 올려 뺨을 짚고, 반대편 손을 가볍게 흔들며 그레테가 대답했다. 내용은 본인의 기호에 맞지 않게 비정하지만, 때로는 그게 필요하다고 이해하지 못하면 대령 같은 높은 자리를 맡을 수 없다.

"연합왕국도, 그 나라의 북방은 너무 추운 기후라서 주민은 극소수, 더불어서 상륙은 불가능한 단애 절벽. 즉, 전자포함형이 투입된 지역에 전자포함형이 필요한 전장 따윈 존재하지 않습니다."

"그렇긴 해도 무시할 수 없는 전력이라는 점이 그야말로 양동 같습니다. 뭔가 꿍꿍이가 있다고 봐야겠지요. 아니면 그것도 감안한 미끼든가. 하지만 대처할 수밖에 없다는 게 열받는군요."

어쩐 일로 진짜로 열받은 눈치로 빌렘 참모장이 말을 이었다. 그가 속을 읽히기를 싫어하기에, 오래 알고 지낸 리햐르트나 그레테 앞이 아니면 그런 얼굴을 보이지 않는다.

"〈레기온〉의 진짜 목적은 마천패루 거점 쪽이었다고 생각합니다. 그건 해상에 만들 필연성이 없죠. 생산거점이든, 사령거점이든, 거점을 두려면 육상으로 충분. 빅토르 전하의 지적대로 자원 낭비입니다. 그런 이상……."

"해상에 거점을 둘 수밖에 없는 이유가 〈레기온〉에 있었다는 말인가……. 자네는 어떻게 생각하지, 그레테?"

"추론을 위한 소재가 부족합니다. 참모장 각하. 다만…… 그렇군요. 들키지 않는 쪽에 중점을 두었다고 생각됩니다. 그들의 육상 지배영역은 어디든 상응하는 경계와 탐색의 눈이 닿습니다. 하지만 여태까지 해전형이 존재하지 않았고 전장이 된 적도 없는 바다는 그렇지 않습니다."

리햐르트는 "흥." 소리를 내고 콧방귀를 뀌었다. 일리가 있다. 앞으로 파견할 성교국에서 전달된 추가정보── 명백히 부자연스러운 적기의 등장과 그 움직임도 어쩌면 같은 목적일까.

뭔가를── 이를테면 건조한 시설과 그 목적을, 때가 올 때까지 인류의 눈에서 감추는 미끼.

"빌렘. 〈레긴레이브〉의 미션레코더에서 마천패루 거점의 상세한 재현과 해석은 가능한가?"

"진행하고 있지만, 완전하게 재구성하려면 영상 데이터가 부족합니다. 다름 아닌 전자포함형이 파괴된 이상, 추가적인 조사도 불가능하죠. 다만 전자포함형이 일부러 자기 거점을 파괴한 것도 그 거점이야말로 진짜 중요한 것임을 뒷받침해 준다고 생각됩니다만."

"그러니까 다음 작전에서는 그들의 본거지에 보관되어 있을 정보를 노리는 거네. 여태까지 피해왔던, 옛 귀족 계급의 사병을 의용부대로 편입한다는 과감한 짓을 하면서까지."

귀족 시대에는 자기 혈족과 부하로 군사력을 독점하였고 연방에서도 군 상층부에 권세를 유지하는 대귀족. 그리고 혁명 이후

종군의 권리를 얻어 군 전체에 머릿수와 세력을 착실하게 늘린 시민계급. 그 雙方의 마음 탓에, 사유지 경비의 명목으로 대귀족이 보유하는 사병단은 여태까지 연방군에는 편입되지 않았다. 11년에 걸쳐 이어진 전쟁에서 숱한 전사자를 냈음에도 불구하고.

그 사병조직의 투입은 연방군이 드디어 여유를 잃기 시작했다는 증거다.

대귀족들이 진짜로 온존하는 연방정규군 내부의 정예부대에는 아직 손을 대지 않았다고 해도.

"말해두겠는데 평판은 좋지 않아. 의용연대. 귀족 놈들은 평민 출신의 잡병이 얼마나 죽든 권력다툼을 우선한 주제에 전공의 냄새를 맡자마자 부하들을 투입했다면서."

슬쩍 말하는 그레테에게 그 귀족 중 한 명인 빌렘은 전혀 미동도 하지 않았다.

"귀족 놈들의 군 영향력을 더 늘리고 싶지 않다며, 우리의 사병 투입을 거부한 시민들이 자기 경우는 싹 무시하고 그런 소리를 해도 말이지."

애초에 잡병들이 〈레기온〉과 싸우다가 죽어서 숫자가 줄어들고 시민 세력이 시들기를 기다린 것이 사병 투입을 보류한 최대의 이유니까.

하지만 그 사실은 말하지 않고 리햐르트는 냉철하게 생각했다.

시민이 태반을 차지하는 〈레기온〉 전쟁에서의 전사자 증대를 일부러 좌시하고, 전쟁 종결 후에 비로소 멀쩡한 사병을 전력 부족의 연방군에 제공하는 것으로 다시금 군 전체를 옛 귀족의 손아

귀에 넣는다. 그것이 귀족 측의 목적이었다. 전쟁 후에 진짜로 격화될 귀족들 사이의 싸움에 대비하여.

제국 말기의 궁정은 언제나 그렇듯 다수의 파벌로 나뉘었고, 그중 황실 수호를 내건 황실파는 그 황실이 멸망한 지금 오합지졸이다. 하지만 약체화한 황실을 대신해서 자신들이 새로운 황조를 이루기를 꿈꾸는 일파는 그렇지 않다. 권세를 유지하면서 지금도 정권 전복의 기회를 엿보고 있다. 그렇기에——.

"브란트로테 대공은, 신황조파의 여왕처럼 행세하는 그자는 실제로 아랫것이 얼마나 죽든 아랑곳하지 않으니까 미르메콜레오라고 하는 그 연대를 파견한 거겠고."

기동타격군의 부대와 함께 성교국에 파견되는 부대다. 개미사자(Myrmecoleo). 사자의 머리와 개미의 몸을 가진 혼충. 아무리 필사적으로 먹잇감을 사냥해도 자기는 먹을 수가 없어서 굶어 죽는 가련한 동물.

가여운 일이로군…….

"——정말이지 당신들 대귀족은 제국이 멸망했어도 전통적인 불화를 고치지 않는군요."

아이러니하게도 약간의 암담함을 담아서 눈을 가늘게 뜬 리햐르트의 생각은 그레테의 말에 가로막혔다.

"제국 개벽 이후의 전통인 야흑종(오닉스)와 염홍종(파이로브)의 반목과 대립. 성교국에 나타난 적기는 전자포함형을 수복한 것이든가, 적어도 관련된 신형으로 추측됩니다. 그 적기에 관해서는 정보 노획보다도 격파를 우선해서 문제의 시험 병기를 투입하겠죠. 중요한 정보를 미르메콜레오 연대에는…… 염홍종에게는 주지 않겠다는 생각인 거로군요?"

리햐르트는 말없이 어깨를 으쓱했다. 어쩌고 보면 그레테의 말이 맞다.

전자포함형은 정보 수집에 도움이 되지 않는다. 그것은 신이 확인했다. 거기에 깃든 〈양치기〉는 제국 군인이 아니다. 그들이 정말로 원하는 정보는 가지고 있지 않다.

다만.

"속내가 있는 건 염홍종들도 같다. 애초에 제1기갑 그룹에는 노우젠 대위가 있다. 잠정대통령 에른스트 짐머만의 보호 아래에 있으며, 무엇보다도 '노우젠'인 그가."

에른스트가 대통령이 된 것은 혁명을 지휘하며 시민들에게 지지받았기 때문이지만, 그 혁명은 에른스트 혼자의 힘으로 성공한 것이 아니다. 그는 흑박종이며, 다시 말해 흑계종의 하위종——신민이다.

그걸 뒷받침한 것은 우두머리의 판단에 따라서 일부러 민주화를 지지한, 리햐르트의 본가 알트나 가문이나 빌렘의 에렌프리트 가문을 포함한 야흑종 일파다.

어디까지나 자신들이 황제에 오르려는 브란트로테 대공가나 그 휘하의 염홍종들과는 전쟁 후에 격돌하게 될 야흑종의 최대 파벌. 그 우두머리가 바로—— 노우젠 가문이다.

제국의 마검, 칠흑의 기병. 아델아들러 황실의 수호자이자——정멸자의 후예.

"〈레기온〉 최대의 병종을 멋지게 해치우는 전공을 손에 쥐여 주고 싶지 않은 것은…… 민초가 더 이상 그와 에이티식스를 영웅시하는 것을 꺼리는 것은, 브란트로테의 암여우와 신황조파다."

제2장 재투성이 전장

눈처럼 재가 계속 내린다.

어딘가 기도문과도 비슷한, 독특한 억양의 노이랴나루세 성교국 관제관의 안내방송이 울리는 임시격납고 안을, 신은 글러브를 끼면서 걸었다.

격납고에는 〈레긴레이브〉가 죽 늘어서 있고, 그것은 신이 지휘하는 제1대대의── 이번 작전에서는 정진(挺進)대대로 불리는 부대의 기체다. 발족 때보다 숫자가 줄어들었고, 그 구멍을 메우듯이 〈스톨른부름〉과 〈알카노스트〉가 한 대씩 대열에 가담했다.

웃는 여우의 퍼스널마크는 이미 대열의 어디에도 없다.

세오…….

지금쯤은 연방 병원에 이송되었겠다고 생각하다가 살짝 고개를 흔들었다. 작전 전이다. 정신을 빼앗겨도 될 때가 아니다.

성교국 군사 시설의 특징 중 하나로는 바깥 공기를 완전히 차단하는 구조가 꼽힌다. 신이 있는 이 임시격납고도 외벽과 투명한 건축재로 만든 셔터로 완전히 밀폐되어서, 바깥 공기는 필터를 통해서 공급된다. 그 탓일까, 격납고 안은 전장인데도 재 냄새도 금속 타는 냄새도 없이, 어딘가 종교시설을 떠올리게 할 만큼 공기가 청정했다. 마찬가지로 군사 시설이라는 인상이 희박한, 희미하게 빛나는 진주색 바닥과 벽과 천장.

마치 그 안에서 떠오른 불길한 그림자처럼, 색채가 어두운 실루엣이 눈에 들어왔다.

〈레긴레이브〉 대열 너머, 격납고의 어둠 속에 그것은 엄숙하게 자리 잡았다. 높은 천장에 스칠 듯한 거구. 살아있는 자가 모두 잠든 밤하늘 같은, 특유의 건메탈 색채의.

아르메 퓨리우즈
〈망령기행〉.

"——작전을 확인하죠, 블라디레나 밀리제 대령."

노이랴나루세 성교국군 제3기갑군단 시가 투라의 지휘소는 연방군의 무뚝뚝한 그것에 익숙해진 레나의 눈에는 마치 이교도의 성소처럼 비쳤다.

타원형 천장을 종횡으로 달리는 은색 틀이 잎맥 같은, 오팔색 유리 천장. 백금에 무지개를 띄운 진주색의, 거울처럼 빛나는 바닥과 벽. 유리 반구 내부에 영상을 띄우는 독특한 형태의 홀로스크린이나 허공에 빛의 글자를 투영하는 터치패널 콘솔, 머리를 완전히 뒤덮는 후드는 수도승 같은 느낌을 주고, 역시나 진주색 군복을 입어서 청정함을 넘어 신성할 지경이다.

지휘소 정면의 반구형 홀로스크린에 투영된 작전도 위에 북방, 〈레기온〉 지배영역 안의 한 점이 제3기갑군단 군단장의 말에 맞춰서 깜빡였다.

"목표는 공백지대 내부, 전선에서 70킬로미터 지점에 진출한 신형 〈레기온〉, 공성공창형을 제거하는 것입니다. 참가전력은 우리 제3군단 시가 투라와 제2군단 이 타파카. 그리고 이번에 연방에서 파견된 기동타격군 제1기갑 그룹과 의용연대 미르메콜레오로 이루어진 2개 연대, 연방 파견여단."

무수한 유리 파편이 빛나면서 지저귀는 듯한, 섬세하면서 현묘하게 울리는 목소리다. 미세한 금방울을 무수하게 흔드는 듯. 빗방울이 정원의 수금굴(水琴窟)을 울리는 듯.

레나는 곤혹스러운 마음으로 무심코 바라보았다. 성교국에 파견된 지 이미 보름 가깝게 지났지만, 이 군단장 각하에게는 도무지 익숙해질 수 없다.

시선 앞에서―― 햇살의 금발과 눈을 가진 자그마한, 연약한 소녀가 빙그레 웃었다.

"극서제국군의 장수 여러분들은 익숙해졌지만, 처음에 만났을 때는 다들 눈이 휘둥그레지더군요. 오랜만에 놀라는 모습을 보니 신선하고 기쁘네요."

헤메르나데 레제 성이장(聖二將).

레나 등 연방 파견여단이 협동하는 성교국군 제3기갑군단의 군단장이라고 하는 소녀다.

군단장이다.

군단이란 나라에 따라 다르지만, 여러 사단으로 구성되어 십여만 명이나 되는 대병력이다. 사단보다도 작은 여단, 연대를 20대인 그레테나 10대인 레나가 지휘하는 것조차도 전시이기에 가능한 이례인데, 설마 10대 중반의 소녀가 군단장이라니. 이례를 뛰어넘어서 이상할 지경이다.

그야 조국에서 방면군──대략 몇 개 군단으로 이루어진── 지휘관이었던 비카에게는 뒤지지만, 연합왕국은 왕이 통수권을 독점하는 전제군주제고, 그는 왕자다. 왕의 아들이 부왕의 통수권을 넘겨받는 것은 당연한 일이다.

"실례했습니다, 레제 이장. 성교국에서는 특별한 일이 아니라고 들었습니다만……."

"부디 헤르나라고 불러주세요. 대령은 마침 언니뻘인 나이입니다. 동생처럼 대해 주시면 좋겠어요."

여전히 곤혹스러움을 감추지 못하는 레나에게, 헤르나는 우아한 소리를 내면서 웃었다. 살며시 물결치는, 봄의 희미한 햇살 같은 금발. 하얗고 부드럽게 저무는 태양 같은 금색 눈동자. 물새처럼 가느다란 어깨와 가녀린 팔다리를 금실로 자수한 하얀 옷으로 감싸고, 자그만 키보다도 긴 지휘봉에서는 유리관으로 이어놓은 방울이 움직임에 맞추어 찰그랑 소리를 내었다.

귀여운 미소는 그대로 띠면서, 극히 자연스러운 말을 하듯이 티없이 말했다.

"방탕을 즐기는 것은 인간의 천성, 낮은 곳으로 흐르는 것이 인간의 습성이라면, 우리 노이랴 성교의 엄격한 가르침에 이국 사람이 따를 수 없는 것은 무리도 아닌 일. 하물며 땅의 여신이 정한 역할에 헌신하지 않는 방탕을 자유라고 칭하는 공화국 백성이 이해할 수 없는 것은 300년 전부터 저희도 아니까 괜찮습니다."

"……."

출발 전에 그레테가.

성교국은 사고방식이 다르니까 당황스러운 일도 많을 거라고 미리 가르쳐 준 것을 떠올리며 레나는 속으로 탄식했다. 이처럼 헤르나나 성교국의 참모들과 이야기하면 때때로 깨닫게 되는 가치관의 단절.

성교국을 중심으로 극서제국에서 믿는 노이랴 성교는 땅의 여신과 그가 관장하는 운명을 절대시하며 신봉한다. 사람에게는 해야 할 역할, 따라야 할 운명이 각각 부여되고, 따라서 모든 영혼은 그 역할을 맡은 집안에서 태어난다. 노이랴 성교를 국교로 삼고 그 교리를 국법보다 상위로 매겨서 엄격하게 따르는 성교국에서는 아직 직업 선택이나 혼인에서 가문이 중요시되고, 선택의 자유가 없다나.

옆에서 말없이 서 있던 성교국군의 아직 젊은 참모관이 정면을 향한 채로 한 차례 헛기침했다. 그 나무람에 헤르나가 가녀린 어깨를 움찔 떨었다.

"아……. 죄송합니다. 제가 실례되는 말이라도 하였습니까?"

금빛 두 눈동자를 불안하게 떨면서 야단맞은 고양이처럼 올려다보는 모습. 그렇다. 헤르나에게는 악의가 없다. 사고방식이 근본부터 다소 다를 뿐이다.

그리고 성교국은 공화국, 연방과는 쓰는 언어가 다른데도, 헤르나는 레나나 에이티식스들에게 맞춰서 파견 당초부터 항상 연방어로 이야기해 주었다. 때로는 레나도 그걸 잊어버릴 정도로 자연스러운 연방어로.

"아뇨, 개의치 마시길. 그리고 헤르나. 나를 부디 레나라고 불러 주세요."

헤르나는 얼굴을 빛냈다. 그런 점은 역시 레나보다 나이가 세 살 적은, 아직 어린 소녀였다.

"고맙습니다, 레나 언니!"

다시금 참모관이 헛기침했다. 헤르나는 이번에는 장난스럽게, 호들갑스럽게 어깨를 으쓱였다.

어디까지나 정면을 계속 바라보는 참모관의 연한 금색 눈에는 동생을 보는 듯한 다정한 친근함과 함께 상관을 향하는 깊은 존경과 숭배가 있었기에, 레나로서는 흐뭇해졌다. 이 조그만 군단장 각하는 부하들에게 사랑받고 있는 거겠지.

"그럼 헤르나. 이 기회에 가르쳐 주었으면 합니다만, 전선에서 70킬로미터나 떨어진 공성공창형을 어떻게 포착했습니까?"

"예측관의 '신탁'이 잡아냈습니다."

의아한 표정을 하는 레나에게 참모가 보충해 주었다.

"양금종의 이능력을 저희는 그렇게 부릅니다, 대령님. 자신과 동포에게 다가오는 위협을 피부로 느끼는 능력……이라고 말해야 할까요. 염홍종의 천리안이나 청옥종의 예지처럼 구체적인 위협 내용은 파악할 수 없습니다만, 그 대신에 검출할 수 있는 거리는 지극히 넓습니다. 이번 대의 신탁관들이라면 극서제국의 전선 전체를 감지할 수 있습니다."

"11년 동안 성교국과 극서제국이 간신히 나라를 지켜낸 이유 중 하나가 이 신탁에 있다고 평가받고 있지요. 성교국이 성립되기 훨씬 이전의 태고에는 반경 수십만 킬로미터에 달하는 드넓은 범위를 감지하는 이도 있었다고 합니다."

공화국 전체, 연방 서부전선 전체에 미치는 감지 범위를 가지는 신의 이능력과 비슷한 것일까⋯⋯. 수십만 킬로미터라는 건 아무래도 과장이겠지만.

헤르나가 말을 이었다.

"참모의 말처럼 신탁은 구체적인 위협 내용을 파악할 수 없습니다. 확인을 위해 〈레기온〉 지배영역에 척후를 침투시킨 결과⋯⋯ 그 거수, 공성공창형의 발견에 이르렀습니다."

"성교국의 사전관측으로는, 공성공창형은 자동공장형을 개조한 것으로 추정된다고 했던가. 자동공장형이 토대인 탓에 시속 몇 킬로 속도라는 게 그나마 다행이구나."

공용어는 서로 방언 정도의 차이밖에 없는 공화국과 연방, 연합왕국과 맹약동맹과 달리, 이 성교국을 중심으로 하는 극서제국의 언어는 공화국 태생인 신 일행에게도 연방군인에게도 알아듣기 어렵고 발음하기 어렵다.

공성공창형에게 붙은 저승의 새라는 호칭도 그것은 마찬가지라서, 연방군 사이의 교신에서는 연방의 언어에 따른 호칭이 사용된다.

할시온. 북해에 사는 전설상의 새.

시선을 준 곳에서, 다가온 프레데리카가 눈살을 찌푸렸다.

"그렇긴 해도 복잡하구나. 말하자면 공성공창형은 저 전자포함형과 합체한 것 아니겠느냐. 그냥 전자포함형이라고 불러도 될 것 같은데."

"어디까지나 상황에서 그렇게 추측된 것뿐이야. 격파해서 조사할 때까지는 확정이 아니야."

실제로는 신의 이능력으로 거의 확정된 사실이다. 성교국의 전선에 배치된 직후에 신은 전자포함형의 존재를 감지했고, 그것이 성교국이 말하는 공성공창형에게서 들려오는 소리라고 확인하기까지는 그리 오랜 시간이 걸리지 않았다.

다만 이 성교국에서는 표면상 그런 것으로 하고 있다. 지각동조조차도 성교국에게는 그 존재를 밝히지 말고 반드시 무선 통신과 병용하여 은폐하라고 작전 전에 엄명을 받았다.

"그랬지. 그래서, 그 전자포함형일지도 모르는 〈레기온〉이 이쪽을 사거리에 넣었는데도 포격하지 않는 것은."

"화포의 사거리가 아슬아슬하게 닿는 곳에서 단숨에 전선부터 후방대열까지 포격할 심산이겠지. 이것도 추측한 대로일까. 그 정도의 포격과 거구의 이동은 동시에 할 수 없겠지."

적기는 사거리 자체는 길지만, 이동속도가 극단적으로 느리다. 포격을 개시하면 이동을 멈춰야 하는 이상, 요격당하기 직전까지 접근하고 긴 사거리를 살려서 아득한 후방까지 단숨에 쓸어버리는 게 최선이겠지.

그렇게 말하며 신은 눈을 가늘게 떴다. 그 사실에는 성교국도 속이 타겠지.

"전자가속포형이나 전자포함형의 최대 사거리라면 사격 개시 위치에 따라서는 성교국 전체를 포격할 수 있어. 자칫하다간 단 한 기의 〈레기온〉에 의해 하룻밤에 성교국이 함락될지도 몰라."

"──그러니까 그 사격 개시 예측지점에 공성공창형이 도달하기 전에 공성공창형을 격파하는 게 우리 임무란 소리네."

유토를 대신해서 리토가 지휘하는 제2대대와 미치히가 지휘를 맡은 제3대대는 스피어헤드 전대와 〈아르메 퓨리우즈〉에서 15킬로미터나 떨어진 전방, 최전선 근처에 자리를 잡았다. 탄약이나 연료를 집결하는 곳으로 위장한, 이것 또한 진주색인 가설 위장창고 내부에.

이 창고는 외부 공기를 완전하게 차단하지 못하니까 펠드레스에 탑승하는 편이 낫다고 통역을 맡은 성교국의 젊은 여자 장교가 말했기에, 리토는 자기 기체에 탑승한 상태로 불러낸 작전도를 보면서 말했다.

지금은 지각동조와 유선 통신회선 너머에서 미치히가 쓴웃음을 지으며 대답했다.

[너무 많이 건너뛰었습니다, 리토. 그래선 마치 우리 전원이 돌격하는 것 같습니다.]

"알고 있어. 일단은 성교국군이 양동으로 〈레기온〉 정면을 압박, 적 부대를 유인해서 발을 묶는다. 노우젠 대장의 정진대대와 우리 여단 본대는 그동안 이대로 숨어서 대기, 였잖아. 성교국 사람들은 꽤 강한 모양이니까, 양동을 맡겨도 괜찮겠지만."

성교국군은 소년병 출신인 리토의 눈으로 봐도 질서 정연하게 통솔이 잡히고 잘 훈련된, 강인한 군대였다. 장비나 설비는 대국인 연방과 비교하면 꽤 소모되었지만, 사기는 높고 전방에 전개한 부대의 배치에도, 대기하는 병사들의 자세에도 빈틈이 없었다.

군단장이라는 소녀에 대한 숭배라고 할까, 아무래도 전원이 초상화를 가지고 다니며 틈나면 기도처럼 소녀의 이름을 중얼거리고, 지금도 여기저기서 초상화를 연신 보거나 얼굴 모를 병사들이 이름을 연호하는 등의 열광은 조금 이상하긴 하지만. 그보다도.

"──역시 아무래도 저건 기분 나빠."

힐끗 시선을 준 곳.

격납고 밖을 이따금 오가는 성교국군 병사는 온몸을 완전히 뒤덮는 형태의 진주색 탑승복에 방진용인 듯한 마스크와 고글로 머리를 완전히 뒤덮어서 하나같이 얼굴이 전혀 보이지 않았다. 그들의 기체라는, 마찬가지로 진주색 장갑에 낯선 형태인 펠드레스.

눈처럼 쌓이는 재 속에서 희미하게 빛나는, 얼굴 없는 군세가 모는 이형의 말들.

[알고 있습니다만, 어쩔 수 없습니다. 성교국의 전장은…… 공백지대는 어디고 이런 식으로 재투성이라는 모양이니까요.]

대륙 북서쪽 끝, 단두반도──통칭, 공백지대.

수백 년에 걸쳐 화산재가 눈처럼 계속 내리는 바람에 화산재에 갇힌 황야다.

　반도 중앙에 위치하는 화산이 활동기에 들어가서 대량의 연기와 화산재를 뿜어내는 바람에 사람이 살 땅이 아니게 되었다. 주민도 동물도, 나라도 도망쳐서 무인지대가 된 지 수백 년── 지금도 두텁게 떠도는 재에 햇살이 가로막혔고, 지표면에서는 재가 두꺼운 층을 이루었으며, 마그마와 함께 솟구친 중금속이 물을 오염시키는, 모든 생명을 거부하는 북쪽의 이경.

　성교국이 대치하는 〈레기온〉의 주력은 공백지대를 세력권으로 삼았고, 그러니까 성교국의 전장은 어디고 눈처럼 내리는 재가 지배한다. 당연히 성교국의 군장이나 펠드레스의 형태에도 영향을 미쳤다.

　화산재란 지하에서 녹은 용암이 분화로 인해 지표로 나와서 굳은 미립자다. 즉, 미세한 천연 유리다. 그 끝은 깨진 유리 조각과 마찬가지로 예리하여 피부나 안구를 상하게 한다. 오랫동안 들이마시면 호흡기도 상하기 때문에, 도무지 맨몸을 드러내놓을 수 있는 전장이 아니다.

　따라서 성교국 군인들은 격납고 밖에서는 예외 없이 방진 장비를 착용하고, 또한 애초에 보병에 해당하는 병종이 존재하지 않는다고 한다. 성교국의 펠드레스는 보병이 아니라 무수한 소형 기체를 데리고 다니며, 그 원호와 함께 전장을 나아간다.

　미치히가 슬쩍 웃었다.

　[하지만 리토는 오퍼레이터들과 친하게 지내고 있지 않습니까.]

"어, 응. 말을 모르면 모르는 대로 의외로 잘 놀 수 있거든."

마침 프로세서와 같은 세대인 10대 후반의 소년병들은 철들고 처음 본 외국인에게 흥미진진해서, 틈만 나면 기동타격군의 막사에 놀러왔다.

과자를 교환하거나, 모두 모여서 카드 게임을 하거나, 군대의 기본인 팔굽혀 펴기 횟수를 겨룬다든가. 최종적으로는 양쪽 다 신나서 칠리소스와 성교국 특유의 향신료를 차에 섞어서 돌려 마시는 치킨레이스를 벌이다가, 신과 성교국의 상관인 듯한 나이 많은 소년이 야단치러 오고―― 그렇다. 그때 그들 군단장의 초상화를 구경했다. 연한 금발과 금색 눈의 하금종 소녀가 마치 보물을 다루는 듯한 손길로 보여준, 옛날이야기의 요정 같은 여성의 초상화.

"레마 레포아 헤메르나데. 츠리주 유나 레제……였던가."
<small>당신께 영광을</small> <small>우리를 인도하는 별</small>

그런 의미라고 가르쳐 준 것은 브리핑에 왔던 성교국의 참모관이었다. 연방어를 아는 그도 그 말을 외울 때는 진주색 군복의 가슴에 손을 올리고, 초상화가 담긴 로켓인지 뭔가가 그 손아래에 있다고 알 수 있는 경건한 손짓이었다.

숭배. 열광. 혹은―― 신앙.

그런 식으로 볼 대상은 하늘도 천국도 믿지 않는 에이티식스들에게 없지만.

때마침 〈레긴레이브〉가 있는 격납고 밖, 재의 눈이 내리는 공백지대 전장에서는 레나가 말한 것 같은 환호성이 들려와서 작전이 시작되었음을 알려주었다. 성교국의 얼굴 없는 병사들이 그들의 여장군을 칭송하는 말.

——레마 레포아 헤메르나데!

——츠리주 유나 레제!

작전의 제1단계 개시. 성교국군 2개 군단으로 이루어진 양동부대의 출격이다.

통신회선 너머로 울리는 환호에 답하듯이 헤르나는 한 손에 쥔 지휘봉을 들었다가 진주 광택이 나는 바닥을 살짝 때려서 소리를 냈다. 찰그랑. 유리 방울이 맑게, 차갑게 울렸다.

"땅의 운명과 호국의 긍지 아래. 시가 투라, 출진합니다. 이 땅의 싸움은 우리의 싸움. 우리야말로 주공이라는 마음으로 임하세요."

헤르나의 호령은 역시 높고 맑았으며, 그리고 독특한 섬세한 울림으로 재의 전장에 낭랑하게 울렸다. 반짝이는 규사의 미세한 울림에, 다음 순간 군단 전원이 포효하는가 싶은 함성이 돌아왔다.

무심코 레나는 몸을 움츠렸다. 레나는 이 정도의 대규모 군세를 지휘한 적 없다.

"대단, 하네요."

레나보다 나이가 더 어리다고 생각되지 않는 통솔력, 병사들의 지지다. 거의 열광, 광신이라고 해야 할 정도.

헤르나는 정면 스크린을 올려다본 채로 이쪽을 보지 않았다. 그녀가 지휘하는 제3군단 〈시가 투라〉의, 갈색 돈점박이 준마의 부대 마크.

"우리 군단의 아이들은 모두가 〈레기온〉에 부모 형제를 잃었기에."

레나는 앗 소리와 함께 눈을 크게 떴다.

성교국에서는 태어난 집안에 따라 가져야 할 직업이 결정된다. 즉, 군인들은 모두 군인 집안 태생이며, 그렇다면 11년 동안 성교국의 전사자는 모두 지금 전장에 선 병사들의 가족이다.

군단을 구성하는 다섯 개 사단, 각각 움직이는 그 마크를 올려다본 채로, 아직 화장도 하지 않은 산호색 입술이 순간 눈물을 참듯이 굳게 다물어졌다.

"――저도."

고작 열다섯 살에 군단장을 맡은, 맡을 수밖에 없는 그녀의 가문.

"저도 가족을 〈레기온〉에 잃었습니다. 레제 가문은 성자의 가문. 축제를 관장하는 성자는 전쟁도 관장하기에 11년 전의 개전 당시 레제 일족은 모두 장수로서 출진했습니다. 그리고 전원이 전사했죠. 저를 제외한 전원이."

성자란 노이랴 성교에서 고위성직자의 호칭이다. 성교국에서 고위성직자는 그대로 정치적 고관이고, 또한 군 지휘관이기도 한 모양이다. 하지만 개전 시에는 아직 너무 어려서 전장에 설 수 없었을 헤르나 이외의, 설마 전원이.

그 정도로――치열했던 싸움.

저무는 해의 금빛을 띤 헤르나의 두 눈동자가 순간 매서운 빛을 띠었다.

하지만 돌아보았을 때 그 하얀 얼굴은 원래의 부드러운 미소를 띠고 있었다.

"그걸 알기에 모두 저를 따르고 있습니다. 저희는 모두 가족을 잃은…… 동료니까요."

〈아르메 퓨리우즈〉의 주위에는 발진 순서대로 〈저거노트〉가 모여 있고, 그중 한구석에서 대기 상태인 〈베어볼프〉 옆에 있던 라이덴이 한 손으로 헤드셋을 눌렀다. 그리고 시선을 준 신을 바라보며 말했다.

"──신, 양동을 맡은 성교국 제2, 제3군단이 움직였어. 지금 시점에서는 계획대로야. 우리 출발도 예정대로 곧 시작돼."

"알았어. 프레데리카, 너도 이동해."

핏빛 시선과 조용한 목소리를 받고, 프레데리카는 조금 자랑스럽게 "오냐." 하고 고개를 끄덕였다. 이 작전에서 프레데리카는 레나와 같은 발령소 배치가 아니라 그 이능력을 살린 관측요원으로서 전열에 가담한다. 지금은 전선 배후에 대기하는 리토나 미치히 등과 같은 여단 본대, 그 사격대대에 배치된다.

"성교국의 양동부대가 〈레기온〉 전선부대를 붙든 사이에 그대들 정진대대가 전선 배후로 진출, 공성공창형을 작전영역에 구속. 그리고 우리 본대는 양동으로 생겨난 적 부대의 빈틈을 통과,

〈레기온〉 지배영역 60킬로미터 지점까지 진출하여 공성공창형을 격파한다……였지. 작전개요는 이렇게 잘 파악하고 있다. 맡겨두도록 하여라."

고개를 끄덕여 주고.

프레데리카는 갑자기 미소를 지우더니 신을 올려다보았다.

"——나를 쓸 결심은 했느냐. 신에이."

그것은 이 작전에서 관측원의 역할을 프레데리카에게 맡기는 것이 아니라.

〈레기온〉 완전 정지의 호령을 제국 마지막 여제에게 내리게 하는 것에 대한 이야기.

"솔직히 내키지 않는 것은 변함없지만……."

작게 탄식하며 신은 대답했다. 신은 끝까지 싸우는 것을 긍지로 삼은 에이티식스다. 한 소녀에게 인류의 운명을 짊어지는 게 하는 것을, 한 소녀를 전쟁 종결의 제물로 삼는 것을 그 긍지와 자상함 때문에 달게 여기지 않는다. 하지만 그 결과, 전우 중 한 명은 끝까지 싸우는 길이 끊겼다.

그 잔혹한 저울을 괴롭게, 하지만 눈을 돌리지 않고 바라보는 눈동자.

"세오 같은 희생을 더 이상 늘릴 수 없어. 그 녀석에게 나는 아무것도 해 줄 수 없지만, 이것이라면 할 수 있으니까…… 안 할 수는 없겠지."

에이티식스 동료들만이 아니라. 기동타격군의 전우들만이 아니라. 〈레기온〉에게 대치하는 모든 전장에서, 지금 이때도 스러져가는 모든 병사들을── 더 잃지 않기 위한 싸움을.

신을 올려다보며 프레데리카는 말을 이었다. 진지하게── 그
선택의 책임을 혼자에게 지우지 않기 위해서.

"말하지 않았느냐. 나도 언제까지고 아이는 아니다. 그대도 라
이덴이나 블라디레나에게 의지하고 있겠지. 마찬가지로 나에게
좀 기대더라도, 그건 전우의 힘을 빌릴 뿐이다. 안 좋게 생각할 것
없다."

"준비가 다 끝날 때까지 실행은 안 해. 너를 희생하지 않는다는
것도 변함없으니까."

"과보호하는 오라버니로군. 어쩔 수 없지. 그대를 공화국과 똑
같이 만들 수는 없으니."

쓴웃음을 짓고── 떠오른 것을 덧붙였다.

"하나 저 거슬리는 비장의 카드는, 아무리 그대가 과보호라도
다음부터는 사양할 게다."

"그래……."

공성공창형은 원래 자동공장형, 전자포함형이기 때문에 지극
히 거대하다. 〈레긴레이브〉의 88mm 포는 물론, 〈바나르간드〉
의 120mm 포나 〈바르슈카 마투슈카〉의 125mm 포조차도 격파
하기에 위력이 부족하다.

그래서 도입한 것이 신병기이고, 관측원인 건데── 애초에 그
신병기란 것이.

"매번 주먹구구로구나……."

"대책이 준비된 것만 해도 여태까지보다는 낫다고 생각해."

갑자기 누군가의 목소리가 끼어들었다.

"——없는 자에게는 우리의 검은 새가 자못 부럽겠지만, 이러니까 비천한 자는 싫네요. 신 포도의 일화를 보듯이 천민들은 짐승처럼 귀인을 질투하는 법이로군요."

프레데리카가 눈썹을 곤두세웠다.

"무어라……?"

그보다.

누구지?

끼어든 오만한 목소리에 신은 순간 얼떨떨해졌다. 애초에 군사기지에 있을 리 없는 목소리.

"애초에 땅바닥을 기는 꾀죄죄한 해골 따위가 오라버님과 〈바나르간드〉를 제치고 주력이라니 까소롭습니다! 긍지 높고 당당한 기사의 모습, 이 기회에 보고 배우면 좋겠지요!"

높은 목소리—— 어린 소녀의 목소리라니.

무의식중에 시선을 주자, 그 소녀는 아직 프레데리카의 눈높이에 정수리 정도밖에 도달하지 못했다. 더 시선을 내렸다. 고양이처럼 곤두선 금색 눈동자와 눈이 마주쳤다.

열 살 정도의 조그만 소녀다. 곱슬기가 심한, 장밋빛에 가까운 진홍색 머리를 강아지의 늘어진 귀처럼 머리 좌우로 땋아 올리고, 최전선 근처임에도 불구하고 새빨간 비단 드레스와 붉은 보석 티아라.

뭐라고 할까, 전체적으로 새빨간 소녀다.

그녀 자신을 본 기억은 없지만, 빨간색으로 통일된 외견으로 봐서 이 파견에서 익히 본 그 부대의 마스코트 소녀겠지. 공성공창형의 확실한 격멸과 정보 수집을 위해 신과 제1기갑 그룹 외에 연방에서 추가로 파견한 또 하나의 기갑부대.

신 자신도 86구에서 소녀와 큰 차이 없는 나이에 전장에 나갔고, 프레데리카를 보면서 익숙해지긴 했지만, 연방군의 마스코트도 그렇고 〈시린〉들도 그렇고 성교국군의 군단장이라는 소녀도 그렇고, 참으로 비상식적인 일이라고 생각하면서 신은 대답했다.

"까소롭다고?"

"아."

의외로 마스코트 소녀는 순순히 놀란 기색을 했다.

프레데리카가 봐주는 것 없이(아마도 방금 앙갚음으로) 웃음을 터뜨렸으니까, 소녀는 점점 더 눈살이 사나워졌다.

"뭔가요! 건방지게!"

"무어라! 너야말로 건방지게!"

신은 힘이 쭉 빠져서 한숨을 내쉬었다.

리토에게 주의를 주긴 했지만, 미치히에게도 성교국군의 모습은 조금 으스스했다.

빛나는 진주색의 얼굴 없는 병사들에, 무수한 작은 소형기를 데

리고 다니는 낯선 형태의 펠드레스, 무엇보다도 마치 순례라도 가는 듯한, 익숙한 합리와 살육이 아닌 장엄과 경건으로 가득한 성교국군의 모습.

그것이 미치히에게는 어딘가 미덥지 않고 허술해 보였다. 에이티식스는 대부분이 하늘도 천국도 믿지 않으니까, 그런 탓일까.

헤드셋에서 지직거리는 잡음이 나더니, 지각동조가 아니라 통신회선 너머의 목소리가 말했다.

[긴장하고 있나, 아가씨. 괜찮아. 우리 미르메콜레오 연대는 연약한 성교국의 민초도, 너희 기동타격군의 가련한 아이들도, 반드시 지켜낼 테니까.]

벨벳을 쓰다듬는 듯한, 기분 나쁠 정도로 매끄러운, 옛 기아데 제국 귀족 계급의 억양.

대륙 최고의 대국으로 제후도 많았던 기아데에서는 귀족 억양이라고 해도 여러 가지가 있는 모양이다. 미치히의 서류상 보호자의 억양과도, 리햐르트 소장이나 빌렘 참모장과도 달라서 귀에 익지 않은 탓인지 더욱 거슬렸다.

아무튼 청년에게 들리지 않도록 미치히는 가만히 한숨을 내쉬었다. 이 사람도 나름대로 신경을 써 주고 있다는 것을 알겠지만.

힐끗 바라본 곳, 격납고 안에는 그녀의 〈파리안〉을 포함한 〈레긴레이브〉의 순백색 기체 말고도 종류가 다른 기체들이 있다. 유린을 그 임무로 삼는 튼튼한 여덟 개의 다리. 견고한 복합장갑을 두른 위압적인 차체. 중기관총 2정에, 전차형이나 중전차형과도 상대하기 위한 강력하기 짝이 없는 120mm 활강포── 다만 장갑의 색채는 연방의 쇳빛이 아니라 선명한 주홍색.

연방의 주력 펠드레스, M4A3 〈바나르간드〉.

이 작전에서 협동하는, 같은 연방에서 파견된 부대의 소속기다.

"의용기갑연대 미르메콜레오, 였습니까."

별로 관심은 없지만, 그레테에게 사정은 대충 설명 들었다. 옛 대귀족이 가진 사병을 연방군에 편입했다는 부대.

주홍색으로 칠해진 것은 〈바나르간드〉만이 아니라 동행하는 장갑보병의 장갑강화외골격 〈울프헤진〉도 마찬가지라서, 정말이지 귀족의 취향다웠다. 재로 뒤덮인 성교국의 전장에도 연방 서부전선의 시가지나 숲에도, 어떤 전장에도 어울리지 않을, 전혀 뜬금없이 화려한 색상. 합리성이 지배하는 현대 전장에서 우렁차게 자기 이름을 외치는 시대착오적 갑주 기사 같은 모습.

붉은 장갑은 약한 광채를 거울처럼 균일하게 반사하고 있으며, 그것은 표면에 흠집 하나 없기 때문이다. 첫 출진을 대비하여 새로 칠하고 광을 냈을지도 모른다. 역전이기에 장갑에 무수한 상처가 있고, 그걸 당연시하여 개의치 않는 〈레긴레이브〉와는 정반대인──전쟁을 모르는 모습.

"친절인 건 알지만, 전장에 처음 나온 신병에게 아이 취급당할 이유는 없습니다. 무시하지 말았으면 합니다."

성교국군 제3기갑군단의 5개 사단은 각자 기동을 시작하였고, 그중 어느 쪽도 아직 〈레기온〉과 교전을 시작하지 않았다. 숨을 훅 내뱉은 헤르나는 레나를 올려다보고 고개를 갸웃거렸다.

"그러고 보면 의용연대 분들은 어떤 사람입니까? 저는 별로 이야기를 나누지 못했는데요…….."

'그 말은 에이티식스와는 이야기했다는 걸까?' 라고 레나는 생각했다. 레나와 연방 파견여단에 주어진 막사는 성교국군과 달랐는데.

"에이티식스 여러분은 격납고나 회의장이나 회랑에서 만날 때면 싹싹하게 대해 주고, 놀아 주시기도 했습니다만."

이야기했구나.

"그림 맞추기를 잘한다고 감탄을 사기도 했답니다."

헤르나는 빙긋빙긋 웃으며 그렇게 말했다.

"전장을 고향으로 삼는 정예들이라고 들었습니다만, 친하게 지내 주셔서 정말 좋았습니다. 에이티식스끼리도 꽤 사이좋아 보였고요."

레나도 흐뭇해져서 살짝 자랑스러운 미소를 담아 대답했다.

"그들은 86구의 전장에서 끝까지 싸워온 전우들이니까요. 그리고…… 미안해요. 나는 공화국 군인이라서 연방군의 사정은 그리 밝지 못해서."

마르셀이 대신 설명하라는 참모들의 재촉을 받는 형태로 입을 열었다.

"과거의 제국 귀족이 가졌던 사병연대의 흔적입니다."

헤르나의 크고 맑은 금색 눈동자가 바라보는 앞에서 마르셀은 허둥지둥 시선을 돌렸다.

"제국일 때는 영주도 각자 군대를 가졌으니까요. 연방이 생겼을 때 대부분 연방군으로 통합되었는데, 일부 유력자는 사병으로 수중에 일부를 남기는 게 허락되었습니다. 그리고 제국에서 군인이 될 권리는 귀족과 그 부하들이 독점했으니까, 사병연대도 거의 귀족 자제나 그 가문에 속하는 혈통 출신으로."

귀족이 곧 전사 계급이던 제국에서, 종군이란 시민의 의무가 아니라 왕후나 귀족에게만 허락되는 권리였다.

"그러니까 미르메콜레오 인원들도 아마 옛 귀족의 자제일 겁니다. 주군에 해당하는 브란트로테 대공가는 염홍종의 권세가니까, 그 녀석들도 염홍종의 귀공자님들인 겁니다."

"과연……." "그런 거군요……!"

의외로 유창한 설명에 레나도 헤르나도 감탄하며 끄덕였다. 하긴, 듣고 보니 작전회의나 브리핑에서 얼굴을 마주친 미르메콜레오 연대장이나 장교들은 귀공자란 말에 어울리게 품위 있는 미남들뿐이었다.

하지만 설명한 당사자인 마르셀은 뭔가 납득이 가지 않는다는 얼굴이었다.

"다만…… 그렇다고 하기엔, 그 사람들은."

진주색을 띤 임시격납고를 아까부터 이리저리 뛰어다니는 것은 마스코트를 익히 본 베르노르트나 전투속령병들에게도 너무 어린, 기껏해야 예닐곱 살 먹었을 소녀였다.

수정을 깎아서 만든 듯한 향로를 성교국군 병사들의 머리 위에서 흔들고, 뭐라고 중얼거리는 것은 출격 전의 기도나 그런 것일까. 베르노르트 쪽으로도 종종걸음으로 달려와서, 기다란 지팡이 끝에 매달린 향로를 머리 위로 쳐들려고 하기에 무심코 고개를 숙였다. 성교국군의 통역 담당인 젊은 병사가 다급히 달려왔다.

"실례, 연방의 부사관님. 출진 전에 축복하는 것은 우리 나라의 관습인데, 불쾌하시거든……."

"아니아니, 고마운 일입죠. 고마워요, 아가씨."

뒷부분은 연방어를 모르기 때문인지 놀란 기색으로, 조금 불안한 듯이 통역과 베르노르트를 교대로 보는 소녀 앞에 웅크려서 시선을 맞추면서 말했다. 감사의 말이라고 분위기로 읽은 소녀가 빛을 내듯이 활짝 웃었다.

마침 이 작전에서 협동하는 미르메콜레오 연대의 특징적인 색채의 무리가 격납고로 이어지는 통로를 지나치는 게 보였기에, 베르노르트는 말을 걸었다.

"그쪽도 어떻습니까. 첫 출진 전에 축복을 받는 건?"

말은 물론이고 시선 하나도 돌아오지 않았다.

정말로 좋은 집안 출신인, 단정한 체격과 자세의 장교들은 마치 들리지 않기라도 한 것처럼, 베르노르트가 거기에 있든 말든 무시하고 걸어갔다. 강아지가 뭐라고 짖어대기라도 한 것처럼.

전투속령병 한 명이 흥 소리를 내었다.

"파견 나온 순간부터 저러니까 이미 익숙합니다만. 정말로 재수 없는 놈들입니다."

"뭐, 귀족님이니까. 우리를 인간처럼 보지 않는 건 어느 영주고 변함없겠지."

전투속령병을 동물 취급하며 얕잡아보는 게 아니다. 제국 귀족은 같은 귀족이 아닌 자를 인간으로 보지 않는 것이다. 신민도 전투속령병도, 그들에게는 동등하게 시선을 줄 가치도 없는 천민. 그 대접은 어떤 의미로 평등했고, 그러니까 베르노르트는 이제 와서 화도 나지 않았다.

다행스럽게 소녀도 그걸 알아차린 기색이 없이 이번에는 사이스 전대의 프로세서를 축복하고 있다.

"우리 옛날 주인님은 우리가 마누라를 얻었네, 애가 생겼네, 아버지가 장렬히 전사했네 할 때마다 빠짐없이 술자리에 술통을 내주는 정도는 했잖습니까."

"그야 우리 쪽 주인님은 전쟁에 익숙한 야흑종이니까."

"아…… 그렇다면 혹시나 그것도 있지 않을까요."

베르노르트나 부하들이 태어난 전투속령은 야흑종의 영토였다. 야흑종의 옛 수하라면 염홍종 귀족 자제들에게 더욱 거슬리겠지.

눈길도 주지 않고 지나간 진홍색 머리, 또는 눈을 한 염홍종 장교들. 선두에 있던 여자 대위는 금발을 억세게 땋아 올려서 그야말로 고결한 여기사란 인상이었고, 뒤따르는 청년 장교들의 단정한 머리모양이나 잘 손질된 손가락, 몸에 딱 맞는 맞춤 탑승복 등등.

귀공자, 숙녀란 말을 그대로 구현한 듯한 모습.

그때 문득 베르노르트는 의아하게 돌아보았다. 아니, 잠깐만. 그렇다고 하면 좀 묘하다.

염홍종 진홍색 머리, 또는 눈. 금발 여자 장교.

"저것들은……."

두 소녀의 앙칼진 말다툼은 아쉽게도 계속 이어졌다.

"애초에 뭐가 '우리의 검은 새'냐. 저 새는, 〈트라우어슈반〉은 선기련에서 개발한 것이겠지. 그 호위 임무는 기동타격군에게 맡겨진 것이거늘 뻔뻔하다."

"성교국까지의 이송을 맡은 것은 우리 미르메콜레오 연대의 용사들이지요! 야만스러운 에이티식스는 이런 섬세한 병기를 옮길 수도 없을 테니까 당연합니다!"

"그건 분명히 맞는 말이로군. 느려터진 〈바나르간드〉에는 짐말 신세가 어울리는 법이니까."

"그, 그쪽이야말로 다리만 믿고 도망 다닐 뿐인 비겁한 〈레긴레이브〉가……! 그쪽은 그런 궁상맞은 군복으로 뭐가 마스코트인 ^{승리의 여신}가요!"

"전장과 무도회장을 착각하는 영애께선 역시나 말하는 것부터 다르구나. 그 도움도 안 되는 성대한 드레스로 〈레기온〉을 매료하기라도 할 셈이냐."

라이덴은 모르는 척 〈베어볼프〉의 콕핏으로 도망갔지만, 두 사람 사이에 낀 신은 도망갈 곳이 없다. 아니, 프레데리카가 탑승복 자락을 꼭 붙잡고 있으니까 도망칠 수 없다.

소녀는 가느다란 하이힐을 신은 다리로 발을 굴렀다.

"으으! 뭔가요! 그렇게 오빠의 뒤에 숨은 겁쟁이!"

"부러운 게냐, 도움도 안 되는 것."

"이…… 이…… 빨래판!"

"땅꼬마!"

슬슬 신도 못 견딜 것 같았다.

"적당히 해, 어른스럽지 못하게."

"그 정도면 숙녀의 행동이 아니야, 공주 전하."

새로운 목소리가 끼어들었다. 소녀들이 입을 딱 다물었다.

다물긴 했지만 서로 적의를 드러낸 채로, 고양이가 서로 노려보고 으르렁거리는 분위기에 기막힌 기분으로, 신은 목소리가 들린쪽으로 시선을 주었다.

이번에는 아는 목소리였다. 파견 전의 회합에서, 성교국에 온뒤 몇 차례의 회의와 합동훈련, 브리핑에서 말을 주고받은 상대.

"우리 마스코트가 실례했군, 대위. 마스코트 아가씨도."

옛 제국 귀족 계급 특유의 마른 체구와 단정한 외모. 몸에 걸친기갑탑승복은 디자인 자체야 연방군 제식이지만, 색채는 특별 맞춤인 듯한 주홍색이고, 완장의 부대 마크는 사자와 개미가 뒤섞인 기괴한 괴물. 옛 브란트로테 대공령, 의용기갑연대 미르메콜레오 연대장——.

"귄터 소령님."

"길비스면 된다고 볼 때마다 말했는데……."

어깨를 늘어뜨리며 다가오는 그 사람은 스무 살 정도라서 아직 젊다. 밝은 적색 머리를 단정하니 짧게 쳤고, 신이나 프레데리카와도 같은 염홍종의 핏빛 눈동자.

소녀가 빙글 몸을 돌려서 길비스에게 매달렸다. 장신의 길비스에게 조그만 소녀가 달라붙었으니까, 허리를 굽히듯이 받아주는 형태가 된다.

"아앙, 오라버님! 역시 비천한 에이티식스들이 오라버님을 제치고 주력 행세를 하는 것은 용서할 수 없어요! 지금이라도 교대하시지 않겠습니까?!"

"또 그런 소리를 하나……. 너무 무례하잖아, 공주 전하. 그리고 대위와 기동타격군의 마스코트와는 첫 대면이니까, 일단은 똑바로 인사해야지."

그는 인품 좋을 듯한 소박한 얼굴에 최대한 엄한 표정을 하며 나무랐다. 공주 전하로 불린 소녀가 뚱한 얼굴로 볼을 부풀리며 불만을 드러내도 꿈쩍하지 않았다.

결국 공주 전하는 드레스 자락을 가볍게 집고서 떨떠름하게 인사했다.

"의용기갑연대 미르메콜레오의 마스코트, 스벤야 브란트로테입니다. 잘 부탁드립니다. 신에이 노우젠 대위. 그리고 건방진 껌딱지."

노우젠 부분에 묘한 액센트를 넣고 말했다. 브란트로테 가문은 미르메콜레오의 주인이고, 기아데 제국에서 야흑종의 우두머리인 노우젠 가문과 대립하는 염홍종의 권력가다.

명백한 도발에 다시금 프레데리카가 입을 열려고 하길래, 모자를 코끝까지 눌러 씌우는 것으로 입을 막았다. 이야기가 복잡해지니까 슬슬 조용히 하면 좋겠다.

그런데.

"미르메콜레오는 파견여단 본대 배치겠죠. 소령님은 지금 미치히 소위 쪽과 함께 전선으로 이동했어야 하지 않습니까?"

"아니, 실은⋯⋯. 부끄럽지만, 공주 전하가 늦잠을 자서. 긴장으로 어젯밤에 잠을 못 이룬 모양이야."

"오라버님!"

스벤야가 새빨개져서 소리쳤다.

길비스는 머쓱하게 고개를 돌리고, 잘 손질한 손끝으로 관자놀이 근처를 긁적였다.

"귀부인의 몸단장을 기다리는 것은 기사의 의무라고 해도, 설마 작전 개시에 늦을 수는 없지. 그러니까 본대는 부장에게 맡겨서 먼저 보냈어. 〈바나르간드〉 1개 소대 정도라면 이동하는 데 시간도 별로 안 걸리니까, 발진 시각 전에 따라잡을 수 있지. 게다가 작전이 시작되기 전에 한번 너와 이야기하고 싶었어. 노우젠 대위."

시선을 주자 길비스는 어깨를 으쓱였다.

"에이티식스를 통솔하는 저승사자, 혼혈의 '노우젠'. 무슨 생각으로 싸우고 있는지 계속 궁금했지. 너는 우리와 마찬가지일 것 같았으니까."

"⋯⋯?"

갑작스럽게 깨달았다.

신 자신은 아버지와 마찬가지로 야흑종의 흑발이지만, 형은 어머니에게 물려받은 염홍종의 새빨간 머리였다. 그런 형이나 어머니의 머리는 길비스와 색조가 다르다. 옆에 있는 스벤야가 그야말로 염홍종의 새빨간 머리를 하고 있으니까 그 인공적인 붉은색이 한층 두드러졌다. 물들인 것이다. 그리고 아마도 양금종의 피가 섞인 듯한 스벤야의 두 금색 눈동자, 여태까지 신경 쓰지 않았지만 돌이켜보면 모두가 염홍종과 다른 민족의 혼혈이었을 미르메콜레오 연대의 장교들.

제국 귀족은 혼혈을 꺼린다──. 제국이 연방으로 바뀐 지 10년, 그 가치관은 아직 흐려지지 않았다.

과연, 그래서. 그런 마음에 다소 착잡해졌다.

미르메콜레오. 사자의 머리와 개미의 몸을 가진 키메라── 서로 다른 두 종이 뒤섞인 존재.

귀족의 피를 이었으면서 일족으로 인정받지 못하는, 혼혈 자제들로 이루어진 부대.

"뭐, 아무래도 다른 모양이지만. 노우젠 후작은 네게 좋은 할아버지겠지. 다만…… 그렇다면 너는 어째서 싸우지?"

"……."

신은 살짝 탄식했다. 이전에도, 그때는 유진에게 같은 질문을 들었는데.

"귄터 소령님. 작전은 시작되었습니다. 시간이 별로……."

길비스는 난처한 듯이 웃었다.

"아, 그러니까 이것만 가르쳐 주면…… 나로서는 기쁘겠어."

제국 귀족에 속하는 혼혈이면서도 가문의 도구로 대접받지 않는 신에게.

"전쟁을……."

　가족을, 수많은 전우를. 86구에서는 자유와 미래를. 앗아간 전쟁을.

　세오의 한 팔과 미래를——삼켜버린 강철의 포악함을.

"끝내고 싶어서 그런데. 소령님은 그걸 이상하게 생각합니까?"

"그래. 이 전쟁이 끝나면 너도 네 동료도 지금의 영웅 대접에서 단순한 애 취급이 되지. 너희는 우수한 전사지만, 전사의 기량 말고는 아무것도 없어. 그런데도?"

"영웅이 되고 싶은 게 아니니까요."

　길비스는 담담히. 어딘가 쓸쓸하게 웃었다.

"그런가……. 부럽군. 나는, 우리는 그런 식으로 강하게 있을 수 없다. 될 수 있다면 되고 싶군. 지금부터라도."

　영웅이 되고 싶다.

　전사다움을 긍지로 삼은 옛 제국 귀족. 그 정점인 전장의 군림자가——일문으로 인정받지 않아도 귀족의 피를 이은 자로서.

　어쩌면 인정받을 수 없기에, 어엿한 귀족임을 증명하기 위해서.

　얌전한 얼굴로 듣던 스벤야가 주홍색 탑승복 자락을 잡아당기며 말했다.

"그러니까, 그러하니까 역시 오라버님!"

"공주 전하, 그러니까 안 된다니까."

"——남매입니까?"

패밀리 네임은 다르지만, 유추되는 내력에서 보면 친남매라도 이상하지 않지만.

길비스는 장난스럽게 눈썹을 꿈틀거렸다.

"아, 처음으로 물어봐 주었군."

무심코 기가 죽은 신에게 웃으며 말을 이었다.

"비슷한 거야. 공주 전하만이 아니라 우리 미르메콜레오는 모두가 동포고 형제다. 피는 이어졌기도 하고 안 이어졌기도 하지만. 너희도 그렇지?"

기동타격군의——86구의 전장에서 함께 살아남은 에이티식스들은.

잠시 생각한 뒤 신은 끄덕였다. 그 점에서 분명히 길비스의 말처럼 미르메콜레오 연대의 사람들과 자신들 에이티식스는 관계성이 같다고 생각했다.

피는 이어지지 않았다. 하지만 같은 전장을 고향으로 삼은 동포고, 같은 긍지를 유대로 삼은 형제 비슷한 존재.

"그렇군요……. 그럼 '동생' 을 잘 부탁드립니다, 소령님."

"쿠쿠미라 소위 말이로군. 맡겨다오, 대위."

힘주어 끄덕이는 길비스는 그 뒤에 어깨의 힘을 빼듯이 쓴웃음 지었다.

"내친김에 그 거슬리는 검은 새도."

"예……."

선진기술연구국 플랜 1720, 〈흑사조〉.
^{트라우어슈반}

선기련이 개발을 진행하긴 했지만, 대공세에서 전자가속포형

을 요격하는 수준에는 미치지 못했고, 전자포함형과 이어지는 공성공창형의 등장으로 전선 투입이 결정된 연방체 레일건이다.

펠드레스가 대치하기에 너무나도 거대한 공성공창형을 완전히 파괴하는 이번 작전의 핵심. 지금은 전방, 미치히나 리토와 같은 여단 본대에 배치되었고, 그 호위를 맡아 나아갈 예정인 연방 파견여단이 지닌 비장의 카드다. 400킬로미터의 사거리를 갖는 몰상식한 거포에, 마찬가지로 400킬로미터 너머에서 반격하여 한 방에 끝낸다는 목적으로 개발된, 이쪽도 몰상식한 대구경 초장거리포.

다만 지금 시점에서는.

"미완성 시험 제작품이니까 어쩔 수 없다고 하지만, 저 레일건은 투입하기 너무 이르다고 생각하는데."

상식을 초월한 대구경 초장거리포──가 될 터였던 미완성 시험 제작품이다.

포구 속도는 초속 2300미터로 화포의 한계를 넘지만, 전자가속포형의 초속 8000미터에 한참 못 미친다. 사출하는 탄두의 중량도 마찬가지다. 그래도 전차형 정도라면 수백 킬로미터 거리에서도 파괴할 수 있지만, 공성공창형 정도의 거구를 격파하려면 계산상 10킬로미터 지점까지 거리를 좁혀야만 한다. 장거리포의 이름이 울 정도로 근거리다.

뚜벅뚜벅 군화 소리를 내며 주홍색 탑승복 무리가 다가왔고, 선두에 있던 금발 여자 대위가──멋질 정도로 신에게도 프레데리카에게도 시선도 주지 않고──경례했다.

"소령님. 슬슬 출발 시간입니다."

"알았다, 틸다. 공주 전하, 가자. 이야기 나눠줘서 고마워, 노우젠 대위."

"예, 오라버님."

여자 대위의 행동이야 지금 아무래도 좋았지만, 이어지는 길비스와 스벤야의 대화에는 위화감을 느끼며 신은 고개를 들었다.

"――최전선에 마스코트를?"

단좌식인 〈레긴레이브〉와 달리 〈바나르간드〉의 콕핏은 종렬복좌식―― 2인승이다. 긴급시를 대비해서 포수석과 조종사석, 양쪽 모두에 기체의 모든 조작이 집약되도록 설계되기도 했다. 조종도 사격도 못 하는 마스코트를 태우고 전장에 가는 것도 〈바나르간드〉라면 가능하겠지만――.

그 질문에 길비스는 태연히 끄덕였다.

그야말로 좋은 집안 출신답고, 순박한, 사람 좋아 보이는 미소를 띤 채로.

"승리의 여신이다. 당연하잖아?"

주홍색 무리가 걸어가는 것을 지켜보며 프레데리카가 슬쩍 올려다보았다.

"관측원의 명목으로 나를 〈트라우어슈반〉 배치로 돌리고, 그런 것치고 나의 출발을 이렇게 늦춘 것은 저 녀석과 내가 얼굴을 마주치는 것을 피하기 위해서였구나, 신에이."

"그래……."

오히려 그게 안 좋았지만.

그렇게 물은 걸 보면 프레데리카도 깨달은 거겠지. 스벤야가 이름을 댄 뒤에도 신은 프레데리카가 이름을 댈 기회를 주지 않고 일부러 길비스와의 대화를 계속 끌어가듯이 이야기했다.

"브란트로테에 대해서 장수들이 뭐라고 했는지는 모르지만. 그렇게 경계하지 않아도 되느니라. 귄터의 일문은 브란트로테 가문의 방류. 황실에는 가신이니까. 그러니까 그렇게 새끼를 지키는 늑대처럼 이빨을 드러내지 않아도 된다."

"……. 분명히 그것도 있었지만."

파견 전에, 얼굴을 마주쳐도 문제는 없겠지만 주의하라는 언질을 리햐르트 소장에게 받았다. 제국 말기 염홍종 귀족들 사이의 대립. 황실을 받드는 황실파와 제위 찬탈을 노리는 신황조파.

신황조파의 우두머리인 브란트로테 대공가는 제국 마지막 여제 아우구스타의── 프레데리카의 적이다.

그것은 제국이 무너지고 연방으로 바뀐 지금도 변함없다. 찬탈자가 자신의 정당함을 주장하는 수단 중 하나가 옛 황실 여자와의 혼인이다. 여제인 프레데리카에게는── 신황조파로서는 아직 찬탈해야 할 가치가 있다.

하지만 신이 길비스를 그토록 경계한 것은 그런 이유만이 아니라.

"파벌 운운이 아니라 그 남자 개인을 신용할 수 없다고 생각했어. 말로는 표현하기 어렵지만, 뭐라고 할까."

그것은 연방에서 처음 얼굴을 맞댔을 때부터.

떠올리면서 신은 눈을 가늘게 떴다. 길비스에게 느낀 불길함이 무엇과 흡사한지 뚜렷하지 않게 그 동작으로 깨달았다.

허무의 냄새라고 하면 좋을까. 목적만이 유일하고, 그것만 달성할 수 있으면 뒷일은 아무래도 좋다고, 설령 죽어도 상관없다고 내심 생각하는 자의 기운.

"86구에 있을 적의 나와…… 같은 느낌이 들어."

†

[──바나디스가 정진대대 각기에 통달. 제2페이즈로 이행. 준비하세요.]

"라저."

†

그것을 알자마자 시덴은 신에게 왔다.

성교국에 파견된 그날 밤, 그것을 신이 들은, 정말로 그날 중에.

"데려가. 나를. 그것을 없애는 건 나야."

신의 이능력이 들을 수 있는 범위는 과거 공화국 86구의 모든 전선의 〈레기온〉을 파악할 정도로 지극히 넓은 범위에 달한다.

공화국도 넘어서 대륙의 서쪽 끝, 성교국이 대치하는 〈레기온〉 집단의 목소리는 성교국까지 오지 않으면 모르지만, 성교국에 오기만 하면 대부분은 안다.

연방과 기동타격군이 쫓는 전자포함형이 이 전장으로 도망쳐왔는가도.

"시덴."

"숨기려고 하는 거겠지만, 헛수고야. 배려라면 괜한 짓이고."

여자치고는 장신인 시덴의 눈높이는 신과 거의 다름없다. 두 손으로 멱살을 붙잡고 노려보면 말 그대로 눈앞에 상대의 두 눈이 온다. 차갑고 딱딱한 핏빛 눈동자가.

처음에 보았을 때부터 마음에 들지 않던 그 냉철함이 지금은 이미 증오스러울 정도다.

"내가 그 녀석을 해치울 권리를 가로챈다면 설령 너라도……."

상처 입은 야수처럼 노려보는, 서로 색이 다른 눈동자.

그걸 보며 신은 거듭 말했다.

"시덴."

명령에 익숙해서 잘 울리는── 과거 86구의 전장에서 군림했던 전쟁신의 목소리.

칼에 벤 것처럼 시덴이 입을 다물었다. 그 허를 찔러서 멱살을 붙잡고 있는 손을 뿌리친 뒤, 반대로 넥타이와 함께 옷깃을 붙잡고 끌어당겼다.

"머리를 식혀. 네가 했던 말이야. 지금의 너는 작전에 데려갈 수 없어."

──지금 네 상태로는, 공략부대에 참가할 수 없을 테니까, 전대 총대장.

연합왕국, 용아대산 거점 공략작전 전. 그때는 시덴이 신에게 했던 말.

　"그녀를 해치우고 나면? 그대로 같이 죽어도 상관없다면 데려갈 수 없어. 그건 같이 죽더라도 상관없다는 게 아니야. 같이 죽고 싶다는 거지. 그렇게 마음먹은 녀석은 데려갈 수 없어. 죽으려고 환장한 녀석이 한 명 있으면 부대 전원이 위험에 노출돼."

　걸림돌만 된다.

　시덴이 빠드득 이를 갈았다.

　신의 말은── 이해한다. 분하지만 이해한다. 전대장으로서, 지휘관으로서 당연한 판단이다. 짐짝은 데려갈 수 없다. 그 녀석의 슬픔이나 분노와 격정 따위 고려할 필요도 없다. 이런 아슬아슬한 작전만이 아니라 모든 전투에서, 부하 전원의 목숨을 떠맡은 전대장이라면 마땅히 지녀야 할 냉철함이다.

　하지만 논리로는 납득해야 한다고 알지만, 감정은 그렇게 되지 않는다.

　왜. 너 같은 게.

　다 안다는 듯이. 입을 놀리고.

　"같이 죽고 싶다니. 왜 네가 그런 걸 안다는 것처럼 말해!"

　"아니까. 나는 특별정찰에서 형을 해치울 작정이었어."

　허를 찔려서 시덴은 눈을 크게 떴다. 특별정찰. 에이티식스를 반드시 전사시키기 위해서 과거 공화국이 내렸던 생환율 0의 정찰 임무. 2년 전에 신이 부여받은, 사실상의 처형 명령.

　그리고 형을── 같은 에이티식스일 형을 '해치운다면'.

그건 즉, 〈레기온〉이 되었다는 뜻으로.

　"그것만을 위해 86구에서 싸웠어. 해치우고 그대로 죽을 생각이었지. 그런데 죽지도 못하고 살아남은 끝이 전자가속포형과의 전투 후의 나야."

　1년 전의 그 새벽에, 거룡을 사냥하는 싸움이 끝난 후.

　파란 기계 나비가 흩날리는 가운데, 마치 어쩔 줄 모르며 서 있던 것 같은, 잘 닦은 뼈의 순백색이던, 엉망으로 망가진 〈레긴레이브〉.

　시덴이 보기에도 한심해 보이던.

　"네가 꼴사납다고 비웃던 모습이지. 레나가 오지 않았으면 그대로 죽었을 꼬락서니가 지금의 네가 가는 종착점이야. 데려갈 수 없어. 설령 너라도 죽음을 향해 보낼 수는 없어."

　해치우자마자 싸우는 이유도, 살아있을 이유도 잃고…… 그대로 죽음의 틈바귀에 떨어지는 사태에는.

　시덴은 힘주어, 힘주어 이를 악물고.

　의식해서 감정을 억누르려, 크게 숨을 내뱉었다.

　"이럴 때 말도 참 잘하시는군. 설령 나라도, 란 말은 괜한 소리야."

　신은 홍 소리를 내었다.

　"그 정도의 농담도 여태까지 할 수 없었겠지. 너답지 않아."

　"예이예이, 그렇군요. 옳은 말씀이십니다, 예이."

　정말로 야유를 담뿍 담아서 눈을 돌린 채로, 시덴은 머리를 벅벅 긁었다.

평소 자신이 이 남자에게 그랬듯이, 야유를 담뿍 담아서.

"그래. 나답지 않았어. 어떻게든 작전까지는 나다워지도록 할게. 그러니까."

속에서 미쳐 날뛰는 분노를 의식해서 의식 가장자리로 쫓아내 듯이, 물어 죽이듯이 목소리를 내뱉었다.

"나를 뺄지 어쩔지 정하는 건 아슬아슬할 때까지 기다려 줘."

†

[——그렇게 나는 간신히 정진대대에 들어갈 수 있을 정도가 되었는데 말이지.]

속한 전대를 잃은 시덴과 〈키클롭스〉가 현재 배속된 것은 노르트리히트 전대. 신이 이끄는 스피어헤드 전대의 절반과 함께 발진 순서는 제일 처음이다. 그런 시덴에게서 갑작스러운 호출이 와서 신은 시선만 힐끗 〈키클롭스〉 쪽으로 향했다. 〈아르메 퓨리우즈〉와의 접속 작업이 진행 중인 〈언더테이커〉의 콕핏 안.

연방어와 성교국어로 번갈아가며 이루어지는 안내방송이 정진대대의 발진 직전을 알렸다. '격납고 셔터를 개방. 프로세서는 캐노피 봉쇄를 확인. 방진 장비가 없는 요원은 격납고 구역 밖으로 대피.'

[크레나는 두고 가도 되는 거야?]

놀리는 게 아니라 걱정하는 느낌.

신은 한 차례 눈을 껌뻑였다.

요란스러운 경고음과 함께 격납고의 전면 셔터가 좌우로, 천장 부분이 뒤로 접히면서 잿빛 하늘이 엿보였다. 신은 광학 스크린 너머의 그 잿빛을 올려다보며 말했다.

　"두고 가는 건 아니고, 그럴 생각도 없어. 크레나는 저격수야. 어울리는 역할이 따로 있지."

　낯익은 〈건슬링어〉의 콕핏은 증설된 콘솔이나 서브윈도로 엉망이고, 규격이 안 맞는 코드를 접속단자를 통해 연결하거나 덕트테이프로 억지로 고정해서 실로 난잡했다.

　그렇듯 비좁은 콕핏에서 크레나는 아주 신이 나서 발진 개시를 기다렸다.

　양동으로 전투를 계속하는 성교국군과 후방에서 발진 준비를 진행하는 정진대대. 또한 그다음 발진 순서를 기다리며 대기 중인 연방 파견여단 본대가 은신한 임시격납고. 익숙한 〈레긴레이브〉나 의용연대 미르메콜레오의 새빨간 〈바나르간드〉, 그것들과 함께 들어있는 연방의 시작형 레일건 〈트라우어슈반〉의 받침대 위에 고정된 〈건슬링어〉 안이다.

　전자가속포형을 가상 적으로 삼아 개발된 〈트라우어슈반〉은 그 전자가속포형과 거의 비슷한 전고 10여 미터, 전장 30미터 정도의 덩치를 지녔다. 다만 강철의 악룡 같았던 전자가속포형과 달리 〈트라우어슈반〉은 그 이름처럼 머리가 긴 물새가 땅에 엎드린 듯한 형상을 갖는다. 듣기 좋게 표현하자면 말이지만.

애초에 실험시설의 시작품을 유용한 것이다. 야전을 상정하지 않아서 급하게 긁어모아 붙여서 그야말로 급조품인 방진 커버에, 온갖 부품을 갖다 붙여서 색상이나 빛바랜 정도가 다 제각각인 무수한 다리들. 다리 제어를 위한 조작실도 역시나 급조해서 덧붙인 탓에 실루엣은 좌우 비대칭에 울퉁불퉁하고, 거기에 여러 코드가 굼실대는 촉수나 혈관처럼 이어져서 〈건슬링어〉에 접속되어 있다. 야전용 FCS(사격통제장치)도 미완성이라서 〈레긴레이브〉로 대체할 수밖에 없다.

공화국에서 알루미늄 관짝의 별명을 얻은 〈저거노트〉와 비교해도 더 못생긴 그 병기를 맡았지만, 크레나는 정말 기분이 좋았다.

엉망인 콧노래가 흘러나왔다. 어린애처럼 발을 버둥대기도 했다. 외출을 고대하는 어린애처럼.

기쁘다.

이 역할을 크레나에게 맡긴 것은.

†

"──크레나."

신이 슥 내민 〈트라우어슈반〉의 매뉴얼이, 그때의 크레나에게는 옛날이야기에 나오는 무도회 초대장처럼 보였다.

재투성이 아가씨가 동경하던 성 무도회. 은색 드레스와 금색 구두로 치장한, 하룻밤의 마법의 무도회.

흔해 빠진 파일에 담겼고 제대로 표지도 없는 모습이 급하게 만

FRIENDLY UNIT

[아군 기체 소개]

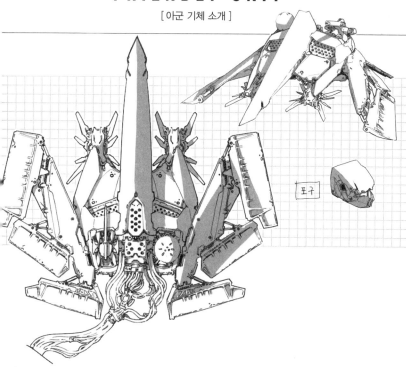

포구

[기아데 연방 시작 레일건]

트라우어슈반

[S P E C]

[전장] 약40m [전고] 11.8m
[장비] 300mm 레일건×1
[제조처] 기아데 연방 선진기술연구국

〈전자가속포형〉 같은 대형 레기온에게 대응하고자 기아데 연방에서 시험제작한 병기. 급조 사양이기 때문에 배선 등이 겉으로 드러나 있고, 사격관제에도 〈레긴레이브〉가 1기 필요하다. 실제 사격 성능도 레기온의 레일건을 도저히 따라가지 못하여 사격 이가능한 회수도 적기 때문에 전선부대로 발을 묶은 뒤에 일격필살을 노릴 필요가 있다. 운용이 어려운 병기지만, 인류 측의 몇 안 되는 비장의 카드다.

든 매뉴얼이지만, 그런 건 관계없었다. 두근거리며 받았다.

"브리핑에서 들은 바와 같아. 〈트라우어슈반〉의 사수는 너에게 맡기지."

"으, 응……!"

성교국 북방 전선 배후의 군사기지, 기동타격군에게 주어진 거주 구역의 통로. 여기도 진주색 자재로 지어진, 정팔각형을 그리는 독특한 회랑과 피와 철의 냄새를 숨기기 위해서 오랫동안 피운 끝에 공기에까지 배어든 향냄새.

시작형 레일건 〈트라우어슈반〉.

대략적인 스펙과 문제점은 브리핑에서 설명을 들었다. 실전 투입을 상정하지 않은 시작품이다. 사격 자체는 가능하지만, 화기 관제도, 전투에 견디기 위한 냉각 장치도 미완성. 자동장전 장치는 일단 추가되었지만, 이것도 시작품이라서 재장전에 200초나 시간이 필요하다.

상대의 이동속도도 늦다고 해도, 이래선 쏠 수 있어도 한 발이나 두 발. 조준 보정을 인간이 대신하고, 그것도 거의 무조건 맞혀야만 한다.

그런 중대한 임무를 내게.

아직도 믿어주고 있다.

신은 아직 나를 필요로 해 주고 있다.

이건 그 증거다. 기쁘다. 가슴이 두근거렸다. 훨씬 더 먼 거리의, 훨씬 더 작은 목표라도 지금이라면 백발백중으로 맞힐 수 있을 것 같았다.

동시에.

이번에야말로 실수할 수 없다고, 고양된 머리의 한구석에 차갑고 딱딱한 얼음덩이가 깔렸다.

얼음덩이의 정체는 초조함, 긴장감, 어두운 불안이다. 그렇게 신용하고 맡겨 주었다. 잘할 수 있다고 생각했으니까 맡겨 주었다.

그러니까 결코 실수할 수 없다.

배신할 수 없다.

이번에야말로 신에게, 모두에게 확실히 힘이 되어야지.

"맡겨 줘."

모두와 함께 끝까지 싸우겠다는 맹세를 새롭게 다지기 위해서. 빼앗기는 것을 두려워하듯이 매뉴얼을 껴안았다.

나에게는 이것밖에 없다.

끝까지 싸우는 긍지밖에, 당신의 곁에서 끝까지 싸우기 위한 기량밖에, 나에게는 없으니까──.

"이번에는 절대로 빗나가지 않을 테니까. 그러니까…… 안심하고 맡겨 줘."

신은 난처한 듯이, 배려하듯이 눈살을 찌푸렸다.

"그렇게 부담 갖지 않아도 너를 신뢰하고 있어. 버리지 않을 테니까."

──버리지 마.

선단국군에서 철수하기 직전, 크레나가 무심코 매달리며 신에게 했던 말.

크레나는 끄덕이며 웃었다. 그야 신은 그렇게 말해 주겠지.

"응. 그건 알고 있어. 알고 있지만, 하지만 나는, 나도, 에이티식스니까."

끝까지 싸우는 자니까.

"끝까지 싸운다는 우리의 긍지를…… 나도 제대로 지키고 싶으니까."

말했다. 신은 왜인지——아픔을 참듯이 살짝 얼굴을 찌푸렸다. 이것도 선단국군에서 철수하기 직전에 매달리는 크레나를 보며 그랬듯이.

말해야 할지 말지 고민하듯이 잠시 침묵하고——이번에는 조용히 입을 열었다.

"변하지 않아도 된다고 전에 말했지."

"응…… ."

——괴롭다면 억지로 변하려고 하지 마.

"크레나가 변하고 싶지 않다면 변하지 않는 채로 있어도 좋다고 생각해. 하지만 변할 수 없다고 생각한다면, 긍지를 저주처럼 생각하는 거라면."

신은 그 연합왕국에서의 작전 때와도 86구의 전장에 있을 때와도 다른, 어딘가 깊이가 느껴지는 눈빛을 했다.

연합왕국에서는 살얼음이 깔린 듯이 아슬아슬한 초조함에 쫓기던, 86구에서는 한겨울의 호수처럼 얼어붙었던 핏빛 눈동자는, 어느 틈에 녹아내려서 온화하고 맑았다.

그 눈이 크레나를 비추었다. 걱정하듯이, 고통을 견디듯이.

눈앞에 있는데도 왜 이렇게—— 먼 걸까.

"그거야말로 억지로 짊어지려 하지 않아도 된다고 생각해."

†

[캐터펄트 레일 냉각 완료. 모든 조인트의 잠금을 확인. 최종 체크리스트의 모든 항목을 완료.]

전장 90미터인 한 쌍의 기다란 레일이 반동 흡수용 스페이드 모양 부품과 진지 변환 시의 이동을 위한 두 쌍의 다리 위에서 금속이 삐걱대는 비명을 지르며 회전했다.

격납고에서는 날개처럼 착착 접혔고, 지금은 펼쳐져서 창날처럼 비스듬히 하늘을 향하는 레일. 기다란 그 부분을 제외해도 전장 40미터, 저 전자가속포형에게도 비견하는 크기다. 색상은 연방의 쇳빛도, 제작한 맹약동맹의 다갈색도 아닌, 아르메 퓨리우즈의—— 밤의 어둠을 달리는 망령의 군대를 의미하는 그 이름에 어울리는 건메탈 블랙.

에이티식스들은 비슷한 것을 몇 번이나 보았다.

전자가속포형 추격작전에서 사용된 지면효과익기^{랜드크래프트}〈나흐체러르〉의 발진 장치.

연합왕국에서 노획해서 운용한 〈레기온〉 특수지원종, 전자사출기형(젠타우어).

그리고 선단국군에서 탔던, 정해함 〈스텔라마리스〉의 비행갑판에 설치되었던 함재기 발진용 캐터펄트.

[──Mk1 〈아르메 퓨리우즈〉, 투사 준비 완료.]

어두운 빛깔을 띤 24기의 용이 레일 위에 각각 〈레긴레이브〉를 싣고서 천천히 일어섰다.

"이제 와서 하는 말이지만. 댁은 교관으로 기동타격군에 파견 나온 거잖아, 올리비아 대위."

요격당할 때의 전력이나 지휘권 계승을 생각해서 같은 정진대대, 같은 스피어헤드 전대라도, 라이덴 휘하의 제2소대는 신 휘하의 제1소대와 동시에 발진하지 않는다.

〈아르메 퓨리우즈〉의 캐터펄트 위, 발진 지시를 기다리는 신 휘하의 〈저거노트〉는 라이덴이 있는 지상에서 10미터 이상 높이에 있다. 올려다보던 시선을 옆으로 옮기자, 함께 발진을 기다리는 제3소대 안, 순백색 기체 중에서 홀로 덩그러니 이질적인 다갈색을 띤 〈스톨른부름〉.

제3소대는 전위를 맡은 세오가 빠지고 그 구멍을 메워야만 하니까, 근접전투가 특기인 올리비아가 들어와 줘서 고맙지만.

"실전부대에까지 들어와도 괜찮은 거야? 그것도 돌격부대에."

[글쎄, 교관이 전선에 나가면 안 된다는 법이 있었나?]

응답하는 올리비아는 자기 기체── 〈안나마리아〉 안에서 장발을 다시 땋는 모양이다. 뒤통수 위쪽으로 묶어 올린 머리가 스치는 소리와 세게 동여매는 소리를 내는 머리끈.

그것은 태고의 전사가 애검을 칼집에서 빼 보는, 혹은 궁병이 활시위를 당겨 보는 느낌이어서.

　[〈아르메 퓨리우즈〉는 이게 첫 실전이고, 〈날개옷〉을 이용한 돌격도 너희는 실전에서 이게 처음이다. 경험자이며 교관인 내가 동행하는 건 당연하겠지.]

　상무정신을 왕후의 긍지로 삼는 연합왕국에서는 왕자조차도 펠드레스를 몬다.

　비카의 연대 차석이자 이 파견에서 그 대리를 맡는 자이샤도 마찬가지다. 필요하다면 영지를, 후세를 이을 아이를 지키며 싸우는 것이 로아 그레키아의 귀족 영애들. 펠드레스 조종 기술을 익히는 것은 총이나 병사를 다루는 거나 마찬가지로, 상스럽기는커녕 칭찬을 들을 미덕이다.

　[──님. 허용되는 중량의 범주로 추가 장갑을 달았습니다만, 〈알카노스트〉는 경장갑입니다. 부디 평소 감각으로 싸우지 않으시길.]

　"알고 있습니다, 고마워요, 대위."

　공손히 보고하는 부하의 말에 정진대대의 한구석에서 자이샤는 짧게 대답했다. 양쪽으로 땋아 내린 머리. 안경 안쪽의 보라색 눈동자.

　평소에 모는 것은 통신, 전자전 능력을 강화한 전용 〈바르슈카 마투슈카〉지만, 정진대대에 가담하기에 〈바르슈카 마투슈카〉는 무겁다. 비슷한 정도의 전자전 능력을 급히 갖추게 한 〈알카노스트〉가 이 작전에서 자이샤의 기체가 된다.

돌격 작전에서 진출한 소규모의 부대는 일시적으로 적 안에 고립되는 형태가 된다. 고립 동안에는 방전교란형의 전자방해로 전파가 교란되니까, 정진대대는 〈바나디스〉의 정보 지원을 받을 수 없다. 정진대대 간의 데이터링크도 상황에 따라서는 두절된다. 그것들을 본대 대신 제공하기 위해서 자이샤와 〈크로리크〉가 정진대대에 동행하는 것이다.

통신의 중계 임무는 평소라면 〈시린〉에게 대행시켜야겠지만, 〈아르메 퓨리우즈〉를 사용하는 것은 기동타격군도 이게 처음이다. 어떤 불의의 사태가 기다리고 있을지 모른다. 융통성 있다고 하기 어려운 〈시린〉에게 맡길 수 없다며 자이샤가 자원했다.

모든 것은 이 몸을 바쳐 모셔야 할 주군의.

"우리 빅토르 전하의 뜻에 따라. 크로리크, 임무를 수행하러 가겠습니다. 지상부대의 지휘는 잘 부탁드립니다."

스피어헤드 전대 소속이라고 해도 프로세서 중에서 가장 숙련도가 부족한 더스틴은 정진대대가 아니라 〈트라우어슈반〉과 함께 진격하는 파견여단 본대다. 일시적으로 배치가 바뀌어서 스피어헤드 전대를 후방에 두고 전선에서 대기하는 더스틴의 귀에 지각동조 너머로 목소리가 울렸다.

[──더스틴 군.]

앙쥬?

설정을 확인하자, 동조 대상은 자신 혼자다. 다른 스피어헤드 전대원과 마찬가지로 정진대대 배치인 그녀가 발진 전에 대체 어쩐 일일까 싶어 의아하게 생각하면서 더스틴은 몸을 일으켰다.

"무슨……."

[나를 놔두고 죽지 않는다고 말해 줬지?]

말하면서 앙쥬는 떠올렸다.

긴 듯하면서도 아직 반년도 안 되는 기동타격군에서의 나날 중, 더스틴과 나눈 대화들. 궁지를 떠나보낼 수밖에 없었던 선단국군 사람들. 도중에 싸우는 길이 끊긴 세오.

며칠 전, 우연히 지나치다가 들었던, 크레나와 신의 대화.

〈트라우어슈반〉의 사수 역할을 크레나에게 맡기며, 그때 신이 크레나에게 했던 말.

궁지를—— 기도나 소망이었던 것을, 저주처럼.

그때부터 계속 생각했다. 자신은 어떤지 생각할 수밖에 없었다.

——나는 아직 다이야 군이.

그것은 거짓이 아니다. 하지만.

——다이야 군처럼은 당신을 생각할 수 없어.

이것은 사실 거짓이다.

아무렇지도 않게 생각한다면, 파티에서 제일 먼저 손을 잡거나 하지 않는다. 동굴 탐험에서 함께 다니지도 않는다. 동료들이 아니라 단둘이서 야광충의 바다를 보지도 않는다.

그래도 응하지 못했던 것은, 다이야를 배신하는 것 같아서.

다이야를 잊어버리는 것 같아서.

하지만 그것은.

마치 다이야를, 멈추는 변명으로——삼는 것 같기도 해서.

다이야 군은 지금의 비겁한 나를…… 기뻐해 주지 않겠지.

한 차례 숨을 들이마시고, 들리지 않도록 천천히 내뱉었다.

왜일까, 너무나도——두려웠다. 또 잃어버리면 어쩌나 싶어서 두려웠다.

필사적으로 견디고 말했다.

[그 말, 믿어도 될까? 나도 반드시 당신이 있는 장소로 돌아올 테니까.]

그 순간, 더스틴은 눈을 크게 떴다.

그리고 힘주어 끄덕였다.

"그래!"

[연방 파견여단의 연방군인과 에이티식스 여러분. 저는 성교국 군 제3군단 군단장, 헤메르나데 레제입니다. 지금부터 있을 공성 공창형 토벌, 부디 잘 부탁드립니다.]

연방 부대에게 할당된 주파수로 발신된 소녀의 목소리에 크레나는 고개를 들었다. 저 아이인가. 성교국의 장성 중 한 명이라는,

프레데리카보다 나이를 두어 살 더 먹은 정도인, 크레나보다 몇 살이나 어린 조그만 소녀.

기동타격군 막사에도 종종 얼굴을 내비쳤으니까 크레나도 알고 있다. 아주 잠깐이지만 말도 주고받았다. 며칠 전에. 그렇다. 때마침.

〈트라우어슈반〉의 사수를 신이 맡길 때.

†

──그렇게 무리하게 짊어지지 않아도 된다고 생각해.

긍지를. 목숨이 다하는 마지막 순간까지, 끝까지 싸운다는 에이티식스의 모습을.

"그건……!"

크레나에게는 받아들이기 어려운 말이다. 울컥해서 맞받아치려는 때 신이 한 손을 들어 가로막았다. 다소 예리함을 띤 시선이 향하는 곳을, 불만을 삼키면서 크레나도 시선을 주었다.

복도 끝의 기둥은 유백색 유리 여신상 기둥으로, 등불을 반사하여 무지갯빛으로 빛났다. 이 대륙을 상징한다는, 목이 잘리고 날개가 있는 여신상.

그 기둥 뒤에 반쯤 모습을 숨긴, 긴 금발에 몸집이 작은, 요정 같은 소녀가 서 있었다.

"죄, 죄송합니다……! 방해를 해서, 저기, 결코 엿볼 생각은 없었고……!"

귀까지 새빨개져서 허둥대며 말했다.

그걸 보고서 크레나도, 눈앞의 소녀와 마주 보고 선 신과 크레나를 상대로 대체 무슨 오해를 했는지 깨달았다.

"──아, 아니야! 나는 그런 게 아니니까!"

허둥대며 말한 뒤에, 무슨 말을 했는지 이해한 크레나는 괜히 더 당황했다. 매번 무심코 부정하지만, 설마 신 본인의 앞에서.

크레나가 허둥대는 한편, 신도 독기가 빠진 기색으로 말했다.

"성교국군의 군단장이시죠? 레제 이장이셨습니까. 왜 일부러 여기에……?"

"군단장?!"

"아, 아뇨, 저는 부모님의 뒤를 이었을 뿐이라서……."

크레나가 놀라 큰 소리를 내었고, 이번에는 헤르나가 허둥댔다.

간신히 좀 진정을 찾은 뒤에 말했다.

저무는 태양의 금색을 띤 진지한 눈동자.

"인사하고 싶어서 찾아왔습니다. 에이티식스들. 말씀대로 저는 군단장이니까 우리 군단을 대표하여, 저희를 구해 주시는 당신들에게."

아직 앳된, 청초한 얼굴이 순수한 미소를 띠었다.

"저와 마찬가지로 어린 몸으로 전장에서 싸운 당신들에게."

†

같은 목소리가 무선 통신의 투박한 잡음을 넘어서도 낭랑하게 울렸다.

[부디 저희를 구해 주세요. 이국에서 온 영웅들. 그 몸에 땅의 여신의 축복과 가호가, 강철의 기마에 대지의 견고함과 준엄함이 깃들기를.]

분명 아직 앳된 그 얼굴을 늠름하게 가다듬고, 열심히 등을 쭉 펴고 있을 그녀.

저희를 구해 주세요.

"응, 맡겨 줘."

──같은 말을 언젠가 했다. 무심결에 오른손에 허벅다리에 찬 권총을 만졌다.

9mm 구경, 슬라이드식 자동권총. 86구에서 많은 에이티식스가 휴대했던 것처럼, 자살과 전우의 목숨을 거둬주기 위해 연방군에서도 지급되는 것이다.

크레나는 그 어느 쪽의 목적으로도 아직 쏜 적이 없다.

86구에 있을 무렵부터 그 역할을 모두 대신 떠맡았던 것은.

"노우젠 대위. 곧 정진대대의 발진이 시작됩니다. 〈아르메 퓨리우즈〉를 사용하는 첫 작전입니다. 부디…… 충분히, 평소 이상으로 조심하세요."

정진대대가 가는 곳은 이번에도 〈레기온〉 지배영역의 깊숙한 곳이다. 도망갈 곳이 없다. 뭔가 하나만 삐끗하면 신을 포함한 정진대대는 적군 한가운데에 남겨지게 된다.

그 공포는 정말로 언제나, 작전 동안 레나의 심장을 서늘하게 만들었다.

더불어서 이 작전에서 만에 하나 경계관제형^{라 베}이나 대공포병형^{슈 타 첼 슈 바 인}에 감지되었을 경우, 정진대대로서는 어떻게 손을 쓸 수가 없다. 위험성은 오히려 여태까지보다 더 크다.

직전의 작전에서도 마천패루에서 떨어진 신은—— 돌아올 수 없었을지도 모르는데.

등골에 얼음덩이가 훑고 지나가듯이 온몸이 떨렸다. 전율을 필사적으로 억누르려 하지만 다 억누를 수 없는 레나에게 신은 쓴웃음을 지은 듯했다.

[선단국군에서 돌아올 때의 명령은 잊지 않았습니다, 레나. 그건 도저히 잊을 수 있을 것 같지 않습니다.]

"신……!"

놀리는 말투에 레나는 무심코 말했다.

지금. 신은 명백히 입술을 만졌다. 지각동조 너머로도 그걸 알았다.

그때 레나가 입맞춤했던…… 그 전에도, 사실은 그 후에도 몇 번이나 맞댔던 입술.

단둘이 동조하는 거라면 상관없지만…… 아니, 〈언더테이커〉를 포함한 〈레긴레이브〉의 미션레코더에는 작전 중 탑승자의 발신이 기록된다. 신은 그 기록 때문에 몇 번이나 쓴맛을 보았던 모양이라 지금 발언도 말만 들어서는 자세히 이해할 수 없게 했지만, 그 내용을 이해하는 레나로서는 그래도 창피하다. 디브리핑에서 그레테가 이게 무슨 의미라고 묻기라도 하면 어쩌지? 어쩔 수 없다. 그렇게 되면 신에게 설명하도록 시키자.

"앙갚음이겠지만, 그때는 신도 길동무니까요."

[아, 앙갚음이라는 자각은 있었군요. 선단국군까지 한 달이나 무시당해서 슬슬 토라져도 되지 않을까 생각했습니다만.]

"그렇습니다만……. 저기, 변명이 되겠지만, 훈련 센터는 물리적으로 회선이 없고 편지도 금지, 그 바람에 한 달이나 걸리는 바람에 어색해서…… 그게…….''

말하고 보니 스스로 생각해도 너무하다 싶었다.

"미안합니다……."

가볍게 웃는 소리가 돌아왔다.

[간신히 대답을 들었으니까, 바로 죽는 짓은 하지 않습니다.]

그러니까 너무 걱정하지 않아도 된다고.

그렇게 감춰진 말을 알고, 레나는 미소 지었다. 그랬다. 레나 자신이 바라고, 기적을 빌면서, 그때 서로 맹세하지 않았나.

그 뒤에 초그만 앙갚음을 떠올리고 말했다.

"예. 그리고 신. 실은 〈찌카다〉를 입어서 또 겉옷을 빌렸습니다. 평소에도 향수를 쓰는군요. 신의 냄새가 나니까 마음이 편해지네요."

[?!]

어째 신이 격하게 콜록대는 소리가 들렸다. 뜻하지 않은 일격에 사레가 들린 모양이다.

조금 경솔한 행동이긴 하지만, 한 방 먹여줬다고 생각하면서 레나는 태연하게 말을 이었다.

"앞으로도 작전 때마다 빌리도록 하겠어요. 불안할 때는 꼭 움켜쥐기도 하겠어요."

[…….]

뭘 상상했는지 침묵했다.

아무리 그래도 이 이상 놀리는 건 작전 직전이니까 좋지 않나…….

"작전이 끝나거든 직접 돌려주러 갈 테니까요. 직접 돌려주게 해 주세요. 앞으로의 모든 작전에서도 빌리고 돌려주게 해 주세요."

부디 무사히.

"다녀오세요."

[예…….]

말하려다가 신은 입을 다물었다.

그리고 말했다.

[——다녀올게.]

짧은 그 말에 레나는 눈을 크게 떴다.

다녀오겠습니다, 가 아니라.

그리고 가볍게 웃었다.

작전 개시 직전이다. 그럴 때가 아닌데도 상관이 아니라 전우에게, 혹은—— 함께 살기로 맹세한 상대에게 하는 듯한 그 말이 괜히 기뻤다.

"예. 조심히 다녀와요!"

[진로 클리어. 〈아르메 퓨리우즈〉, 투사 개시!]

　방전교란형은 진로에도 전개되어 있으니까 완전히 클리어는 아니고, 애초에 사람이 탄 펠드레스를 쏘는데 투사란 말은 좀 아니라고 농담할 여유는 아무에게도 없다.

　스타팅 블록과 비슷한 셔틀이 〈레긴레이브〉를 견인하여 레일 위를 질주했다. 전자 캐터펄트의 맹렬한 가속. 시뮬레이터와 연방 본국에서의 훈련, 신은 〈나흐체러르〉에서도 체험한 가속이지만, 솔직히 아직 익숙해지지 않았다.

　눈 한 번 깜빡이는 사이에 셔틀은 캐터펄트 레일의 끝에서 끝까지 달려갔다. 레일의 끝에서 딱딱한 음향을 울리며 급정지, 잠금 장치를 해제.

　경량이라고 해도 10톤을 넘는 펠드레스를 힘으로 내던졌다.

　아득히 높은 북쪽 하늘로.

　맹약동맹제 Mk1 〈아르메 퓨리우즈〉.

　하늘을 나는 발키리의 이름을 가진 펠드레스에게 그 이름처럼 하늘을 진격로로 만들어주기 위한 전자 캐터펄트. 〈나흐체러르〉처럼, 함재전투기처럼 〈레긴레이브〉를 이륙시키기 위한――― 공수장비 중 하나다.

　중력을 떨쳐내고 상승하는 〈레긴레이브〉는 또 하나의 공수장비 내부에 그 몸을 숨기고 있다. 〈프리가의 날개옷〉. 그런 식별명으로 불리는 추진 장치.

그걸 두른 이를 매로 바꿔주는, 전설상의 날개옷의 이름이다. 그 이름처럼 〈레긴레이브〉가 하늘을 질주하게끔 하고 그 모습을 감추는 것이 이 추진 장치의 역할이다.

공력적으로 안정되지 않은 형태의 육전병기를 감싸는 페어링과 도합 10톤을 가볍게 넘는 중량을 아득한 하늘까지 들어 올리기 위한 로켓부스터 2기. 페어링이 셔틀을 떠나는 동시에 로켓에 점화하고 안정익이 전개되고, 추력을 얻은 〈프리가의 날개옷〉은 똑바로 하늘을 향해 달려갔다. 날개옷이라는 이름처럼 사방을 감싸는 무수한, 새의 날개의 크기와 두께의 은색 파편이 가시광을, 또한 전파마저도 반사하여 빛났다.

화염의 날개를 얻고, 은색 날개옷으로 몸을 숨기고. 〈레긴레이브〉 무리는 상승했다.

전선, 올려다본 길비스의 눈에 지금 하늘을 날아가는 〈저거노트〉의 모습은 비치지 않는다. 지상에 있는 인간의 눈에 비칠 만한 고도가 아니고, 속도도 아니다.

다만 그것들이 있을 재의 구름 낀 하늘을 올려다보며 혼자 중얼거렸다.

"전쟁신이자 죽음의 신이 이끄는, 밤하늘을 나는 망령의 무리. 아르메 퓨리우즈……라."

망령의 무리를 이끌고 달리는 전쟁신은 동시에 죽음의 전사들을 이끄는 저승사자.

전쟁신 휘하에 모인 전사자는 죽은 뒤에도 영겁의 싸움에 용감히 그 몸을 던진다고 한다.

FRIENDLY UNIT

[아군 기체 소개]

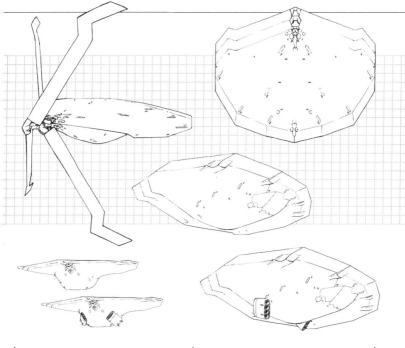

[〈레긴레이브〉용 특수공수투입장비]

프리가의 날개옷

[S P E C]

[전장] 13.83m [날개] 16.34m
[장비] 로켓 부스터×2
[제조처] 맹약동맹 야센 제2공창

〈레긴레이브〉를 멀리 떨어진 전장에 투입하기 위한 대형공수장비. 연합왕국 용아대산 전투에서 노획, 사용한 〈전자사출기형〉을 기반으로 발트 맹약동맹의 협력하에 개발한 강화형 자주 전자 캐터펄트 〈아르메 퓨리우즈〉에 의해 지상에서 사출, 최고 속도에 달하면 전개되는 대형 회전익을 사용해 일정 거리를 비상한 후에 강하한다. 〈방전교란형〉의 데이터로 개발된 소재를 전체적으로 사용해 높은 스텔스 성능을 갖는다.

그 사실을, 우두머리인 전쟁신은 대체 어떻게 느끼고 있을까.

한 차례 고개를 내젓고 자기 〈바나르간드〉를 일으켜 세웠다. 본래 색깔인 쇳빛에서 미르메콜레오 연대 특유의 주홍색으로 고쳐 칠한 〈바나르간드〉. 퍼스널마크는 송아지 머리의 바다거북——식별명 〈모크터틀〉.

"모크터틀이 각기에 통달. 우리도 간다."

〈프리가의 날개옷〉이 두르고, 또 외부 곳곳에서 주위에 뿌리는 은색 파편의 정체는 방전교란형의 날개다. 정확하게는 그걸 본떠서 만든 모조품. 여태까지 기동타격군이 강습해서 제압한 〈레기온〉 생산거점. 그중 하나인 용아대산 거점에서 제레네와 함께 회수한 샘플을 토대로 했다.

가시광을 포함한 모든 전자파를 교란하고 굴절하고 흡수하는 얇은 금속으로 이루어진 매의 날개. 맹약동맹에서 개발할 때의 애칭도 〈매의 줄무늬 날개〉다.

그 교란 능력은 이 고도보다도 더 높은 곳을 나는 경계관제형의 광역 레이더에도, 지상에 숨은 대공포병형의 대공 레이더의 전파에도 마찬가지로 발휘되어 〈레긴레이브〉를 숨긴다.

다만 항공기의 제트 엔진에는 여전히 공기 흡입구를 통해 빨려 들어가서 엔진을 파괴한다. 은색 날개의 구름 속에서는 연소 때 공기를 빨아들이지 않는 로켓 엔진만이 진군할 수 있다. 효율이 몹시 떨어지는 그것은 도무지 제트 엔진의 대체품이 될 수 없다.

가능한 것은 그저 전투기보다도 가벼운 중량을 편도 비행으로 하늘 높게 던져 올리는 것뿐이다.

　맨몸으로 기체 밖에 나갔다간 폐가 얼어붙을 정도의 고도에 도달한 것을 홀로스크린의 고도계로 신은 확인했다. 로켓 엔진의 연소가 끝난다. 역할을 마친 것이 〈날개옷〉에서 분리된다.

　이를 대신해서 착착 접힌 활공용 날개와 프로펠러가 전개된다. 로켓 엔진은 효율이 몹시 떨어진다. 비상용으로 쓸 수 있는 것은 연방군이라도 아주 잠깐, 필요한 고도를 확보한 뒤에는 그 고도를 이동의 에너지로 전환하는 활공으로 기계의 아르메 퓨리우스는 진군했다.

　인공 날개가 바람을 받았다. 기체의 이동 방향이 상승에서 하강으로 변했다.

　온몸의 피와 내장이 떠오르는 듯한, 독특한 부유감에는 아직 익숙해지지 않았다. 무심결에 긴장하고── 본래 하늘 따윈 날 수 없는 인간의 본능이 아득한 하늘에서 추락하는 감각에 공포를 느끼고.

　얼어붙는 하늘의 대기를 비스듬히 가르며. 공수대대는 전 진영의 한가운데로 곧게 활공을 개시했다.

†

　〈레기온〉 초계부대의 교전 개시는 이 극서의 전장에서도 상공을 나는 경계관제형에 즉각 집약된다.

그중 하나, 보급을 위해 전선으로 급행했던 회수수송형^{타우젠트휘슬러}이 보낸

보고에 경계관제형은 초조해진 나머지 한순간 판단을 내리지 못

하고 침묵했다.

《데이터 베이스에 등록되지 않은 기체 잔해를 발견. 로켓 엔진

으로 추정.》

하지만 해당 구역에 적기 침입의 보고는 없다. 최전선을 감시하

는 척후형^{아마이제}도, 전선 배후에서 하늘을 감시하는 대공포병형도, 경

계관제형 자신의 레이더에도.

한편 발견된 엔진은 고열이라서 떨어진 지 얼마 되지 않는다. 발

견되지 않고, 당연히 격파되지도 않은 불명기의 엔진만 떨어졌다

면, 그것은 가는 도중에 버린 것이다.

——모종의 전자방해 장치를 병용하여 레이더를 기만한 공중

돌격.

아마도 〈레기온〉 자신이 드물게 하는, 척후형에 로켓 부스터와

글라이더를 장비시킨 공수 강하와 비슷한 장비를 이용한.

그렇다면 적 공수부대의 목표는——.

《이글 파이브가 플란 페르디난트에. 적기 침입.》

여태까지 전투태세가 아니었던 후방, 비장의 카드인 그것에 경

고를 날렸다. 〈레기온〉 지배영역 깊숙한 곳으로 가는 공중 돌파.

그 목적이 전선의 교란 정도로 끝날 리가 없다.

《목적은 플란 페르디난트의 격파 내지 노획으로 추정된다. 경계

해라.》

《플란 페르디난트가 이글 파이브에. 수신 완료.》

《통합기능 활성. 코랄 신세시스, 기동 스탠바이.》
《멜뤼진 원―― 전투기동, 스탠바이.》

†

"――들켰나."

전투 기동을 알리는 공성공창형의 포효를 듣고, 신은 눈을 가늘게 떴다.

하지만 그 광학 센서도 어떤 대공무장도 이쪽을 향하는 기색이 없으니, 발견된 것은 공수대대가 아니라 그 흔적, 분리한 엔진의 잔해겠지. 〈매의 줄무늬 날개〉의 위장 효과가 이만큼 가까워진 거리에서도 〈레긴레이브〉를 적기로부터 숨기는 한편, 이쪽의 광학 스크린에 드디어 쇳빛 거구가 표시된다. 강하 예정 지점, 상공에 도달.

당연히 공성공창형의 비탄은 꽤 오래전부터, 망령의 목소리를 듣는 이능력이 포착하여 희미하게 계속 듣고 있었다.

"이렇게 될 거라면 더 일찍 제어할 수 있게 할 필요가 있었군."

대각선 뒤를 활공하는 시덴의 〈키클롭스〉를 슬쩍 보고 지각동조에도 잡히지 않는 성량으로 중얼거렸다.

강하는 계속된다. 아래쪽에 공성공창형의 거구가 다가온다. 방전교란형을 광학 위장에 이용한 고기동형과 마찬가지로, 〈프리가의 날개옷〉은 레이더만이 아니라 가시광선도 기만한다. 〈레기온〉 특유의 푸른 광학 센서는 아직도 〈레긴레이브〉 무리를 포착하지 못했고, 순백의 기체는 눈에 안 보이는 날개옷의 가호 아래에서 무수하게 솟은 고층 건물 뒤편에 숨었다. 강하하는 곳은 옛 성교국군의 기지, 그 이전에는 도시였던 폐허다.

묘비들 같은 빌딩들이 〈언더테이커〉를 공성공창형으로부터 숨겼다. 재로 뒤덮인 지면이 쑥쑥 다가왔다. 고도계와 연동하여 자동으로 펼쳐지는 감속용 두 번째 날개 한 쌍이 급격하게 기체의 낙하 속도를 빼앗았다.

[〈프리가의 날개옷〉, 디스커넥트.]

홀로윈도의 표시에 따라서 활공익이 페어링을 해제하고, 직후에 충격. 강렬한 착륙의 충격이 기체를 훑고 지나갔다.

쌓인 화산재를 격렬하게 걷어차면서.

은색과 회색으로 물든 전장에—— 순백의 발키리들이 내려앉았다.

막간 파랑새는 어디 있을까

"꼬맹이도 슬슬 내일로 귀국인가."

선단국군에 남은 중상자는 순서대로 연방의 병원으로 옮겼고, 세오를 포함한 마지막 이송 대상자의 귀국이 내일이다. 긴 듯하면서 순식간이었던 북쪽 해안도시 체류.

"응. 저기, 신세졌습니다."

가볍게 머리를 숙이자, 이스마엘은 얼굴을 찌푸리며 한 손을 흔들었다.

"그만둬, 머리를 숙일 사람은 나야."

"하지만 함장."

"이미 함장이 아냐."

"대령, 바쁜데 종종 문병 와 줬잖아."

쓸데없이 새빨간 장미 꽃다발을 껴안고서, 입원환자라서 도망 못 간다면서 현지민이 여행자를 놀릴 때 쓰는 현지의 진미를 가지고.

처음에는 시트를 뒤집어쓰고 귀신 흉내 같은 웃기지도 않는 장난을 치길래 무심코 화를 내며 물건을 내던졌다. 정말 짜증 나고 시끄럽고…… 고마웠다. 혼자 있게 됐으면 더 짜증 나고 괜한 생각을 하였을 것이다.

――처음부터 제대로 이야기를 듣고 많이 생각했으면 좋았을지도 몰라.

긍지 같은 걸 소중히 껴안고 있으려 해도 이런 세계에서는 그것마저도 잃을지도 모른다는 사실을. 그래도 살아야만 한다는 사실을.

말은 무심코 흘러나왔다.

"말해도 돼……?"

동료들에게는, 설령 신에게도 할 수 없는 말.

그렇게 되고 싶지 않았는데 짐이 된 건 아니까. 한심하고 꼴사나워서, 동료들에게 절대로 들키고 싶지 않은 소리니까 할 수 없는 말.

하지만. 이 사람이라면 분명―― 받아줄 테니까.

"프로세서, 그만두고 싶지 않아."

말하자, 뭔가가 바닥에 뚝뚝 떨어졌다.

눈물이었다.

"싸우고 싶은 건 아니지만, 모두와 함께 끝까지 싸우고 싶었어. 다음 작전도 함께 가고 싶었어. 이런 건 싫어. 이렇게 어중간하게 끝내는 건 싫어."

"――그렇군."

이스마엘은 깊이 끄덕였다.

그 깊은, 미지의 남쪽 바다 같은 녹색 눈동자.

이제는 얼굴도 잘 기억나지 않는, 부모님의 눈도 분명 이런 색채였다.

"그렇군. 이해한다는 경솔한 말을 하는 게 아니었지만."

"이해하잖아. 〈스텔라마리스〉도."

"그래. 마지막 출격이었다."

그 거대 전함은 전자포함형에게 당한 손상으로도 자력 항행이 불가능한 상태가 되지는 않았지만, 이미 그걸 수리할 체력이 선단국군에 없다. 하물며 정해함대를 더 재건할 수 없다는 이야기는 작전에서 들었다.

전후의 해군 부활을 고려하여 자재로 삼는 것만큼은 보류했다는 모양이지만, 그래도 언제까지 그럴 수 있을까.

설령 전쟁이 끝나더라도 재건은 수십 년 후겠지.

정해함이나 파수함, 원제함의 건조는 선단국군 혼자 힘이 아니라 〈레기온〉 전쟁 이전 기아데 제국의 자금 원조와 기술 지원을 얻어서 가능했다. 지금은 멸망한 기아데 제국. 〈레기온〉 전쟁에 필요 없는 조선 기술은 어디까지 계승되었을까, 세오도 이스마엘도 모른다. 계승되지 않아서, 혹은 연방의 협력을 얻을 수 없어서, 두 번 다시 재건할 수 없을지도 모른다.

"나는 정해씨족이 아니게 되었다. 사실은 고철 사냥에 정해함대를 동원한 몇 년 전부터 계속 그랬지."

그래도 살아야만 한다.

살아있으니까, 떠나간 누군가에게 부끄럽게 살 수는 없다.

이스마엘도. 자신도.

그러기 위해서.

"나도 찾을 수 있을까? 다음의 무언가를."

"찾을 수 있지. 그리고 서두를 필요도 없어. 나도 몇 년이나 고민하고 헤맸지. 그러니까…… 앞이 보이지 않게 되거든 이야기 정도는 들어주마. 천 년 전의 친척이니까."

마천패루 거점 공략 작전 전에도 들었던 그 말에 이번에는 세오가 쓴웃음을 지었다.

그때의 어두운 반발은 이미 느끼지 않았다.

사람은 혈연과 지연으로 형성된다. 이전에 프레데리카에게 들었던 말이다.

그 말은 올바르지만, 틀리기도 했다.

그렇다. 사람은── 우리 에이티식스도 혼자서는 자기 형태를 유지할 수 없다. 돌아갈 장소가, 함께 사는 누군가가, 누구든지 필요하다.

하지만 우리는── 그때도 지금도 혼자가 아니었다.

동료가 있었다. 자신이라면 신이나 라이덴, 앙쥬나 크레나가 함께였다.

그 동료들이 돌아갈 장소이며 그를 형성하는 '인연'이다. 서로가 형태를, 함께 만들어주는 동포다.

싸울 수 없게 된 지금도 바라면 언제든지 거기에 돌아갈 수 있다고 지금도 나는 믿을 수 있으니까── 그러니까 자신의 형태를 잃지 않을 수 있다.

동료들이 그렇게 믿게 해 준다.

동시에 그레테나 에른스트, 연방이 자신들에게 요구하는 것도 지금이라면 알겠다.

혈연과 지연. 자신들이 잃은 것.

그것은 되찾을 수 있다.

가족도 고향도, 태어날 때만 얻을 수 있는 게 아니다. 도달한 곳에서도 얻을 수 있다.

잃더라도 그걸 대신할 곳을 찾으라고. 힘들 때 힘들다고 말할 수 있는 장소를, 약해졌을 때 기댈 수 있는 상대를 만들라고. 그것은 같은 영혼의 형태를 가진 동포뿐만이 아니라 그 밖에도.

눈앞에 있는 천 년 전의 친척처럼.

"고마워, 아저씨."

이스마엘은 정말 한심하게 눈썹 끄트머리를 늘어뜨렸다.

"그럴 때는 형이라고 해. 이스마엘 형님이라도 좋다고 말했잖아."

세오는 훗 하고 웃었다.

이따금 만나는, 나이가 가까운 삼촌에게 그 정도 나이의 조카가 그러듯이.

"싫어."

제3장 그자의 목을 쳐라
Be head!

"저기…… 전대장. 노우젠, 대장."

그때 크레나는 아직 신을 노우젠 대장이라고 부르고 있었다.

이제 막 같은 전대에 소속되었을 때였다.

이전 구역에 있을 무렵부터 소문만큼은 들었다. 86구의 목 없는 저승사자. 따르는 '늑대인간' 한 명 이외에는, 함께 싸우는 자가 모두 죽어버린다는 저주받은 프로세서. 그 소문과 다르지 않은 냉철함이 무서워서, 그때까지 거의 이야기를 한 적 없었다.

그때의 신은 이제 막 키가 성장하기 시작한 참이고, 체격도 말 랐다기보다는 가녀리다고 할 정도였다. 말수도 표정 변화도 크게 빈곤했다. 남들에게 별로 마음을 허락하지 않았다.

크레나의 말에 대답은 없이, 그저 시선만 돌아왔다.

붉은 눈동자.

핏빛이다. 죽은 사람이, 앞으로 죽을 사람이 띠는 색채다.

차가운 그 색채 앞에서 크레나는 반사적으로 몸을 움츠렸다.

차가운 죽음의 빛을 그 몸에 담은 탓도 있어서 이 사람은 저승사 자로 불리는 거겠지.

죽은 동료의 그 이름을. 그 마음을. 누구 하나 저버리지 않고, 그 최후까지 끌어안고, 데려가준다는 역할과 함께.

'우리의 저승사자'.

하늘도 구하지 않는 에이티식스에게 남은, 둘도 없는 구원.

크레나는 어제 처음 목격했다. 구할 수 없는 상처를 입고도 죽지 못하여 괴로워하는 동료를 편하게 보내주는, 쏴 죽이는 그 뒷모습을.

"저기…… 있잖아."

†

공성공창형이 둥지를 튼 작전영역은 몇 년 전까지 성교국군의 전선기지였고, 전쟁 전에는 역사 있는 도시였던 폐허다. 희뿌연 타일 벽이 묘비들을 연상시키는 사각형 고층 건물들과 그것을 에워싸는 석조 성채. 후방의 군사기지와 마찬가지로 진주색인 건물들과 고사포탑.

그 고사포탑들 뒤에 뽀얗게 쌓인 재를 걷어차며, 〈언더테이커〉는 착지했다.

휘날린 〈프리가의 날개옷〉에 불이 붙고, 공중에서 불타서 불똥의 비가 내렸다. 이어서 소대의 다섯 기가 주위에 착륙하고, 말없이 모두 전개한다. 표적이 되기 쉬운 착륙 직후의 빈틈을 재빨리 없애고 주위 건물의—— 차폐물의 뒤에 침입하여 숨었다.

"——제4, 제5소대."

[제5소대, 전기 착륙 성공이야, 신 군.]

[제4소대, 이하동문. 후속 착륙을 원호하겠다.]

호출에 곧바로 응답이 돌아왔다. 스피어헤드 전대 제4소대의 소대장은 과거 공화국 제1전투구역 제1전대 〈스피어헤드〉의 대원이 아니지만, 1년 전의 대공세를 살아남은 네임드다. 라이덴이나 앙쥬, 크레나 등 다른 소대장에게 기량이든 지휘로든 뒤지지 않는다. 그것은 세오를 대신하여 그 자리를 맡은 제3소대의 소대장도 마찬가지다.

노르트리히트 전대, 사이스 전대에서도 착륙 보고. 이어서 제2진, 제3진—— 공수대대 소속의 모든 기체가 차례로 내려왔다.

마지막에 착륙한 자이샤의 〈크로리크〉가 데이터링크 중계를 위해 높은 곳에 도달. 피아 쌍방의 광점이 표시된다.

[크로리크, 목표를 확인. 분석을 개시. 영상, 전송하겠습니다.]

"라저. 각기, 현 위치 대기. 전송된 목표의 영상 확인을……."

끝까지 말할 필요는 없었다.

구웅. 청음 센서가 포착하지 못하는 비명을 무수하게 울리고 광학 스크린의 아랫부분을 가득 메우며 공성공창형이 그 거구를 빌딩 저편에서 일으켜 세웠기 때문이다.

[무, 무슨 장난인가……?!]

[크다……!]

무심코 흘러나온 누군가의 신음이 지각동조에 흘렀다. 역전을 자랑하는 에이티식스조차도 신음하게 될 정도로 비현실적인 크기였다.

구릉지처럼 완만하게 둥근 등과 땅딸막한 실루엣은 웅크린 멧돼지나 바늘두더지와 비슷했다. 높이는 대략 40미터, 길이는 700미터는 될 듯한, 가시 없는 쇳빛의 바늘두더지다.

이 거구 앞에서는 중전차형조차도 기껏해야 조그만 벌레다. 원래 자동공장형이었던 이상 본체 하부, 지면에 접하는 부분에 줄줄이 있는 〈레기온〉의 반출 구멍일 듯한 것이 마치 바늘구멍처럼 보인다. 자기 몸이 만들어내는 사각을 커버하기 위해 조개의 눈처럼 줄줄이 있는 광학 센서.

등 중앙에 버들붕어의 등지느러미처럼, 공작새 꼬리처럼 부채꼴로 펼쳐진, 모든 〈레기온〉에게 공통된 형상의 방열판들이——이 괴물조차도 생산시설이 아니라 자율전투기계라는, 믿기 어렵고 믿고 싶지 않은 사실을 소리 없이 말하고 있었다.

신화 속 괴물 베히모스.

그것이 기계로 부활했다.

묵시록에 나오는 칠두룡의 대가리처럼—— 다만 7문이 아니라 5문인 800mm 레일건이 느긋하게, 폐허의 잔해 뒤에 숨은 레긴레이브를 찾아 선회했다.

의식하여 냉정한 목소리를 내었다.

"——각기. 브리핑에서 설명한 대로 간다. 본 작전의 목적은 공성공창형의 격파나 가능한 경우의 포획. 공수대대의 역할은 공성공창형을 일시적으로 행동불능 상태로 몰아넣는 것. 그리고 〈트라우어슈반〉이 사격 위치로 진출할 때까지 공성공창형의 주의와 대응을 유도하는 것이다."

작전 입안 단계에서 예측된 것이지만, 직접 눈으로 보니 역시나 이만큼 거대한 몸뚱이를 〈레긴레이브〉의 88mm 포로 해치우기는 어려울 것이다. 작전대로 대구경의 레일건인 〈트라우어슈반〉을 이용한 포격이 필요하겠지.

　"공성공창형 본체의 발을 묶는 것은 스피어헤드 전대가, 레일건의 교란과 파괴는 사이스, 노르트리히트, 스팅어, 풀미나타, 사리사의 5개 전대가 담당한다. 레일건은 왼쪽부터 〈프리다〉, 〈기제라〉, 〈헬가〉, 〈이시도라〉, 〈요한나〉로 호칭하겠다."

　〈크로리크〉는 전파 중계만이 아니라 지휘 지원도 담당한다. 광학 스크린에 비치는 5문의 레일건에 신이 지시한 명칭이 오버라이드. 전자포함형의 레일건에서 유토가 붙인 호칭을 그대로 이어받아 포네틱 코드에서 유래한 식별명.

　다음 작전에서는 이어받게 할 생각 따윈 없는 식별명.

　"사이스 전대는 〈프리다〉, 사리사 전대는 〈기제라〉를, 스팅어는 〈헬가〉, 풀미나타는 〈이시도라〉, 노르트리히트 전대는 〈요한나〉를 담당. 작전구역에 공성공창형 말고 활동 상태인 〈레기온〉은 없지만, 동결기의 매복에는 주의하도록."

　사이스 전대의 전대장이 대답했다.

　[라저. 다행히 시가전이라서 빌딩도 그럭저럭 있으니, 우리 레일건 담당은 모습을 보여서 조준을 끌어들이면서 건물로 사선을 가로막고 전진하는 형태네.]

　[레일건의 조준점은 크로리크도 추적하겠습니다. 탄속에서 볼 때 사격 후 회피는 거의 불가능합니다. 조준되었을 때는 경고할

테니, 회피를 최우선으로 대응하세요.]

[그리고 우리 아처, 쿼럴 포병전대는 접근전을 원호하는 위치로군. 최대한 들키지 않도록 건물의 그늘을 골라서 이동하는 건 스피어헤드와 마찬가지…… 음.]

레일건의 포탑에서 은실을 짜서 만든 두 쌍의 나비 날개가 천천히 펼쳐졌다.

방열(放熱)을 위한, 레일건이 전투 가동하는 전조인 움직임. 열 쌍, 스무 장의 날개가 펼쳐져서 하늘을 뒤덮는다. 뱃속부터 찌릿찌릿하게 울리는 망령들의 무수한 아우성이 공성공창형의 내부에서 들끓으며 퍼졌다.

그중 하나. 한 번 들어서 기억한 전자포함형의, 무수한 아우성이 뒤섞인 단말마의 목소리.

그걸 포착하고 신은 눈을 가늘게 떴다.

──복수할 수 있으면 좋겠네.

그래. 그건 반드시 이 전장에서.

그리고 레일건 5문이 각각 울리는, 각각의 제어 장치인 다섯 개의 한탄. 모르는 신음과 아우성과 그르렁거림과 원념과…… 그 가운데 유일하게 아는 비탄.

차갑고 공허한── 그 푸른 전장에서 전사했을 터인 소녀의 목소리로.

《──추워.》

샤나.

그 목소리는 수십 킬로 거리를 두고도 지각동조로 연결된 레나
나 프레데리카, 그리고 크레나에게도 닿았다.

《추워――추워. 추워추워추워――.》

"어떻게……!"

공수대대의 교전 개시에 맞추어 여단 본대와 함께 움직인 〈트라
우어슈반〉의 받침대 위, 크레나는 놀라서 숨을 삼켰다.

마천패루 거점의 전자포함형과의 전투에서 요새 최상층에서의
저격을 담당했고, 그 바람에 도피가 늦어서 전사한 샤나.

저격을 특기로 삼고 역할을 맡았으면서도 꼴사납게 움직일 수
없게 된 자신을 대신하듯이.

그리고 붕괴하는 철탑과 함께 가라앉은 그 유해는 같은 바닷속
을 잠항하여 도망치던 전자포함형에 붙잡힌 거겠지. 그리고 〈레
기온〉에 흡수되었다. 〈검은 양〉이 아니라 〈양치기〉로. 북해 먼바
다의 깊은 곳, 그 차가운 물 때문에 죽은 후의 뇌 조직 붕괴가 늦어
져서.

〈레기온〉의, 기계장치의 망령들의 목소리를 듣는 신은―― 이
사실도 당연히 깨닫고 있었을 테고.

그걸 깨닫고 소름이 끼쳤다.

설마.

신이 공수대대에 자신을 택하지 않았던 것은 저격의 기량을 신

뢰해 주었기 때문이 아니라, 오히려 반대로 신뢰할 수 없다고 생각했으니까?

마천패루 거점에서도 동요해서 움직일 수 없는 추태를 보인 크레나로는 〈샤나〉와 싸울 수 없다고, 전장에서 곁에 둘 수 없다고, 판단했으니까……?

〈샤나〉의 단말마가 울리는 동시에 〈저거노트〉 한 기가 똑바로 뛰쳐나가는 것이 〈언더테이커〉의 레이더 스크린에 비쳤다.

식별명은 볼 것도 없다. 노르트리히트 전대, 〈키클롭스〉. 시덴.

재빨리 제지하려다가 신은 생각을 바꾸었다. 그럴 생각으로 노르트리히트 전대에 할당한 〈요한나〉다. 폭발은 폭발이지만, 임무대로 움직이는 동안은 좋게 봐야겠지.

"시덴, 〈샤나〉가 있는 건 〈요한나〉의 제어 장치다. 맡겨도 되겠지?"

대답은 없다.

안 듣는 건 아니라고 판단하고, 계속해서 노르트리히트 전대의 전대장에게 지시를 내렸다.

"베르노르트. 예상대로 바보가 폭발했다. 커버 부탁한다."

[예이예이, 정말로 예상한 그대로군요, 라…….]

다 듣고 있다고, 신, 누가 바보냐! 라는 노성이 이번에는 끼어들어서 신과 베르노르트는 순간 침묵했다. 생각했던 것보다는 냉정했나.

평소에는 장난스럽게 별명으로 부르며 결코 부르지 않는 신의 이름을 부를 정도로 머리에 피가 쏠리긴 했지만.

[댁들 사이가 나쁜 것도 이 정도가 되면 대단하군요.]

"작전 중의 교신을 무시하는 녀석은 바보로 알면 되겠지. 부탁한다."

그와 전투속령병들이라면 시덴이 다소 과한 짓을 해도 문제없이 커버해 줄 거라고 판단하여 일부러 노르트리히트 전대에 배치했다.

베르노르트는 살짝 웃은 듯했다.

[말 안 해도 압니다, 대장 나리. 얘들아, 들었냐. 폭발 아가씨를 원호한다.]

〈키클롭스〉가 뛰쳐나가는 것이 신호라도 되듯이, 공수대대의 8개 전대가 뛰쳐나갔다. 거대한 강철 짐승을 각자 목표로 삼아, 재의 바다에 잠긴 폐허를 질주했다.

적기의 행동불능을 노리며 일단 공성공창형 본체에 달라붙는 것을 목표로 하는 스피어헤드 전대는 도시 외곽 근처까지 크게 우회하는 형태로 거대 짐승의 뒤로 빠진다. 레일건과의 전투를 원호하는 목적의 2개 포병 사양 대대는 그 사격 위치를 잡기 위해 공성공창형에 가까이. 양쪽 다 만에 하나라도 적에게 들키지 않도록 폐허가 된 도시의 그늘을 누비며 전진했다.

레일건 5문의 배제를 담당하는 5개 전대는 거포의 조준을 흩트리기 위해 폐허도시 전체에 부채꼴로 전개하고, 이 또한 공성공창형의 목젖을 노리는 다섯 개의 발톱 자국처럼 다가갔다. 그들 또한 공성공창형에 은밀히 접근하는 스피어헤드 전대를 공성공창형에 들키지 않도록 하는 양동이기도 하다.

일부러 몸을 드러내고, 하지만 전체 숫자는 파악할 수 없도록 질주하는 5개 전대의 〈레긴레이브〉를 공성공창형의 센서도 차례대로 감지했다.

흉기 같은 포신이 바람을 가르는 굉음을 내며 선회한다. 곡선적인 색적의 움직임에서 명백히 사냥감을 노리는 직선적인 움직임으로. 호응하듯이 단말마의 아우성이 더욱 커졌다.

"음……!"

성교국 도시의 특징인 듯한 체스판 모양으로 질서정연하게 종횡으로 배치된 도로 하나를 달리던 〈언더테이커〉 안에서 신은 그것을 듣고 시선을 들었다. 매복 중이던 동결기가 기동한 건 아니다. 늘어난 것은 공성공창형의 속이다.

직후에 방열판 좌우에 틈새가 열리고 뭔가가 투사된다. 포물선 궤도. 인간의 동체 시력으로도 어렵잖게 자세히 볼 수 있을 만큼 느린, 무수한, 무릎을 끌어안은 듯이 몸을 웅크린──.

──자주지뢰?

하지만── 왜 지금 와서 자주지뢰 같은 걸?

의도를 알 수 없으면서도 경고했다. 적의 의도를 알 수 없기에 경계해야 한다고, 여태까지 살아남게 한 경험이 말했다.

"각기, 목표 내부에서 자주지뢰가 산포되었다. 의도불명. 접촉은 최대한……."

[――레일건이 사격점을 고정!]

날카로운 경고가 말을 가로막았다. 자이샤. 통신 지원과 전황 분석을 위해 고지대에 자리를 잡은 이점을 살려 자진해서 맡은 회피 행동 지원.

[〈키클롭스〉, 〈프레키 쓰리〉, 〈부코드라크〉, 대피! 〈이시도라〉와 〈기제라〉에 대해서 다음 사격을 경계…….]

그때 올리비아가 짧게 숨을 들이마셨다.

[――전기 회피다! 사선상으로는 부족해―― 레일건 앞에서 전원 물러나!]

그 순간.

5문의 레일건, 그 모든 포문이 포효했다.

전후에 일어난 사태를, 그 순간 정확히 파악할 수 있었던 이는 공수대대에 아무도 없었다.

어쩔 수 없는 일이다. 레일건의 포구 속도는 초속 8000미터. 그 속도로 움직이는 탄두는 인간의 동체 시력으로 인식할 수 없다.

폐허의 풍경이 송두리째 사라졌다.

사선에 있는 한 점만이 아니다. 보이지 않는 거인의 손 다섯 개가 대각선 위에서 뜯어간 것처럼, 다섯 곳의 각각 50미터 정도의 범위가 송두리째 사라졌다. 3초 뒤의 미래를 보는 그 이능력으로 올리비아가 경고한 대로 광범위의 파괴가 그 범위에 있는 모든 건조물을 날려버리고 폐허도시에 둥근 흉터를 남겼다.

한발 늦게 무수한 바람 가르는 소리가 청음 센서를 틀어막았다. 중량이 몇 톤에 달하는 800mm 포탄이 초속 8000미터에 달하는 포구 속도를 거의 유지한 채로 박히는 영거리 사격임에도 불구하고, 막대한 그 운동 에너지가 지면을 부수는 대음량은 들리지 않았다.

잘려 나간 느낌으로 기묘하게 각진 단면을 한 건물 파편이 이제야 떠올랐다는 듯이 폐허의 흙터에 쏟아져 내려 쌓였다.

아슬아슬하게 경고가 늦지 않았다. 애초부터 에이티식스의 습관으로 적기 정면에 서는 일은 거의 없는 일이기도 하여서——화력이 약하고 장갑이 얇은 알루미늄 관짝으로 전차형이나 중전차형을 정면에서 맞서는 것은 자살 행위다——이상하게 넓은 파괴 반경에 휩쓸린 〈저거노트〉는 한 대도 없었다. 하지만.

"대체……."

폐허도시의 곳곳에서 연이어 폭발음이 울렸다. 레일건의 회피를 우선시할 수밖에 없어서 자주지뢰를 건드렸을까.

그 폭발의 발생지점을 향해 레일건의 포탑이 선회하는 것을 본 순간, 신은 자주지뢰를 뿌린 목적을 깨달았다.

데이터링크 상에는 아군기가 모두 건재하다. 지뢰를 건드려서 죽은 자는 없다. 날쌘 〈레긴레이브〉도 장갑이 두꺼운 〈바나르간드〉도 자주지뢰 정도에는 그리 쉽사리 죽지 않는다. 그러니까 자주지뢰를 뿌린 것은 펠드레스의 격파를 위해서가 아니라…….

"지뢰를 건드린 기체는 곧바로 회피로 이행해! 폭발음을 노릴 생각이다!"

시야가 안 나오는 시가전에서 자폭의 대음향으로 적기의 위치를 즉각 공성공창형에게 전달하기 위해서.

그 직후에 울리는 포성. 바람을 가르는 아우성에 이어서 다섯 개의 보이지 않는 주먹의 흔적이 또다시 콘크리트 건조물들을 원형의 갱지로 바꾸며 새겨졌다.

그래도 가까스로 회피해낸 5기의 프로세서가 숨을 내뱉는 기척. 그중 한 명인 베르노르트가 이어서 혀를 찼다.

[지뢰 사용법 중 하나라면 하나군요. 저건 분명히 경고로도 쓸 수 있으니까……. 밟은 얼간이의 위치가 폭발로 들키죠.]

다시금 우수수 파편이 쏟아져 내렸다. 콘크리트도 내부의 철골도 구별할 수 없는, 칼날로 성둥 도려낸 듯한 단면. 더불어서 무수히 들리는 이질적인 바람 가르는 소리와 운동 에너지의 전달을 고려해도 포탄의 직경에 비해 너무 거대한 파쇄의 흔적.

〈언더테이커〉를 비롯해 공성공창형에게 접근을 시도했던 〈저거노트〉로서는 거리가 가까워서 광학 센서가 쫓아갈 수 없다. 하지만 후방에 대기한 〈크로리크〉라면.

"크로리크, 그쪽 광학 센서로 포착할 수 있었나? 해석은……."

[두 번째 사격을 간신히. 적 포탄은 사슬탄입니다!]

되묻기 전에 해석 결과가 전송되었다. 〈크로리크〉의 다소 조악한 광학 영상의, 사격 직후와 착탄 순간을 잘라낸 사진.

직경 800mm 포탄이 착탄 순간에 직경 50미터의 거대한 뭔가로 변했다. 판판한 은색, 원반이라기보다는 투망 같은 무언가.

[포구를 떠난 직후에 포탄이 분열, 원형으로 산개. 중앙의 주탄

두와 75개의 자탄, 그리고 그것들을 거미집 형태로 잇는 단분자 와이어가 사선상의 직경 50미터 범위에 든 물체를 파쇄, 혹은 절단합니다. 범선 시대에 적함의 마스트를 꺾는 데 사슬로 연결한 포탄을 이용했는데, 그와 비슷한 거겠죠.]

파괴력은 한 점에 집중시키는 편이 관통력이 크지만, 파괴가 미치는 범위에서는 점보다도 선이 더 넓다. 탄도에 영향이 가기 어려운 근거리라면 목표에 명중하기도 쉬워진다. 그렇다면 76개의 점을 선으로 이은, 와이어의 '면'이라면.

그리고 요새나 기지를 파괴하기 위한 초장거리포가 벙커마저도 깨뜨리는 파괴력보다도, 초장거리보다도, 지근거리를 쓸어버리기 위한 포탄을 갖는다면.

"──펠드레스, 〈레긴레이브〉 대책인가."

그것은 전자가속포형을, 그리고 전자포함형을. 여태까지 두 번에 걸쳐 레일건 탑재형 〈레기온〉을 해치웠던…… 그들 기동타격군을 대비한 방책이다.

양동부대가 〈레기온〉의 태반을 끌어들여도, 연방 파견여단 본부와 〈트라우어슈반〉의 길을 막는 적은 당연히 있다.

정진대대의 교전 개시와 함께 진군을 개시한 연방 파견여단 본대는 사격 예정 지점의 20킬로미터 앞에서 〈레기온〉의 요격부대와 맞닥뜨렸다.

교전에 들어간 것은 각 부대를 마름모꼴로 배치하고 앞쪽에 척후부대를 두는 대형인 여단 본대 중에서 척후를 맡은 〈레긴레이브〉 2개 대대와 마름모꼴의 선두를 맡은 의용연대 미르메콜레오. 3개 부대에 맞서는 것은 역시나 검은 구름이 일어나는 듯한, 그 이름에 어울리게 무수한 기계장치의 망령들.

더불어서 연방의 전장에는 없는, 이 공백지대 전장 특유의──.

"웃……?!"

전차형의 옆구리에 조준을 맞춘 순간, 〈모크터틀〉의 앞다리가 탁 가라앉아서 길비스는 숨을 삼켰다. 재의 층 밑에 파인 구멍을 모르고 밟았다!

뒤쪽 조수석에 얌전히 앉은 스벤야의 비명을 신경 쓸 여유도 없이 조종간을 조작하고, 즉각 자세를 가다듬어서 격발했다. 〈바나르간드〉의 고성능 화기관제장치는 한 번 적기를 조준했다면 설령 꼴사납게 넘어진 자세라도 포의 가동영역 한계까지 포를 계속 움직인다.

120mm 전차포의, 말 그대로 귀를 틀어막는 맹렬한 포효. 포탑 측면을 관통당한 전차형이 불을 뿜으며 고개를 숙였다.

강력한 사격 반동으로 뒤로 날아갈 듯한 기세를 살려서 〈모크터틀〉은 걸린 다리를 뽑아내고 다시 일어섰다.

그 뒤에 간신히 길비스는 멈추고 있던 숨을 내뱉었다.

"미안하군, 공주 전하. 괜찮나?"

"예…… 그럼요. 이 정도는 아무것도 아니랍니다, 오라버님."

사격 반동으로 뒤로 젖혀질 때, 등받이에 머리를 부딪친 모양이다. 작은 머리를 쓰다듬으며 울상을 한 채로 마스코트 소녀는 당차게도 고개를 끄덕였다.

흐트러진 드레스 자락을 재빨리 고친 뒤에 말했다. 브란트로테 대공의 '딸' 로서, 파견부대의 상징으로서, 전장일지라도 복장이 조금 흐트러지는 것은 허락되지 않는다.

둘러보니 동료 〈바나르간드〉나 동행하는 장갑보병들, 또한 전방에 전개한 2개 대대의 〈레긴레이브〉조차도 재의 지층에 다리가 걸렸다. 더불어서 희미하게 뿌예진 광학 스크린. 고속기동 때마다 화산재의 날카로운 표면에 아주 조금씩이지만 광학 센서의 렌즈가 깎이면서 난 미세한 상처다.

무엇보다 최악인 것이,

[큭, 관측 레이저가, 또⋯⋯!]

비명이 중대 무선통신을 탔다. 한바탕 강하게 불어온 바람이 일으킨 재의 두꺼운 장막이 주포 조준용 레이저를 방해했다. 포탄에 확실하게 명중하는 궤도를 주기 위해서 탄도를 계산하고 보정하는 화기관제장치도 정확한 정보를 취득할 수 없으면 제대로 작동하지 않는다.

공주 전하의 앞이다. 혀를 차는 것을 참는 대신 길비스는 씁쓸하게 중얼거렸다. 모든 상황을 상정하고 거듭 훈련했을 텐데.

"이건 예상 밖이로군. 공백지대의 지배자는 〈레기온〉이 아니라 재인가."

고층 빌딩의 틈새인 이 도로에서는 보이지 않지만, 신은 활공 도중에 본 공성공창형의 등에 높다랗게 파편의 산이 쌓인 것을 떠올렸다. 금속 자재를 집어삼키고 난 잔해. 이 괴물이 폐허 도시에 발을 멈춘 것은 물자 보충이 목적이기도 하겠지. 몸에 저장한 잔탄도 충분하단 소릴까.

성가시군.

물론 자주지뢰의 위치는 알아낼 수 있지만, 숫자가 많다. 대대 전체에 개별로 경고할 수는 없다. 시가전은 차폐물이 많고, 특히나 인간 정도 크기밖에 안 되는 자주지뢰는 레이더나 광학 센서로도 놓치기 쉽다.

그리고 레이더도 광학 센서도 차폐물에 가로막혀 놓치기 쉬우니까 평소에 색적에 사용하는 척후형이 아니라 숫자로 밀어붙이는 자주지뢰겠지. 포와의 거리가 가까운 이 전장이라면 음향을 통한 경보는 방해할 수 없는 만큼 확실하고, 포격으로 죄다 날려 버린다는 계산이라면 애초부터 소비성인 자주지뢰가 더 경제적이기도 하다.

"각기. 미안하지만 자주지뢰 하나하나의 위치는 아무래도 다 쫓을 수 없다. 공성공창형의 포격에 대해서는 목소리를 듣고 있으면 타이밍을 알 수 있을 테니까……."

[그래. 그러니까 그 경고는 하지 않아도 돼, 신.]

[너와 동조하고 있으니까, 공성공창형의 목소리는 제어중추든 레일건이든 다 들려. 어느 목소리가 아우성치면 쏜다는 의미라는 건 들으면 알아.]

그 말을 가로막으며 허를 찔러서 신은 눈을 껌뻑였다. 말한 사람은 사리사 전대와 풀미나타 전대의 전대장이었지만, 다른 전대장들도 반대하는 말은 없었다.

[자주지뢰의 위치도 굳이 알려주지 않아도 이쪽에서 어떻게든 하지. 잊어버린 모양이지만, 애초에 우리는 네가 없는 86구에서도, 대공세 때도 살아남았어.]

"……."

신은 한 차례 숨을 내쉬었다.

"그랬지. 미안해."

[그쪽은 그쪽 임무에 집중해 줘. 이상.]

작전 중에는 이어진 상태로 있는 경우가 많은 지각동조에서는 무의미한 무선통신 용어로 마무리했다. 나란히 달리는 라이덴의 〈베어볼프〉가 광학 센서의 초점을 힐끗 이쪽으로 돌렸다.

[저런 말도 하게 되었군, 녀석들도. 사슬탄이란 것도 자주지뢰도 예상 밖이지만, 어떻게 하지? 걱정이라면 스피어헤드 전대에서 자주지뢰 담당을 좀 빼낼 수 있는데.]

"아니……."

잠시 생각하고 고개를 내저었다. 맡겼으니까 해낼 거라고 신뢰해야겠지.

"대응할 수 없을 정도로 예상 밖은 아니야. 아직은 당초 작전대로 하면 되겠지. 대책을 생각하고 온 것은……."

말하다가 신은 냉철하게 눈을 가늘게 떴다.

"공성공창형만이 아니니까."

"──말하자면. 함부로 지면을 밟으면 재에 미끄러져서 위험하다는 거니까."

여단 본대와 〈레기온〉의 교전에서 〈레긴레이브〉의 선두를 맡은 것은 척후를 맡은 리토의 제2대대와 미치히의 제3대대다.

몇 번이나 기체의──〈밀란〉의 다리가 미끄러지고 넘어질 뻔하면서, 리토도 차츰 이 재투성이 전장에서 싸우는 방법을 이해했다.

〈레긴레이브〉는 땅을 기는 듯한 자세로 낮게 다니는 탓에 파워팩 흡기구로 재를 빨아들이기 쉬우니까, 방진 필터가 수명을 다할 때까지의 시간도 걱정이다. 그렇다면.

"지면을 밟지 않게 달리면, 된다는 소리잖아!"

〈밀란〉의 순백색 기체가 하늘을 날았다.

센서 성능이 낮은 근접엽병형이나 전차형은 눈 대신 척후형을 주위에 데리고 다닌다. 그 척후형을 발판 삼고, 요격하려고 방향을 돌린 근접엽병형의 런처도 밟고서, 전차형 한 대에 접근한다. 포구가 이쪽을 향한 순간 역방향으로 진로를 틀어서 사선을 회피하고, 무거운 화포를 즉각 돌리지 못하는 한순간의 경직 동안에 포탑 위에 올라갔다.

그리고 말 그대로 밀착한 거리에서 포격해서 격파한다. 적이 쓰러지는 모습에는 눈길도 주지 않고, 재빨리 시선을 돌려서 다음에 발판으로 삼아야 할 적기의 위치를 확인하고 뛰어갔다. 도약 동안에는 기동이 제한된다. 공중에서는 몸을 숨길 차폐물도 없다. 높고 길게는 날지 않고, 조준되지 않을 정도로 짧게 〈레기온〉

들 위를 뛰어다니는 루트.

"에……잇!"

전대의 〈레긴레이브〉에게서 지원사격이 〈레기온〉 대열에 꽂히지만, 살아있지 않기에 두려움이 없는 〈레기온〉은 보다 가치가 높은 전차형을 지키기 위해 〈밀란〉의 진로를 가로막으려 한다. 목표인 전차형의 포탑 위에 근접엽병형이 올라간다.

고주파 블레이드를 전개하고, 달려드는 〈밀란〉에 맞서려고 칼을 들이대는 것을…… 보면서 아래쪽의 지면에 와이어 앵커를 사출.

"아니, 되도록 내려가고 싶지 않을 뿐이지, 내려가면 안 된다는 것도 아니고."

와이어를 휘감아서 〈밀란〉의 궤도를 바로 아래로 수정해서 착지하고, 동시에 다른 쪽의 앵커를 휘둘러서 근접엽병형의 머리에 낙하 속도를 가미한 일격을 날렸다.

꼴사납게 전차형의 포탑 상부에 턱(?)을 부딪친 근접엽병형의 등에 있는 미사일 런처에 마무리로 기총 사격. 사선 확인용 예광탄이 유폭하고, 런처 내부에서 작렬한 대전차 미사일이 근접엽병형 자신과 전차형을 폭염으로 감쌌다.

이걸로 전차형도 같이 쓰러졌다고 생각하면 너무 낙관하는 거니까, 화염이 걷히기 전에 일단 88mm 포를 선물했다. 신이 있으면 쏴야 할지를 가르쳐 주었겠지만.

전대 차석의 〈레긴레이브〉가 발소리를 철컹 내며 옆에 왔다.

[지금 건 대단한데, 리토.]

"그렇지! 좀 연구해 봤어. 대장이나 릿카 소위 같지 않았어?"

씨익 웃으며 리토는 대답했다. 차석이 얼굴을 찌푸린 느낌으로 말했다.

[나도 해야지.]

"——순조로운 건 좋지만, 리토, 조금 지나칩니다……."

리토와 제2대대의 분전을 본체만체하고 미치히는 쓴웃음 지었다. 무모한 건지 무식한 건지 잘 모르는 리토의 행동이야 익숙하다고 생각했지만, 아무래도 저건 좀.

기체 중량에 비교해서 파워팩과 액추에이터의 출력이 강해서 비상하듯이 질주하는 〈레긴레이브〉니까 가능한 곡예다. 미치히의 〈파리안〉은 40mm 기관포를 장비한 화력제압기인 것도 있고, 별로 흉내 내고 싶은 짓은 아니다.

그렇게 생각했지만 제2대대는 마치 리토에게 이끌린 듯이 기동전투를 특기로 하는 전위와 그 지원을 임무로 하는 화력제압기가 같은 기동으로 〈레기온〉 대열을 물어뜯기 시작했다. 앞을 다투는 늑대 떼처럼 쇳빛의 대열에 파고들어서, 무리 내부에서 물어뜯어 찢어발긴다. 이윽고 미치히의 제3대대에도 그것은 퍼져서, 이번에는 각 전대 저격수들의 웃음소리.

[이만큼 〈레기온〉의 주의를 끌어준다면 저격하기가 쉽네요.]

[일단은 파고든 녀석들에게 위험할 쇳덩이, 그다음으로는 전차형을 우선해.]

혼전 한복판에서 대대 후열의 면 제압기에게로, 농담 섞은 지원 요청이 날아온다.

[——왼쪽 전방에 새로운 적기들, 증원으로 추정.]

[합류하기 전에 화력 지원 부탁한다! 더스틴, 아군을 쏘지 않게 조심해!]

[그렇게 말했겠다. 사지타리우스, 라저. 서툰 사격에 말려들지 말라고!]

무수한 다연장 미사일의 자탄이 증원부대의 근접엽병형과 척후형을 쓸어버리고, 화력 지원을 요청한 전대가 부대의 눈을 잃은 전차형에게 상어 떼처럼 세 방향에서 덤벼들었다.

"……."

그것은 네임드로 전장에서 오래 지낸 미치히도 처음 볼 정도로 사기가 높고 열성적인 모습이었다. 필사적인 게 아니다. 미치히로서는 왠지 기죽을 정도로 열심이었다.

——만약 전쟁이 끝나면. 혹시나 전쟁이 끝나버린다면. 그것은 최후의 순간까지 싸운다는 에이티식스의 긍지를, 스스로 놓아버리는 것인데…….

〈레기온〉 전선부대의 배후, 재가 날려서 희뿌연 후방에서는 곡사포의 포성이 짤막짤막하게 울렸다. 그것은 후방 군단지휘부에서 레나가 지휘하는 포병대대, 여단 본대의 최후미에 있는 그들의 돌격파쇄사격이다. 침투시킨 〈알카노스트〉 분대를 전진관측에 사용하는, 그 무자비한 강철비 사이로 레나의 고운 목소리가 지각동조로 퍼졌다.

［바나디스가 각기에 통달. 또 재의 폭풍이 옵니다. 적 사이에 파고든 각기는 일시 후퇴. 적 집단의 예측 위치를 송신. 아군 오사를 방지하기 위해 지정범위 외에는 쏘지 않도록. 사격 개시.］

재의 장막이 인류와 〈레기온〉, 쌍방의 광학 센서와 관측 레이저를 가린다. 직후에 12.7mm 중기관총의, 40mm 기관포의, 다연장 미사일의, 그리고 88mm 활강포의 일제사격 굉음. 재의 장막이 초연과 폭염으로 덧칠되고, 몰아치는 충격파가 뒤따른다. 보이지 않는 전장을 예측만으로 간파하는, 에이티식스의, 선혈의 여왕이 내리는 신탁.

옆에서 기체를 모는 차석이 중얼거렸다.

［왠지 대단한데. 다들…….］

대견함이나 동경보다도──왠지 거리감이 강한 목소리로.

"그래. 솔직히…… 조금은."

리토에게도, 더스틴에게도 레나에게도, 여기에는 없는 신이나 라이덴, 앙쥬에게도.

마치 전쟁을 자기 손으로 끝내겠다는 듯이 싸우게 된 동료들에게, 그 열의에 왠지.

따라갈 수 없는 듯한.

뒤처진 느낌이 들었습니다……라고, 미치히는 목젖까지 치달은 말을 삼켰다.

그 전선의 용맹한 싸움은 같은 여단 본대에 속한 크레나와 〈트라우어슈반〉에도 닿았다.

〈레긴레이브〉의 4개 대대와 미르메콜레오 연대로 이루어진 여단 본대는 선두를 리토의 제2대대와 미치히 제3대대가 척후로 전진하고, 그 뒤를 대화력을 가진 미르메콜레오의 3개 대대가 지원하는 형태다. 좌우에는 호위로 기동타격군의 1개 대대씩이 배치되고, 뒤에는 포병 사양의 〈레긴레이브〉 2개 대대. 〈트라우어슈반〉은 사방을 에워싸인 형태로 차례가 올 때까지 그 중앙에서 보호받고 있다.

마치 공주님처럼 으리으리하게 보호받는, 하지만 사실 도움이 되지 않으니까 꼭꼭 쟁여놓은 듯한 〈트라우어슈반〉의 배치. 야전 사양이 아닌 급조 실전 병기── 거슬리는 검은 새.

사실 〈트라우어슈반〉은 애초에 신에게도, 기동타격군의 동료 중 누구에게도 필요 없었을지도 모른다.

〈트라우어슈반〉의 투입이 결정된 것은 크레나가 속한 제1기갑 그룹의 성교국 파견이 정해진 뒤다. 성교국에서 공성공창형이 발견되고, 상황으로 볼 때 전자포함형과 관계가 있을 가능성이 크다고 판단했다. 그리고 공성공창형에 한해서는 정보 수집을 위한 제어중추 노획이 아니라 파괴를 우선하게 되고, 그 수단으로 선기련에게서 〈트라우어슈반〉을 빌리게 되었고, 그걸 신은 크레나에게 맡기고.

하지만.

애초에 사실은, 원래는.

기동타격군은── 신과 그 일행은 〈트라우어슈반〉 같은 대형

포나 〈스텔라마리스〉 같은 군함의 힘을 빌리지 않고 〈레긴레이브〉만으로 전자포함형이나 공성공창형 같은 초거대 〈레기온〉을 최소한 무력화하는 방법을…… 생각하고 있었다.

†

전자포함형의 존재 자체가 예상 밖이었던 마천패루 거점 공략 작전은 어쩔 수 없더라도, 한 번 마주친 이상 아는 적이다. 아무런 대책도 없이 다시금 싸움에 도전하는 것은 태만이다.

성교국에 정해함은 없다. 손상을 입은 〈스텔라마리스〉의 지원도 기대할 수 없다.

다음에는 기동타격군의 전력만으로, 88mm 구경의 전차포밖에 없는 〈레긴레이브〉만으로 그 거대한 전함을 침몰시킬 수 있을까. 에이티식스는, 특히 그 대장급들은 생각하지 않을 수 없었다.

일제강습 작전 전의 준비로 정신없는 기동타격군 본거지 뤼스트카머. 그 안에 몇몇 있는 회의실에서 전대 총대장인 신과 치리와 카난과 수이우, 그 예하 대대장이나 부장이나 직속 소대장들을 포함하여 연일 논의를 거듭했다.

초장거리포에 대한 정상적인 대항 수단인 동급 사거리의 포나 미사일은 대안으로 삼지 않는다. 그것은 포병의, 공창의, 군을 통괄하는 장성의 영역이다. 그들이 고려하고 대책 마련에 나설 것이다.

그러니까 기동타격군이 생각해야 할 것은 정상적이지 않은 대항 수단.

애초에 사거리 400킬로미터의 대구경 초장거리포와 펠드레스는 정면에서 사격전을 벌여서 싸움도 되지 않는다. 피격당한 시점에서 패배다.

그러니까 우선은 쏘게 하지 않는다. 레일건이 사격을 개시하기 전에 그 사거리인 400킬로미터를 돌파한다. 나아가 길이 30미터인 포신 안쪽, 도달하면 결코 쏠 수 없는 고작 30미터의 안전권을 확보하고──그 거룡을 잠재운다.

그 방법을 어떻게든 찾아내야만 한다.

모처럼 3개 기갑 그룹이 동시에 작전에 나선다. 잘만 하면 세 가지 방법의 옳고 그름을 동시에 시험할 수 있다.

레일건 탑재기가 반드시 갖는 방열 날개, 〈레기온〉 특유의 방열 핀에 추가로 더 방열을 꾀해야 한다면, 그 날개를 노리면 어떻게 되지 않겠냐고 치리와 제2기갑 그룹은 결론을 내렸다.

여태까지의 자동공장형, 발전공장형의 제압과 마찬가지로 제어중추를 노려서 반입구나 메인터넌스 해치를 열고 내부에 침입, 제압하는 것이 카난과 제3기갑 그룹의 채용안이다.

그리고 신과 그가 지휘하는 제1기갑 그룹은.

"──결국 파괴 우선으로 레일건을 쓰게 되었지만, 제1로서는 역시 녀석의 장갑을 부수고 싶었어. 우리에게는 노우젠이 있잖아. 고주파 블레이드로 정면에서 베어버린다든가."

이날 제1기갑 그룹의 공성공창형 대책회의에서 제일 먼저 입을 연 것은 클로드였다. 스피어헤드 전대, 제4소대의 소대장. 빨강 머리와 안경에 숨겨진 날카로운 은백색 눈동자가 인상적인 소년이다.

기갑 그룹별로 다른 대책을 짜게 되면서, 제1기갑 그룹의 대대장 격들이 모인 기지의 제4회의실. 여러 개의 홀로스크린에 투영된 전자가속포형이나 전자포함형의 광학 영상에 교전 기록, 추정 스펙, 그리고 어째서인지 재생되고 있는 괴수 영화.

모인 시선 앞에서 신이 어깨를 으쓱였다.

"불확정 요소가 많은 술수보다는 정공법. 그건 이해하지만. 실행할 수 있는 요원이 한 명밖에 없는 방법은 대책이라고 할 수 없군."

"네가 열심히 모두에게 가르친다. 그리고 모두가 열심히 배운다고 하면?"

"그게 간단하게 될 일이면 86구 시절부터 여태까지의 7년 동안 고주파 블레이드를 쓰는 멍청이가 이 녀석 혼자일 리가 없잖아……."

이어서 세오를 대신하여 제3소대 소대장이 된 토르가 말했다. 우연히도 세오와 같은 금발과 녹색 눈동자의 소년인데, 그는 금록종이라서 얼굴도 체격도 분위기도 전혀 닮지 않았다.

"소구경 한 방으로 관통할 수 없더라도, 같은 장소에 몇 번이나 맞히면 어때. 어어…… 그거야. 뭐라고 하더라. 표적에 맞춘 화살에 또 한 방 명중시키는 그거."

"계시(繼矢), 말입니까?"

"그래, 그거, 미치히. 그런 느낌으로 명중시킨 탄에 다음 탄을 쏴서 밀어 넣는 거야. 그거면 공성공창형도 전자포함형처럼 아무리 장갑이 두껍더라도 마지막에는 관통될 거라고."

"그런 재주는 크레나가 아니면 일단 무리겠지. 실행할 수 있는 요원이 한 명이라면 대책이 아니야."

"아니, 좋은 생각 아닐까? 〈스텔라마리스〉의 주포도 한 방으로는 관통하지 못했지만 몇 발이나 맞춰서 관통했잖아. 같은 장소가 아니더라도 가까운 장소에 계속 쏴대면……."

"예! 공성공창형의 레일건으로 공성공창형의 장갑을 뚫으면 어떨까?! 레일건이라면 레일건을 상대하는 전장에서 분명히 통할 거잖아?!"

"명안이긴 한데, 리토. 그러려면 800mm 포탄을 받아치는 특대 배트가 필요해."

"어머, 하지만 공성공창형은 그 전자포함형보다 크다는 모양이니까, 받아치지 못하더라도 포신의 각도에 따라서는 공성공창형 자신에게 맞출 수 있지 않을까?"

"잠깐, 잠깐, 잠깐, 리토도 앙쥬도 일단 기다려. 이야기가 정신사나워지니까 차근차근 말하자. 일단 토르의 안이 정리된 뒤에 리토의 안을 검토하는 거야. 수습이 안 되기 시작했어."

라이덴이 제지하고 나섰지만, 이미 수습 불가 일보 직전으로 어수선하다. 자기는 〈레긴레이브〉에 밝지 않으니까 적극적으로 제안하지 않지만, 의견을 요구받으면 대답해 주고 그러지 않은 동안은 의사록을 작성하는 올리비아가 쓴웃음을 지으면서 초고속으로 정보단말의 키를 두들겼다.

그 안에서 크레나는 오늘도 분위기에 휩쓸려서 멍하니 있었다.

뭔가 발언해야 한다고, 모두에게 도움이 되는 길을 뭔가 찾아야 한다고, 그렇게 생각하지만, 모두의 열의에 아무래도 따라갈 수 없어서 아무런 말도 나오지 않았다.

기지 식당에서 일하는 군무원 청년이 들어와서, 전원에게 간단한 요깃거리가 담긴 접시를 돌렸다. 또 점심을 걸렀던 모양이다. 대책회의는 매일 열의를 띠는 바람에 식사 시간을 잊기 일쑤니까 급양원들도 최근에는 한 손으로 먹을 수 있는 식사를 준비해 주긴 하지만, 아무래도 기분이 좀 상한 눈치다.

오늘도 의논 도중에 청년에게 인사를 하면서도 식사 자체에는 시선도 주지 않은 채로 한 손으로 집어서 반쯤 기계적으로 입으로 가져가는 샌드위치나 머그잔의 수프들.

순간 어수선하던 의논이 뚝 하고 멎고 전원이 눈을 크게 떴다.

눈을 크게 뜬 채로 라이덴이 입을 열었다.

"──맛있는데, 이거. 고기를 갈아서 만든 커틀릿을 사이에 끼운 건가."

라이덴의 말을 따르자면 바보 혀인 신마저도 어쩐 일로 손에 든 샌드위치를 내려다보고 있었다.

"그렇군. 피클과…… 겨자인가? 그게 맛있군."

"아, 이쪽은 치즈와 익힌 무화과네."

"수프도 맛있어. 말린 버섯 향기가 아주 진해."

열의가 뜨거워서 잊고 있었을 뿐이지, 점심시간은 이미 지났다. 출출함도 있어서 이번에는 회의 그 자체를 제쳐두고 와구와구 먹어대기에 청년은 흥 하고 코웃음을 쳤다.

"너희가 며칠이나 사람들이 공들여 만든 걸 대충 먹어대니까 요리장이 열받았어. 이렇게 되었으면 요리사의 긍지를 걸고 내 밥으로 회의를 중단시켜주마! 라면서 만든 게 오늘의 이거다. 어떠냐, 항복이냐."

"미안합니다.""미안.""죄송합니다."

전원이 각자 고개를 숙였다.

숙이면서도 역시나 우물거리고 있었지만, 청년은 오히려 만족한 듯이 끄덕였다.

"요리장의 고향 요리라더라. 사실은 또 한 종류, 기름에 절인 청어가 있는데 그건 지금은 만들기 어려우니까 전쟁이 끝난 뒤에 먹여준다더군."

연방의 유일한 항구는 〈레기온〉에 빼앗긴 상태라서, 당연히 청어도 잡을 수 없다.

아무튼 크레나는 움찔했다. 전쟁이 끝나면. 또 그 화제.

그런 일이 있을 리 없는데.

혼잣말처럼 토르가 입을 열었다.

"그러고 보면 나도 어렸을 적에 생선 요리를 곧잘 먹었어."

시선이 모이자 토르는 어깨를 으쓱였다.

"난 바다 근처 출신이라서, 그런 생선 요리가 많았구나 싶어서. 할아버지의 특기 요리라서. 그렇지, 할아버지는 어부였고 대대로 전해지는 비장의 맛이라는 게…… 공화국에는 딱히 돌아가고 싶지 않지만, 그것만큼은 좀 그리워."

떠올리는 얼굴로 웃는 그와는 달리 크레나는 한층 침울해졌다. 그리워해도 그건 이미 먹을 수 없다. 토르의 할아버지는 공화국에서 죽었으니까 요리도 먹을 수 없다.

한편 클로드가 말했다. 당연한 소리를 하듯이 가볍게.

"만들면 되잖아. 전쟁이 끝나면 바다에도 갈 수 있으니 그때."

"아, 그런가. 좋아, 그럼 난 전쟁이 끝나거든 할아버지의 맛을 재현한다!"

"요리냐."

"뭐, 괜찮지 않아? 전쟁이 끝난 뒤의 진로는 다들 아직 안 정한 모양이고. 일단 해 보고 싶은 게 있어도."

"할아버지나 엄마의 맛이라……. 그러고 보면 엄마가 어느 나라 출신이라고 했더라. 전쟁이 끝나면 여행이라도 가 볼까."

크레나는 눈을 크게 떴다.

신이나 라이덴이나 동료들이 왜 이렇게 진지하게 공성공창형 대책회의를 벌였는지 간신히 깨달았다.

전쟁을 끝내고 싶으니까.

이 〈레기온〉 전쟁을 끝내고, 전장 밖으로 가고 싶으니까──.

†

그렇다. 그때도 신은 크레나를 의지해 주지 않았다. 마치 크레나를 놔두고 아득히 멀리 걸어간 것처럼, 크레나는 끝날 리 없다고 생각하는 이 전쟁을 끝내기 위한 이야기에 몰두하고 있었다.

크레나는 아직 버릴 수 없는, 싸우는 자라는 존재 증명을, 내버리기 위한 이야기를.

멈춘 크레나를 두고 가려는 듯이.

사실은 오래전에…… 신은 나를 이미 버린 게 아닐까.

그러니까 그 전장에 데려가지 않았던 게 아닐까.

그러니까 지금도 말을 걸지 않는 게 아닐까.

쏴야 할 때 쏠 수 없었던, 도움이 안 되는 자신을. 세오를, 샤나를, 구할 수 없었던 무력한 자신을── 그런 자신 따윈 더 필요 없다고 하듯이.

조금 냉정하다면 스스로도 이상하다고 깨달을 정도로 말도 안 되는 논리다. 비약이 심하다. 신은 최전선에서 공성공창형과 전투 중이다. 크레나에게 말을 걸 여유가 없는 게 당연하다.

하지만 냉정함을 잃은 크레나는 그런 사실을 깨닫지 못한다.

도움이 될 수 없는 건 싫다. 무력한 건 무섭다── 자기 자신의 무력함을 깨닫게 되는 것이 사실은 제일 무섭다.

기억 속의 백은색 머리가 돌아보았다.

공화국의 군청색 군복. 백은색의 장발과 같은 색의 눈.

──그래. 네가 그때 부모가 총 앞에서 죽는 것을 말없이 지켜보았을 때처럼.

거짓말이다…….

그 장교는 이런 말을 하지 않았다. 미안하다고. 도와줄 수 없어서 미안하다고.

그러니까 이건.

누구의.

──하얀 돼지는 모두 쓰레기야. 그래, 그렇지. 하지만 그렇다면 왜 너는 그 쓰레기들을 막지 않았지? 소리치며 매달려서라도 막으려 하지 않았지? 왜 사랑하는 부모님이 총부리 앞에서 죽는 것을 막으려 들지 않았지?

그건.

──좋아하는 언니를 봐도 그렇지. 그녀를 전장으로 데려가는 하얀 돼지에게 덤벼들지도 않았다. 묵묵히. 아무것도 하지 않고, 막으려 하지도 않고 끌려가도록 내버려뒀다.

그런 건 할 수 없다. 할 수 있을 리가 없다. 왜냐면.

왜냐면.

은색 눈이 비웃는다. 아니다. 금색일지도 모른다. 이건. 누구의.

──그래. 왜냐면 너는……

──너는 맞설 힘도 없는, 아무것도 못 하는 무력한 아이니까.

"……!"

인간을, 세계를, 미래를 두렵게 생각하는 이유를 알았다. 한 발짝 내딛는 것조차도 두려운 이유를 알았다.

왜냐면 나는 사실 무력하니까.

그때 깨달았듯이, 아무것도 할 수 없으니까.

나아가려고 하다가, 그 앞에서 누가 악의를 드러낸다면. 행복을 움켜잡으려다가, 그것을 빼앗기려 한다면.

　그때는 또 저항하지도 못하고, 그저 무력하게 빼앗기기만 할 테니까——.

　〈샤나〉의 목소리가 들린 뒤로 크레나의 낌새가 이상하다.

　그 사실에 아득한 후방의 군단지휘소에서 여단 본대의 지휘를 맡은 레나는 아무래도 걱정이 되었다.

　서로의 의식을 통해 청각을 동조하는 지각동조는 얼굴을 맞대고 이야기하는 정도의 감정도 전해진다. 레나와 지각동조로 연결된 상태인 크레나는 명백히 동요하고, 겁먹고, 어쩔 줄 모르고 있었다.

　매달릴 상대를 찾으면서도 거절당할 것을 두려워하여 움츠리고 있다. 그런 그녀의 낌새를 신도 알아차린 모양이다. 말은 걸지 않지만 몇 번이나 시선을 주듯이, 걱정하는 낌새가 전해져 왔다.

　그렇긴 해도 신은 전투 중이다. 도무지 말을 걸 여유가 없다.

　그렇다면. 그런 마음에 입을 열려던 때.

　갑자기 길비스가 입을 열었다.

　[——잠깐 괜찮을까? 건슬링어. 쿠쿠미라 소위라고 했던가.]

　같은 연방군 소속이라고 해도 말을 나눈 적도 없는 다른 부대의 지휘관이 갑자기 말을 걸어서, 크레나라는 이름의 에이티식스 소녀는 완전히 의표를 찔린 모양이다. 곧바로 대답하지 않는 것을 나무라지 않는 채로 길비스는 말했다.

"자네 평판은 들었어. 건슬링어. 죽음의 86구를 살아남아서 기동타격군의 수많은 무훈에 일조한, 에이티식스의 제일가는 저격수. 그 평판을 듣고서도…… 나는 자네에게 〈트라우어슈반〉의 사수를 맡길 생각이 없었지."

숨을 삼키는 기척이 무선통신 너머로 전해졌다.

그게 왜인지 본인도 잘 아는 거겠지. 경악이 아니라 오히려 실수한 것을 혼나는 어린애처럼 반응했다.

"선단국군, 마천패루 거점 작전에서의 자네의 추태. 나는 신뢰하기 어렵다고 판단했다. 필요한 때 움직일 수 없는 병사는 병사가 아니야. 우두커니 서 있기만 해서는 말도 안 되지."

필요한 때 확실히 움직이는 것이 좋은 병기, 좋은 병사다. 안 그래도 신뢰성이 부족한 시작병기를 신뢰할 수 없는 병사에게 맡길 수 없다. 아예 크레나를 작전 자체에서 제외해달라고 길비스는 레나와 신에게 요구했을 정도다.

거기에 강경하게 반대한 것이.

"그래도 자네에게 〈트라우어슈반〉을 맡긴 건, 노우젠 대위다."

†

공화국이 내버린 가엾은 아이들, 에이티식스의 소년병들로 이루어진 기동타격군을 이끄는 것은 혼혈인 '노우젠' 이라고 들었다.

그때부터 일방적으로 길비스는 아직 보지 못한 그 소년에게 친근함을 느끼고 있었다.

저 권력가가 그를 일족의 하나로 보고 있다면, 그런 하층민들의 어중이떠중이 부대를 데리고 있을 리가 없다. 그러니까 자신들 미르메콜레오 연대와 마찬가지일 거라 생각했다. 일족으로 인정받지 못하고, 그저 전공을 일문에게 바칠 뿐인 편리한 도구. 사냥감을 잡아도 그걸 먹어서 자기 피와 살로 만들지 못하고 결국 굶어 죽는 미르메콜레오.

누구에게도 사랑받지 못하는, 어디에도 있을 곳 없는 아이.

그게 아니었다.

"——이건 공동작전이고, 〈트라우어슈반〉도 선기련에서 빌린 것입니다. 그러니까 사수를 부하 누구에게 맡길지는 내 권한의 범주다, 라고는 말하지 않겠습니다."

성교국군 전선기지의 팔각형과 진주색 회의장. 무지갯빛 광택을 띤 장식용 유백색 유리관이 벽 하나를 통째로 뒤덮은 낯선 양식의 방에서, 신은 길비스를 정면에서 똑바로 바라보며 말했다.

"하지만 지난 실수 하나로 쳐낸다면 너무 잔혹한 지휘입니다. 한 번의 과실로 병사를 내버려선 군대를 꾸릴 수 없습니다. 쿠쿠미라 소위가 그때 움직이지 못했던 것은 사실입니다. 그래도 소위가 앞으로도 다시 일어설 수 없다고 판단하는 것은 잘못입니다."

다시 일어날 기회조차 주지 말라는 소리를 들을 이유는 없다고.

"그러다가, 또 실패하면?"

그렇게 물으면서 길비스는 쓰디쓴 마음을 삼켰다.

미르메콜레오 연대는 실패 이전에 경험조차 없는 신규부대다. 신뢰성이 없다면 자신들이 더 없고, 7년의 경력이 있는 신이 그 사실을 지적하면 길비스는 전혀 반론할 수 없다. 하지만 신은 그 사실을 일절 언급하지 않았다.

알아차리지 못했을 리가 없다. 총명하지 않으면 〈레기온〉과의 격전에서 살아남을 수 없고, 또 역전의 에이티식스들을 거느릴 수 없다. 그러니까 언급하지 않았던 것은 그저 비겁하다고 생각했기 때문이겠지. 그가 그 자신에게 부여한 규범을———혹은 긍지를———볼 때 비겁하다고.

그 고결함.

이것만큼은 길비스와 같은, 핏빛 눈동자가 이쪽을 올려다보았다.

제국에서는 지극히 꺼려지는 염홍종과 야흑종 혼혈의 색채로. 86구에서 심하게 미움받았다는 제국 귀족의 피가 진한 겉모습으로. 조국에서 더러운 색깔이라고 업신여김당한 에이티식스의 용모로. 전혀 비웃는 기색 없이, 제국 귀족의 혼혈인 에이티식스 소년은 길비스를 올려다보았다.

"그때는 내가 책임을 지겠습니다. 부하가 실수한다면 만회할 방법을 생각하는 것이 지휘관의 책임이니까요."

의연하고, 그러면서도 긴장하지 않은 목소리였다.

동료에게 만회의 기회를 주는 것도, 몇 번이고 감싸는 것도, 자신의 당연한 역할이라고 생각하기에 나오는 목소리였다.

  동석한 레나는 신에게 이 자리를 맡기고 침묵을 지켰는데, 그것 또한 신뢰다. 신에 대한. 그리고 이 자리에는 없는 크레나에 대한.

  그래도 일어서리라고 믿는 것이다, 이 두 사람은── 지난 작전에서 끔찍한, 꼴사나운 실수를 저질러서 그들의 기대를 배신했을 터인 그 상대를.

  갑자기 가슴 아프고, 부러워졌다.

  이런 누군가가── 이를테면 이런 식으로 감싸고 지키고 믿어주는 형이나 누이가 자신에게도 있었으면. 나는.

  그토록 원하던 신뢰 관계를 짓밟는 짓을, 나로서는 차마 할 수 없었다.

  "알았다. 정 그렇게 말한다면…… 맡겨 보지."

†

  그때의 애절함과 일말의 한심함을 떠올리면서 길비스는 말을 이었다.

  무선통신 너머에서 겁먹은 듯한 크레나의 시선이 느껴진다. 같은 색채일 터인 신의 두 눈동자보다도 더 익숙할지도 모르는 진한 눈동자.

  "다시금 일어서리라고 믿으니까 노우젠 대위는 자네에게 그 비장의 카드를 맡긴 거겠지. 자네는 결코 무력하지 않다고 믿으니까 맡긴 거겠지."

두들겨 맞은 끝에 칼을 들이댈 기력이 부러지고, 저항하자는 마음조차도 잃은 아이의 눈이다. 마음속 깊은 곳까지 자신의 무력함이 깊고 깊이 새겨진 아이의 눈이다.

자신은 무력하다고 믿어 의심치 않아서, 자기 자신을 믿는 것조차도 할 수 없게 된 아이의 눈.

기억에 있었다. 몇 번이나 본 시선이었다. 브란트로테가 억지로 들여보냈던 저택 안에서.

혹은 보고 싶지 않은 것이 비치니까 싫어했던, 거울 안에서.

"그렇다면 자네는 응해야 한다. 믿어 주는 상대가 있다면, 그 상대를 믿을 수 있다면 응해 주어야 한다. 그 사람은, 자네가 생각하는 것보다 훨씬 희소하고 얻기 어려운 상대니까."

부디 응해 줘. 좀처럼 없는 그 사람과 만난 행운과 닿을 수 있었으니까 그 기회를 살려.

나에게는 없었다. 우리에게는, 그런 식으로 믿어 주는 사람이, 감싸주는 사람이, 일어서기를 기다려 주는 사람이 없었다. 얻을 수 있었던 기회는 한 번뿐, 그러니까 태어나기 전에 그걸 놓친 우리는 바랄 수도 없었다. 유일하게 바랄 수 있었던, 애타게 원하던 소망도, 결국 손을 뻗기 전에 막혔다.

하지만 자네는 그렇지 않으니까. 믿어 주는 사람이 있으니까. 뭔가를 원하고 소망하기를 빌어주는 사람이 있으니까. 그러니까 그 사람의 마음을. 지금은 보이지 않을 뿐 계속 내밀어주는 손을.

부디 무시하지 마.

"그러니까, 일어서는 거다. 쿠쿠미라 소위."

나에게는 그게 불가능했지만.

지금도 결국 불가능한 채이지만.

"믿어 주는 사람이 있으니까, 일어서기를 기다려 주는 사람이 있으니까, 다시금, 몇 번이든, 그 사람에게 응하여, 그 사람에게 힘이 되기 위해…… 일어서는 거다."

나처럼은 되지 않기 위해서.

그 이름에. 그 말에.

무심결에 등이 쭉 펴진 것을 크레나는 깨달았다. 역시 버린 것이 아니었다. 오히려 또 실수하더라도 신은 버리지 않을 생각이었다고 안 것도 크지만, 그것만이 아니었다.

그래, 나는. 무력하게 있고 싶지 않았다. 함께 싸우기 위해. 곁에 있기 위해.

하지만 그것만이 아니다.

처음에는, 그렇게 생각했던 처음에는, 그것만이 아니라.

†

"저기……. 있잖아."

크레나는 열심히 물었다. 86구의 전선, 지뢰밭으로 둘러싸인 기지. 저승사자의 별명을 가진 전대장 소년을, 같은 전대에 막 배속되었을 뿐이라 아직 잘 모르는 그를 올려다보고.

전해질까 두려워하면서. 조금이라도 전해지면 좋겠다고 생각하면서.

"아프지, 않아?"

"……?"

중요한 '무엇이' 가 빠진 질문이다. 신은 당연히 의아한 얼굴을 했다.

그것은 눈앞에 있으니까 가까스로 알 정도인, 극히 희미한 표정 변화였지만. 크레나는 처음 보는, 이 냉철한 전대장의 나이에 어울리는 아이의 얼굴이었다.

그것만으로 이 사람이—— 고작 한 살 많을 뿐 아직 10대 중반도 못 되는 소년이라고 깨달았다.

"어제, 쥬토를 쏜 거, 아프지 않았어? 노우젠 대장은."

선혈과 내장으로 범벅이 된 손이 뺨을 어루만질 때, 눈썹 하나 까딱하지 않았지만.

마음 따윈 없는 저승사자처럼 초연하게, 조용하게 방아쇠를 당겼지만.

"숨기고 있을 뿐이지 사실은…… 아프지, 않았어……?"

신은 잠시 침묵했다. 눈앞의 조그만 소녀에게, 껴안고 있는 것을 공유해도 좋을지 생각하듯이.

그리고 말했다.

"조금은……."

"그래……. 그렇, 구나……"

아프지 않을 리가 없다. 그걸 알고 왜인지 크레나는 안도했다.

그렇다면.

"다음에는 내가 대신해도 좋아."

핏빛 눈동자가 다시금 껌뻑였다.

그 색채는 더 이상 무섭지 않았다. 똑바로 올려다보며 크레나는 계속 말했다.

"나, 총 잘 쏘니까. 그렇게 가까이면 절대로 빗나가지 않으니까. 그러니까…… 내가 해도 돼."

당신 대신.

기억해가는 것은, 마지막까지 품고 가는 것은 분명 누구보다도 강한 당신밖에 할 수 없겠지만. 아픔을 나누는 것만큼은── 무거운 짐을 조금 대신 지는 정도라면.

떨릴 것 같은 손을 움켜쥐어서 감추었다. 두려웠다. 채 죽지도 못했으니까, 살릴 수 없으니까, 〈레기온〉에게 잡혀가는 것보다는 나으니까, 동료를 쏜다. 그러는 것이 자비라고 말해도, 살인이다. 무섭다. 사실은 그런 짓을 하고 싶지 않다.

하지만, 그러니까. 당신 혼자에게만은.

신은 그런 크레나를 묵묵히 바라보고, 이번에는 고개를 가로저었다.

"녀석들과 약속한 건 나니까…… 내가 해야 한다고 생각해."

"응……."

크레나는 어깨를 축 떨구었다. 아주 조금 안도한 스스로가 부끄러웠다.

그런 크레나를 바라보고── 저승사자의 별명을 가진 소년은 이때 처음으로 앞에서 미소를 지었다.

"하지만…… 고마워."

†

그때 그렇게 말한 건. 특기였던 사격 실력을 더 갈고닦은 건.

힘이 되고, 곁에 있기 위해서가 아니다.

설령 언젠가 먼저 죽더라도, 그때까지 함께 싸우기 위해서.

스스로 짊어진 저승사자의 역할이 너무나도 아프고 견딜 수 없는 날이 왔을 때는, 그때만이라도 대신하기 위해서.

조금이라도 도움이 되기 위해서.

피가 이어지지 않은, 하지만 가족 같은. 오빠 같은. 소중한 자신의── 동포에게.

──무슨 일이 있어도 노우젠 대위가 언제까지고 당신의 오빠임은 변함없겠지요.

선단국군에서 에스텔 대령에게, 자신들과 같은 긍지를 품고 살고, 그 긍지조차 잃은 정해씨족의 여자 장교에게 들었던 말.

그래, 변하지 않았다. 신은 정말로 크레나를 버리지 않았다. 작전 전에도 말하지 않았나. 버리지 않는다고. 괴롭거든, 무거운 짐이라면, 저주가 될 정도라면 내려놓아도 된다고, 진심으로 크레나를 걱정하는 얼굴로. 그 고통에 마음을 써 주며.

의식을 돌리자 지각동조 너머로 지금도 그 마음이 전해져 왔다.

지각동조에서는 말뿐만이 아니라 얼굴을 맞대고 대화하는 정도의 감정도 전해진다. 신이, 라이덴이나 앙쥬나 레나도, 지금도 크레나를 걱정해 주고 있다.

그것을―― 의심하고 그르칠 뻔했다.

"귄터 소령, 저기…… 고맙, 습니다."

공성공창형이 자주지뢰의 폭발음을 조준의 목표로 삼고 있다는 것을 양동인 5개 전대는 아무래도 반대로 이용하기 시작한 모양이다.

다섯 문의 레일건이 새기는 사슬탄의 파쇄흔이 전대가 정말로 있을 위치에서 명백히 어긋나는 것을 신은 깨달았다. 86구의, 연방의, 폐허에서의 전투로 연마된 경험을 토대로 자주지뢰를 빠져나가고, 떨어진 장소에서 사격하여 일부러 자폭시킴으로써 레일건의 조준을 유도하는 것이다. 높은 곳에서 전장을 내려다보는 자이샤의 정확한 지시도 반영하여, 다섯 문의 레일건의 포격은 차츰 전대의 앞길에 파편의 차폐물을 제공하는 역할로 전락했다.

드디어 빌딩의 숲과 황폐한 도로의 언덕 너머, 공성공창형의 쇳빛 뒷모습이 엿보였다. 5개 전대를 양동으로 삼아 크게 원을 그리는 형태로 폐허도시를 질주하여 공성공창형의 배후를 찌르는 위치까지 스피어헤드 전대가 진출한다. 그리고 공성공창형에 의해 반신이 뜯겨나가서 무너진 빌딩 뒤에 산개하여 잠복.

"――대대 전원에. 스피어헤드 전대는 배치에 임했다."

[라저. 쿼럴, 아처 전대도 배치 완료했다. 원호 사격, 언제든지

할 수 있어.]

　[사이스 전대 이하, 양동 5개는 접근 중. 남은 거리는 다들 기껏해야 2천 정도네. 전차포의 사거리에 들어갔어.]

　요염하게, 거만하게, 사이스 전대의 전대장은 훗 하고 웃었다.

　[그럼 슬슬…… 보여주도록 할까?]

　"그래."

　공성공창형은 마치 의기양양하게, 옥좌의 지배자처럼 거만하게 자리 잡고 있지만.

　"여기는 기동타격군의, 〈레긴레이브〉의 전장이다."

†

　이번에는 요리장 본인이 기분 좋게 웃으면서 가져온 설탕과 우유를 듬뿍 넣은 식후 커피를 다 마신 뒤, 간신히 공성공창형 대책 회의가 재개되었다. 혈당치가 올랐기 때문인지, 아니면 한숨 돌렸기 때문인지, 아까 의논이 꽉 막혔음을 깨달았다.

　애초의 전제가 빠졌을 정도다.

　"——전제의 이야기로 돌아가겠는데."

　그렇게 말한 신에게 그 자리의 전원의 시선이 모였다.

　"포격전으로 들어가면 당할 수 없다. 그러니까 사격 준비를 완료하기 전에, 이쪽의 존재를 들키기 전에 거리를 좁힌다. 〈아르메 퓨리우즈〉를 쓰면 그것도 어렵지 않다. 또 해전이 되었을 경우는, 이번에는 폭풍이 오지 않기를 빌 수밖에 없지만."

"그래도 해전이라면 더더욱 녀석에게 올라타야 승부가 나는 이상, 그건 어떻게 할 수밖에 없어. 아무리 〈레긴레이브〉라도 해수면을 달릴 순 없어."

신이 한 말의 의도를 모르겠다는 얼굴이지만, 라이덴이 맞장구를 쳤다. 고개를 끄덕이며 신은 말을 이었다.

"다음 작전은 육상이니까 사실 전자가속포형과 싸울 때보다도 어렵지 않을 거야. 그때는 진격로 상에서 적 수비부대의 교란에 전력을 쪼갰으니까, 마지막에는 거의 일대일이었다. 하지만 공수작전으로 적 전선을 뛰어넘을 수 있다면…… 전력을 나누지 않고 레일건까지 도달할 수 있다면, 민첩하게 움직일 수 없는 레일건은 단순한 표적이다. 제거하는 데 애먹을 상대는 아니야."

처음에 대치했던 1년 전 크로이츠벡 시. 신과 노르트리히트 전대에 대한 매복 공격을 성공시킨 전자가속포형은 포격 후에 철수했다. 매복에 성공했는데도 도주한 것이다.

그 시점에서 신 일행은 15기가 전부 건재했다.

그 전장은 도시의 폐허로, 전자가속포형의 주위에는 무수한 빌딩이 즐비해 있었다.

그러니까 도망쳤다.

시가전에서 한 번에 다수의 펠드레스를 상대하면 자기가 불리하다고 알았으니까――그 거포는 크로이츠벡 시에서 도주했다.

"그래……."

"아까 말한 계시 말인데. 우리는 레일건이 사격할 수 없는 30미터 영역 안까지 침입한 상태를, 즉, 공성공창형에 달라붙은 상태를 전제로 하고 있었을 거야. 멀리서 포로 겨누는 게 아니야."

모두 "앗." 소리를 냈다.

있지 않던가. 같은 장소에 정확하게, 그러면서 프로세서 전원이 타격을 입힐 수 있는 무장이.

적기에 달라붙은 상태에 쓸 수밖에 없는, 하지만 적기에 달라붙은 전제라면 확실히 쓸 수 있는, 〈레긴레이브〉의 고정 무장.

"——파일드라이버!"

†

레일건을 유인하면서 접근하던 5개 전대가 공성공창형까지 수백 미터 남은 거리로 진출했다. 무너진 빌딩의 그림자를 빠져나가 화살처럼 뛰쳐나갔다.

땅을 달리는 그들을 요격하는 800mm 포가 삐걱대는 굉음을 내며 선회하고, 또한 공성공창형 전체에 바늘두더지가 바늘을 곤두세우듯이 무수한 대공기관포가 나타났다.

[——그럴 줄 알았지, 바보 자식아!]

한순간 부각을 취한 기관포를 비웃듯이, 순백의 기체가 빌딩 옥상에, 고층에—— 포가 하나도 향하지 않은 높은 곳에서 모습을 보였다.

공성공창형의 사각이 되는 위치에서 빌딩의 옥상 근처로 앵커를 박고 휘감아 벽면을 비스듬히, 호를 그리고 뛰어오른 〈레긴레

이브〉들. 전투 지원을 담당하는 포병 사양, 곡사포 장비인 쿼럴,

아처의 2개 전대.

〈레긴레이브〉는 연방의 전장을, 삼림과 시가지의 전장을 주전

장으로 삼기 위해 만들어진 펠드레스다.

대부분의 기갑병기가 꺼리는 시가전을. 두꺼운 장갑과 대구경

포 때문에 너무 무거운 전차에는 바랄 수도 없는, 건물들을 발판

으로 삼는 입체적 전투를 특기로 삼는 기체다.

그걸 위한 민첩함, 그걸 위한 고출력을 얻은 백골들이 그들의 독

무대인 도시의 고지에서 모습을 보인다. 기갑병기의 약점 중 하

나, 비교적 장갑이 얇은 상판을 노릴 수 있는 고지.

일부러 그때까지 땅을 기면서 진격로로 택하지 않았던 고지에.

[땅바닥을 기어 다니면서 아래로 눈을 쏠리게 한 것까지가 우리

계산이다. 제대로 걸렸구나!]

폭소와 함께 포격.

근거리 요격을 위해 공성공창형이 마련했을 터인 대공기관포가

그 역할과는 정반대인 땅을 향한 채로 허무하게 날아갔다. 그 직

후에 상공으로 쏠린 주의와 조준의 허를 찔러서, 접근한 5개 전대

의 저격소대가 탄종을 교체하고 포격. 쇄도한 고폭탄이 한 쌍의

레일 사이, 800mm의 틈새에 도달하고 시한신관으로 작렬했다.

전자포함형과의 전투에서 세오가 해낸, 레일건의 사격 직전을 노

린 포격 저지.

그때는 성형작약탄(HEAT)이 우연히 레일에 접촉해서 터졌다.

하지만 시한신관을 설정하고, 또한 파괴 반경이 넓은 고폭탄이라

면, 레일 틈새를 노릴 수 있는 근접거리 한정이지만 같은 효과를 노릴 수 있다. 탄체 사출의 전자장을 구성하는 유체금속이 그 직전에 초속 8000미터의 충격파와 포탄 파편에 찢겨나가서 회색 하늘에 흩어졌다.

전율하듯이 거포가 몸을 젖히는 사이, 5개 전대의 나머지 소대는 더욱 접근한다—— 남은 거리는 30. 포신 길이가 30미터인 레일건이 아무리 발악해도 쏠 수 없는 거포의 품으로 파고들었다.

와이어앵커가 사출된다. 빌딩의 벽면을, 공성공창형 자신의 측면도 발판으로 삼아서 순백의 기체들이 다섯 개의 포탑을 목표로 올라갔다. 떨쳐내려는 발버둥으로 거구를 흔드는 진동에, 4기의 파일드라이버 중 3기를 쏴서 버틴다.

포탑에서 뻗은 두 쌍의 은색 날개, 그것을 구성하던 근접전투용 와이어가 이번에도 스르륵 풀리고, 혹은 간헐천이 분출하듯이 날개 접속부에서 솟아나서 〈레긴레이브〉를 요격했다. 사전에 후방의 쿼럴, 아처 전대가 쏜 고폭탄이 연이어서 공중에서 터지고, 강렬한 충격파로 와이어를 튕겨내 길을 열었다.

보이지 않는 폭압의 방패 밑을 달려서 드디어 〈레긴레이브〉가 5문의 레일건 포탑 위에 각각 도달. 88mm 전자포를 들이대고 바로 앞에서 포격.

포구 속도 초속 1600미터라는 초고속을 지킨 채로 격돌한 고속철갑탄(APFSDS)이—— 불꽃을 흩으며 튕겨났다. 단단하다. 전자형이나 중전차형과 달리, 기동성이 요구되지 않는 병종이다. 다소의 중량 증가는 허용하여 포탑의 장갑을 강화했나.

이 정도는 예상했다.

무장 선택을 변경. 왼쪽 앞다리의 고정 무장, 57mm 대장갑 파일드라이버. 네 다리에 각각 장비한 4기의 파일드라이버 중 등반에 쓰지 않았던 마지막 1기.

이런 단시간에 완전히 새로운 무장을 처음부터 개발하는 건 불가능해도, 기존 무장을 조합하여 신장비를 급조하는 건 어떻게든 된다. 다행히 그걸 위한 여분의 부품은 그것을 장비하는 프로세서가 기동타격군 전체에서도 한 명밖에 없으니까 넉넉하다.

격발. 왼쪽 앞다리 파일드라이버가 작동. 전자 파일이 포탑에 박힌 직후, 파일드라이버의 커버 바깥에서 칼날을 아래로 향하여 고정되었던 고주파 블레이드가 고정용 폭발 볼트를 날려버리고, 역시나 커버 위에 장착된 가이드레일을 따라 달렸다.

칼날을 아래로—— 포탑의 장갑을 향하여.

열기를 띤 칼날이 두꺼운 장갑을 물처럼 꿰뚫었다. 그대로 깊이 베고 드는 것을 확인할 틈도 없이 〈레긴레이브〉는 블레이드를 파일드라이버와 함께 해제. 뒤로 물러난 직후에 폭압의 방패를 넘어온 와이어의 참격이 포탑을 때리고, 그 충격에도 지금 깊이 박힌 블레이드는 빠지지 않았다.

한편 파일은 튕기듯 빠져나가고, 고정을 잃은 파일드라이버 본체가 중력에 이끌려서 휘청였다. 고대 제국에서 적병이 방패를 떨어뜨리게 하려고 사용되었던 무거운 투창(필룸)처럼, 고주파 블레이드와의 접속 부위에서 부러졌다. 드라이버의 중량으로 아래로 향하는 힘이 더해진 블레이드가 포탑에 깊이 박힌 채로 이번에는 장갑을 아래로 베어냈다. 이쪽은 프로세서들에게도 예상 밖의 효과지만.

"——개량하면 같은 효과를 일으킬 수 있게 되지 않을까."

[그게 더 좋겠어. 구멍이 큰 편이 노리기 편해!]

거의 지면과 수평일 정도로 쓰러진 고주파 블레이드가 드디어 빠져서 차례로 낙하했다. 짐승의 발톱이 찢은 것처럼, 포탑 내부까지 도달하는 긴 흔적이 그 뒤에 남았다.

88mm 포의 포구를 다시금 돌렸다.

와이어를 피해서 물러난, 남은 파일과 와이어앵커로 공성공창형의 기체 측면에 달라붙은 〈레긴레이브〉와 원호를 위해 지상에 남은 자들과.

그 전부가 일제히 방아쇠를 당겼다.

공성공창형이 기관포를 잃고 5문의 레일건의 포격 전부가 방해받는 것을 확인했을 때, 스피어헤드 전대도 잠복 장소에서 뛰쳐나갔다. 포탑에 블레이드가 꽂히고 격하게 몸부림치는 공성공창형의 등에 네 기의 파일을 전부 꽂고 〈언더테이커〉가 달라붙었다.

반출구는—— 출입구는 덫이 장치되기 쉬우니까 침입은 피하고 싶다. 쇳빛 껍질에 격투암 한 쌍에 달린 고주파 블레이드를 휘둘러서 거수의 두꺼운 껍질을 찢었다. 곧바로 뛰어오른 올리비아의 〈안나마리아〉가 두 개의 균열을 새긴 곳에 정확하게 고주파 랜스를 휘둘렀다. 마무리로 앞다리의 파일을 뽑아서 대고 다시금 격발.

일그러진 삼각형으로 크게 잘린 구조물이 안쪽으로 날아갔다.

좌우로 물러나서 장소를 연 두 기와 교대로 라이덴의 〈베어볼프〉와 클로드의 〈밴더스내치〉가 기관포를 사격. 탄도 확인용의 예광탄이 빛의 꼬리를 끌며 공성공창형 내부의 어둠을 순간 비추었다. 5문의 레일건 바로 아래, 탑처럼 솟은 거대한――〈스텔라마리스〉의 40cm 포와 흡사한――탄창. 잔해를 먹고 재활용할 수 있는 것을 집어삼키는, 높게 솟은 재생로. 은색 유체를 담은 유체 마이크로머신 배양조와 보관 탱크. 공창 내부에 대해 자세히 아는 게 아닌 신으로서는 정체도 모를, 무수하고 거대한 기계와 배관들. 그야말로 거대 은색 짐승의 내장이다.

딱 봐서 제어중추일 듯한 뭔가는 그 안에 없다. 그것은 이 근처를 볼 것도 없이, 신은 그 이능력으로 들을 수 있다. 무수하게 겹친 〈양치기〉들의 아우성은 그 하나하나마저도 딱딱 분단되어서 공성공창형 내부에 편재되어 있다. 이어지는 기계의 장기 틈새에, 비단을 겹쳐서 펼친 듯이 체내 전체에 깔린 마이크로머신의 신경망들.

전투영역 깊숙한 곳에 숨어서 전투를 상정하지 않은 자동공장형과 달리, 공성공창형은 전투병종이다. 그리고 이 정도의 덩치라면 제어계는 분산하여 배치하는 편이 활용성이 크다. 스스로 유체 마이크로머신을 생산하는 공성공창형은 다소의 제어계 손상이라면 제자리에서 수복도 가능하겠지. 하물며 화력이 세지 않은 〈레긴레이브〉의 전차포나 곡사포로는, 불가능하지는 않더라도 이 신경망을 완전히 파괴하기 어렵다.

——역시 〈트라우어슈반〉의 포격이 필요할까.

그러기 위해서.

"다리를 묶는다. 앙쥬, 부탁해!"

레일건에 포격을 가한 〈레긴레이브〉는 다시금 탄종을 성형작약탄으로 교체했다. 몸에 새겨 넣은 블레이드 파일의 상처를 통해서 사정없이 때려 박은 고온 메탈제트에 거포의 제어중추를 구성하는 유체 마이크로머신이 불타올랐다.

그중 하나인 〈요한나〉의 포탑에서 은색 나비들이 나오는 것을 시덴은 보았다. 전자포함형과의 전투에서도 보았던, 파괴를 피하여, 화염을 피하여, 제어중추가 도망칠 때의 모습. 유체 마이크로머신이 변한, 무수한 은색 나비들.

〈요한나〉의 제어중추의—— 〈샤나〉의.

"——놓칠 것 같냐!"

소리치고 다시금 불타오르는 〈요한나〉 포탑 위로 달려 올라갔다. 건마운트암에 달린, 오늘만큼은 산탄포가 아니라 88mm 전차포. 성형작약탄에 시한신관을 설정하고, 재의 하늘을 선회하는 나비들을 조준하여——.

[——안 돼, 아가씨! 뛰어내려!]

베르노르트의 경고와 한발 늦게 울린 접근경보에 정신이 확 들었다. 측면, 〈키클롭스〉를 토막 내는 궤도로 내려오는 다섯 개의 와이어. 〈샤나〉를 놓치지 않으려고 한 나머지 주위 경계를 소홀히 했다. 그리고 이건—— 이미 회피할 수 없다.

——제길, 걸렸어. ……미끼낚시다.

동료의 시체를 미끼로 적병을 낚아내는, 고전적인 전법. 고철덩이가 의도하고 그랬는지는 모르지만, 결과적으로 낚였다는 건 변함없다.

그래도 〈샤나〉가 나를 길동무로 삼으려 하다니.

기묘하게 감미로운 공상은 다음 순간 날아오는 와이어의 바로 밑에서 작렬한 성형작약탄의 굉음에 날아갔다. 폭압으로 와이어가 떨어져 시덴이 한순간 정신이 멍해졌을 때, 뛰어오른 〈레긴레이브〉가 〈키클롭스〉를 그대로 걷어차서 떨어뜨렸다.——전대 마크는 전쟁신에게 이끌린 사냥개, 식별번호는 01. 〈프레키 원〉. 베르노르트의 기체.

[참 나, 정말로 손이 많이 가는 아가씨로군! 나중에 잔소리 좀 들어주십쇼, 대장!]

낙하하는 〈키클롭스〉 안에서, 돌아본 시선에 방금 날아든 성형작약탄의 사수가 비쳤다. 공수대대에서 유일한 다갈색, 짐승 같은 네 다리가 달린 기체, 〈스톨른부름〉. 올리비아가 모는 〈안나 마리아〉. 그 이능력인 예지능력으로 제일 먼저 시덴의 위기를 알아차린 걸까.

격정이 확 치솟아서, 그 격정에 따라 외쳤다.

지금. 나는. 어쩌면 샤나와. 먼저 죽은 그녀와—— 함께 갈 수 있었는데.

"방해하지 마, 베르노르트! 대위도!"

[──그건 우리가 할 말이다, 소위.]

채찍을 세게 휘두르는 듯한 목소리에 가로막혀서 시덴은 허를 찔렸다.

무정하면서도 근엄한 이 목소리는── 올리비아, 인가?

[네 임무는 레일건 제압이다. 자원해서 맡았으면 완수하도록. 그게 아니라 레일건과 함께 죽고 싶을 뿐이라면…… 작전에 방해된다. 물러나.]

앙쥬에게 지시를 내린 시간만큼, 신은 순간적으로 늦었다. 아슬아슬하게 시덴의 위기를 구한 〈안나마리아〉에, 〈스노윗치〉에 장소를 양보하면서 신은 시선을 주었다.

"죄송합니다, 대위님. 고맙습니다."

[예측하지 못한 사태에 대비하여 '눈'을 뜨고 있었고, 또 거리가 가까워서 다행이었어. 아슬아슬했군.]

3초 후의 미래를 예지하는 올리비아의 이능력 범위는 최대도 10여 미터 정도. 별로 넓지 않다.

올리비아는 슬쩍 쓴웃음을 지은 듯했다.

[릿카 소위의 일도 있고, 네가 희생을 줄이고 싶어 하는 건 알겠는데. 딱히 네가 모든 걸 짊어질 필요는 없어. 특히나 악동들을 지켜보는 건 연장자가 할 일이지. 얌전히 양보하게.]

"죄송합니다……."

옆을 지나치면서 〈스노윗치〉가 〈레긴레이브〉의 주무장 중에서 중량이 있는 미사일 포트를 대기 위치에서 끌어올렸다. 〈밴더스 내치〉와 교대하고 조준을 설정한다.

완료와 동시에 전탄 사출.

공성공창형의 배 속에 20발의 미사일이 한꺼번에 꽂혔다.

장갑이 얇은 척후형이나 근접엽병형을 적으로 상정하고, 전차 형이나 중전차형, 전자가속포형에도 효과가 약한 대경장갑 미사일들. 공성공창형 내부에 쏴 봤자 거기는 800mm 포탄이라는 말도 안 되는 탄을 다루는 공창이다. 치명적인 피해는 없겠지. 다만.

각기 다른 궤도를 그리며 공창 곳곳에 도달한 미사일이 자폭. 무수한 성형작약탄의 비와──그 성형작약탄을 만들어내는 폭약의 무수한 작렬을 뿌렸다.

금속제 성형작약탄에 초속 3000미터의 초고속을 부여하는 작렬의 화염이다. 내부 공창 전체가 순식간에 화염의 혓바닥에 쓸리고, 그 열기는 두꺼운 외벽을 가진 공성공창형의 밀폐된 내부에서 도망치지 못했다.

부족하다고 보고 두 번째 면 제압 사양기가 〈스노윗치〉와 자리를 교대하여 일제사격. 마무리로 세 번째 기체가 포격.

그 초고열이 드디어 공성공창형의 거대한 방열판과, 그것으로 부족하여 5문의 레일건의 포탑이 각각 가진 총 열 쌍, 스무 장의 방열삭의 냉각 능력을 웃돌았다.

공성공창형의 모든 파츠가, 고열을 띤 파워팩이, 레일건과 그

장갑 시스템이, 내부의 공창이, 분산 배치된 제어계가 오버히트한다. 역시 구동할 때마다 고열을 띠는, 공성공창형의 거구를 지탱하고 걷게 하는 다리의 고성능 인공근육도.

그리고.

시덴에게 들리는 〈레기온〉의 목소리는 지각동조를 통해 신의 이능력을 빌린 것이지만, 신이 공성공창형의 근처에 있는 지금 귓속에 울리는 단말마는 더더욱 강하다. 신음과 절규와 비탄과 아우성과.

화염에서 도망치려고 계속 선회하는 〈샤나〉의 한탄도.

노르트리히트 전대와 근처의 아처 전대가 협력해서 〈샤나〉의 주위에 고폭탄의 폭염을 뿌리고, 화염에 약한 나비들을 좁은 범위로 몰아넣었다. 멈춰선 〈키클롭스〉의 정면에 〈샤나〉를 몰아넣으려고 했으니까, 그들이 뭘 도우려는 건지는 싫어도 안다.

한탄이 내려온다. 나비 모양으로 분열된 지금은 속삭임보다도 희미한 목소리.

──추워.

그런 목소리만을 남기고, 쏘면 정말로 사라질 그녀. 시덴을 두고, 없어져버리는 그녀.

원래 시덴에게는 더 이상 아무것도 없다.

가족도, 고향도. 이어갈 문화도, 민족의 역사도, 과거에 꿈꾸었던 장래도, 지금 소망해야 할 미래의 형태도. 다른 에이티식스들과 마찬가지로.

그래도 어떻게든 될 거라고 생각했다.

여태까지 86구나 연방에서 살아온 것처럼 샤나나 브리싱가멘 전대의 전우들과 어떻게든 살아갈 거라고.

그런 샤나가 죽었다.

전우들도 대다수가 한꺼번에 죽거나 미귀환자가 되었다.

그렇게 되니 어째야 좋을지 알 수 없었다.

샤나나 전우들과 살아갈 거라고 생각했는데, 그 샤나도 전우들도 없어지면, 그렇다면 내일은 어떻게.

그럴 거라면 차라리 내일이 오지 말라고.

──그건 같이 죽더라도 상관없다는 게 아니야. 같이 죽고 싶다는 거지.

신의 목소리가 되살아났다.

성교국의 낯선 진주색 군사기지. 군사기지 주제에 마치 전쟁의 냄새를 꺼리듯이 피워놓은 향냄새.

시덴이 자기 자신에게도 숨기고 있던 어두운 소원을, 그 저승사자는 확실히 꿰뚫어 보았다. 과거에 같은 소원을 가졌고 이루었기 때문에 사는 방법을 잃어버리고. 그러니까 같은 파멸을 바란 시덴을……짜증 나게도. 죽일 수 없다며.

──그렇게 마음먹은 녀석은 데려갈 수 없어.

아, 그래. 그러니까 그럴 마음은 버렸잖아.

하지만 버렸으면, 어쩌면 좋은 건데.

같이 죽을 마음을 버리고, 하지만 그 녀석도 모두도 없어졌는데, 나는 앞으로 어떻게 살아가면 되는 거냐고.

신에게는 절대로 할 수 없는 말이다.

한심하다. 정말로 너무 꼴사나워서 신에게만큼은 들키고 싶지 않다.

그러니까 물었다. 이 자리에 있는 에이티식스가 아닌 사람에게, 분명 웃지도 당황하지도 않고 대답해 줄 연배의 사람에게.

"이봐……."

[이봐…… 올리비아 대위. 뭣 좀 물어봐도 될까.]

작전 중에 있어선 안 될 개인 단위의 지각동조. 갑자기 날아든 질문에 올리비아는 질책하는 일도 없이 그저 눈썹을 찌푸렸다.

매달리는 듯한, 이 왈가닥 소녀도 역시 10대 아이라고 깨닫게 해 주는 목소리.

[만약 너라면 어쩌겠어. 네가 찾는 상대와 전장에서 마주치면. 목숨을 걸지 않고선 쓰러뜨릴 수 없다면…… 싸우다가 같이 죽을 수 있다면.]

올리비아는 잠시 침묵했다.

찾는 상대. 올리비아의 경우 〈레기온〉 전쟁에서 전사하고 〈레기온〉에 머리를 빼앗겨서 〈양치기〉로 지금도 전쟁터 어딘가를 배회하는 약혼녀.

"당연히 싸워야지. 말 그대로 목숨을 걸고…… 그래도 죽진 않 겠지만."

같이 죽을 수 있다면. 이 얼마나 감미로운 말인가.

그걸로 끝난다면 그것은 더없이 아름답고 달콤하고…… 추락 처럼 편안하겠지.

[왜 죽으면 안 되는데……?]

"텅 빈 무덤 앞에서 사랑하는 딸의 귀환을 기다리는 그녀의 부모 님에게, 안나를 잠재워 줬다고 보고해야만 하니까."

지킬 수 없었다고 비난을 들어도 쌌다. 하지만 그럴 수 없었다. 매년 기일과 생일에 묘를 찾는 것을 기뻐해 주고, 하지만 딸을 잊 으라고도 말해 주었다.

마음씨 착한 그 사람들에게 보고해야만 한다.

"게다가 그녀가 사랑한 조국을, 〈레기온〉들이 없어질 때까지 지 켜야 한다. 그녀가 사랑한 풍경을 되찾아야 한다. 무엇보다……."

무엇보다.

"잠재운 뒤에 그녀의 묘 앞에서, 간신히 울 수 있지."

약혼녀의—— 안나마리아의 장례식에서, 올리비아는 울지 않 았다.

울고 싶었지만 울지 않았다. 눈물은 한 방울도 흘리지 않았다.

거기에 그녀는 없으니까—— 징글징글한 고철덩어리에 잡혀가 아직 잠들지도 못했으니까, 눈물을 흘리고 청산할 수는 없었다.

"생일과 기일 때마다 눈물과 꽃을 들고 갈 수 있지. 내가 죽을 때 까지 매년 그걸 할 수 있지. 그것도 다하지 못했는데, 차마 죽을 수 는 없어."

그 수십 년 동안, 그녀의 부모가 말했듯이 자신은 새로운 사랑을 찾을 수 있을까.

자신은 다른 여자와 맺어질 수 있을까.

올리비아 자신도 아직 모른다. 그렇게 될지도 모르고, 아닐지도 모른다.

다만 매년 꽃을 선물하는 것은 그만두지 않겠지. 평생 안나마리아를 잊지 않겠지.

지금은──── 그것만을 위해서라도.

시덴은 잠시 웃은 듯했다.

[그런가……. 그렇군.]

고개를 끄덕이고 시덴은 88mm 활강포의 조준을 〈샤나〉의 무리에게 돌렸다.

그래, 샤나.

나는 아직 너를 묻어 주지 못했고, 무덤에도 가 주지 못했어. 살아남은 녀석과 1년에 한 번씩, 그 작전 날에라도 모여서 술을 마시고 떠들며, 그렇게 잊지 않으려는 짓도 하지 않았지.

그 정도면 되겠지.

그 정도도 스스로에게 허락하지 않았으니까, 나도, 1년 전에 본 신도 전장에서 우두커니 서 있었던 거겠지. 소중했던 누군가를 집어 삼킨 전장에서 자신도 사라지는 것을 바라고 말았겠지.

그 저승사자는 거기서 벗어났다.

그렇다면 나도 빠져나가자────. 그 바보도 해낸 일을 못할 리가 있겠냐.

"──잘 가, 샤나."

먼저 죽은 전우들. 수용소에서 죽은 부모. 끝까지 지켜내지 못해서 결국 죽게 만들었던 여동생. 86구에서 멈춰 있는 자신도.

잘 가. 잊지는 않겠지만, 더는 멈춰 설 수 없어.

방아쇠를 당겼다.

제어중추가 불탄 5문의 레일건이, 야수의 목이 부러진 것처럼 차례로 땅에 쓰러졌다.

체내의 업화와 자신이 만들어내는 고온으로 내구온도의 한계를 넘은 공성공창형의 구동계가 긴급 정지했다.

공성공창형 격파를 위한 제1단계. 공수대대의 임무── 인류 측의 벼락불인 〈트라우어슈반〉이 진출을 완료할 때까지, 그 다리를 부러뜨리고 레일건의 이빨을 뽑는다.

그것이 달성되었다.

포가 불타고 인공근육의 버팀대를 잃은 쇳빛 거수가 격진과 땅울림과 함께 쓰러졌다.

막간 그런데 지크프리트를 죽일 방법을 알려면

"안녕."

연방 수도 장크트 예데르의 군 병원은 뤼스트카머 기지에서 나름 거리가 있다.

그럼에도 불구하고 왜인지 갑자기 입원병동의 대형 병실 입구에 아네트가 얼굴을 내비쳐서, 세오도 같은 방의 에이티식스 소년들도 놀랐다. 살짝 열린 창문에서 들어오는 시원하지만 춥지 않은 바깥공기와 얇은 유리를 겹친 듯이 딱딱한 가을 하늘.

몸이 낫는 것과 동시에 체력도 돌아와서 심심하기 짝이 없어지는 바람에, 같은 병실의 동료들은 일부러 어려운 책을 읽거나 밀린 과제를 싹 처리하거나 했다. 옆 침대의 소년은 다른 누군가의 문병을 온 김에 슬쩍 들여다본 듯한 모르는 아이와 이야기하고 있다.

세오는 이야기하고 싶지 않으니까 그 애를 보지 않았다.

머릿속에 왠지 채워지지 않는 공백이 자리 잡고 있는 듯했다. 어느 틈에 멍하니 있었다. 너무 한가해서 심심풀이로 뭔가를 하려고 해도, 어쩐 일인지 아무 생각도 나지 않았다.

귀국한 뒤로 계속 그런 느낌이었다. 신이 문병 왔을 때나 이스마엘이 전송해줄 때는 앞으로의 일이나 어떻게 살고 싶다고 생각할 여유가 있었는데, 돌아왔더니 왠지 정신이 나가버린 듯했다.

어쩌면 그들에게만큼은 꼴사나운 모습을 보일 수 없다고 필사적으로 스스로를 다스리던 기력이, 여기에 온 뒤로 결국 바닥을 드러낸 것처럼.

아는 사이도 아닌, 그러니까 그의 사정도 당연히 모르는 아이와 이야기하고 싶지 않으니까, 아네트를 보고 물었다.

"왜……?"

"음, 슬슬 심심해서 좀이 쑤시려나 싶어서. 근처까지 온 김에, 이거 영화나 애니메이션. 다 같이 봐."

커다란 공용 TV 앞에 토트백을 펼쳤다. 가득 든 데이터미디어에 우르르 모여든 소년들이 환성을 환호성을 질렀다.

"아네트, 혹시 천사?"

"으음, 고마워, 진짜로 한가했거든."

"아, 하지만 이거 무지 재미없을 것 같아."

"흐응, 그럼 전부 다 가지고 돌아갈까?"

"아, 잠깐잠깐, 농담이니까 가지고 가지 마! 돌아가는 건 좋지만 영화는 두고 가!"

"괜찮으면 너도 볼래? 뭐 보고 싶은 거 있어?"

"아니, 아빠 왔으니까 돌아갈래. 형들, 누나도 다음에 또 봐!"

"그래그래, 또 보자. 너희가 아는 애야?"

"아니, 에이티식스긴 한데 너무 어려서 종군하지 않았던 애. 뉴스를 보고 걱정이 되어서 양아버지를 졸라서 문병 왔나 봐."

세오는 아차 싶었다.

그렇다면, 같은 에이티식스인 자신보다 어린 아이였다면, 지금처럼 차갑게 굴지 말고 이야기 정도는 해도 좋았다. 모처럼 걱정해 주었으니까 제대로 대응해 줘도 좋았다.

아이는 양아버지인 듯한 군복 차림의 남자와 손을 잡았고, 남자가 인사하자 아이는 손을 흔들며 떠나갔다. 손을 흔들어 주고 싶어도 이미 늦어서, 머쓱한 마음을 숨기며 아네트에게 물었다.

"근처까지 온 김에 왔다고?"

아네트는 힐끗 이쪽을 보더니 대답하지 않았다.

대신 말했다.

"너는 왠지 심심하지만 심심풀이를 하고 싶은 느낌이 아니네."

"왠지 모르겠지만. 그런 기분이 들지 않아."

심심풀이라도 하자는 마음이 들지 않았다.

그렇다기보다도 뭔가를 하자는 마음이 들지 않았다.

"마침 잘됐으니까 물어봐도 될까? 어어."

그러고 보니 이 백계종 소녀를 뭐라고 불렀더라? 라고 세오는 생각했다.

레나의 친구고 신의 옛 지인이라는 건 알지만, 세오 자신은 별로 이야기한 기억이 없다. 연합왕국에서의 작전 때 이야기했고, 그 뒤로 몇 번 얼굴을 마주친 정도일까.

그렇긴 해도 펜로즈 소령이라고 부르는 것도 지금 와선 너무 서먹서먹하달까, 차가운 느낌도 들고.

"아네트면 돼."

"그래. 아네트는 앞으로 어쩔 건지 생각한 적 있어? 전쟁이 끝난다면, 이라든가, 대공세 뒤에 연방군이 왔을 때라도."

"그러네……."

모호하게 말을 꺼낸 아네트에게 너무 무신경한 발언이었음을 깨닫고 세오는 입을 다물었다.

"미안."

"아니, 그건 됐는데. 그야 어머니는 대공세 때 돌아가셨지만, 작별의 말은 했고. 도망치질 않았거든."

아네트는 쓴웃음을 지었다. 그 망국의 건국제 날 밤. 도망쳐야 한다고 말하는 아네트에게 웃으며 손을 뿌리쳤다.

"짐도 걱정거리도 되고 싶지 않고, 먼저 죽은 이웃집 친구도 만나고 싶고, 아버지도 슬슬 너무 오래 기다리게 했다면서."

다른 에이티식스 소년들은 얼른 비치된 대형 TV로 영화를 보기 시작했다. 음성은 무선 이어폰으로 듣는 게 매너고, 그렇기에 이어폰을 하지 않은 세오에게는 소리 없이 영상만 보였다.

다른 이들은 이어폰을 하고 영화에 빠져서 이쪽을 보지 않았다.

"아무튼. 그래……. 그다지 깊게 생각한 적은 없었어. 그때는 살아남느라 필사적이었고, 연방에 온 뒤로는 신에게 어떻게 사과할지만 생각했고. 지금은 일단 살고 싶어. 하고 싶은 일이 많이 있거든."

"하고 싶은 일?"

"멋도 부리고 싶고. 맛있는 것도 먹고 싶어. 신작 영화도 보고 싶고. 또 한 번 정도 레나랑 신한테 파이를 던져 주고 싶어. 생크림이 듬뿍 있는 걸로. 반격은 금지하고."

세오는 김이 새서 되물었다. 설마 그런 세속적인 일뿐인가. 다들 아무래도 좋은 일들 아닌가.

"그런 걸……?"

"그런 거면 되잖아. 이를테면 너도 그래, 시내 광장의 노점에서 파는 튀김빵이 맛있다는 말을 들으면 먹어보고 싶을 거잖아? 사다 주진 않겠지만…… 그 정도의 하고 싶은 일이라면 이룬 뒤에 다음 하고 싶은 일을 죽기 전까지 찾을 수 있어."

그 말에 세오는 쓴웃음을 지었다.

뭔가를 하고 싶으니까 죽고 싶지 않다, 가 아니라. 아직 죽지 않았으니까 뭔가를 하고 싶다.

혹시 인생이란 그것의 반복에 불과할지도 모른다.

멍하니 지내는 것도, 멋대로 지내는 것도 일상이라면.

"그럼 일단 외출할 수 있게 되기까지는 그걸 목적으로 할까."

"좋아. 그리고 레나랑 신한테 파이 던지는 건 같이 하자. 그럴 권리는 있을 거야. 나한테도 너한테도, 그리고 라이덴인가 하는 애한테도. 더스틴은, 그 녀석한테도 좀 던져 주고 싶지만."

"그보다 더스틴은 슬슬 나랑 신이랑 라이덴이랑 크레나랑, 또 레나도, 일단 리토도 그런가? 다들 다이야를 알고 있으니까. 그 사람들에게 파이를 맞아도 될 텐데."

연합왕국에서 있었던 조난으로부터 4개월이 지났고, 맹약동맹에서 있었던 댄스파티로부터도 한 달 넘게 지났는데 뭘 꾸물대고 있는 걸까.

"그밖에는 딱히 이유는 없지만, 왕자 전하한테도 파이를 던져 주고 싶어."

"아, 그건 맞아."

얼굴을 맞대고 킥킥 웃었다.

"그럼 그때까지 왼손을 어쩔 건지 생각해야지. 아, 그리고 맞다, 스케치북."

갑자기 여태까지 잊고 있던 그 존재를 떠올리고 세오는 말했다.

"기지의 내 방에 있으니까, 다음에 올 때 가져다줘."

아네트는 후훗 웃었다.

"알았어. 그렇게 해 줄게."

제4장 거울아, 거울아. 평범한 거울에 비치는 것은?

검은 연기를 피우는 자동공장형 앞에서 〈레기온〉 지배영역에 있을 리 없는 인간의 목소리가 울려 퍼졌다.

"──좋았어, 끝났다아아아아! 이겼다아아아아아아아아아!!"

소리친 것은 치리고, 그의 기체인 〈발트안데르스〉의 안이었다. 무전과 지각동조로, 그리고 외부 스피커로 그 승리의 외침은 전쟁터의 산들에 울려 퍼졌다.

연방 서부전선의 최북단, 연합왕국과의 국경인 용해산맥, 과거의 제국령이었던 남쪽의 산기슭 자락이다. 기동타격군 제2기갑 그룹에 할당된 작전영역.

바로 곁의 다른 거점을 제압 중인 의용연대 지휘관인 중령이 쓴웃음 섞어서 말했다. 작전영역이 가까워서 아군 오사를 막기 위해, 치리와 그는 서로 동조하고 있었다.

[좋은 목소리로군, 중위. 예전에 들은 가극의 가수가 떠오르는군. 멋진 바리톤이다.]

"어머나, 고마워. 그리고…… 실수했어. 지각동조가 이어진 상태였네."

잊고 있었다. 부끄러움에 뺨을 긁적이면서 지각동조를 끊었다.

뭐, 무심코 소리칠 정도로 힘들고, 귀찮고, 피곤한 임무였다.

적의 전투 준비가 끝나기 전에 〈아르메 퓨리우즈〉를 이용한 〈레긴레이브〉의 공수작전으로 급습, 제압한다. 연방군의 그 작전은 틀리지 않아서, 자동공장형의 호위인 듯한 소수의 〈레기온〉 부대 이외에는 교전하지 않을 수 있었다. 전자포함형이나 비슷한 초대형 〈레기온〉의 대책으로 치리 등이 채용한 방열판에 대한 포격도 효과를 거두었다.

다만 자동공장형의 방열판이 아무래도 거대한 것이니만큼 두껍고 단단하고, 방열판 몇 장은 아무래도 체내에 예비가 있었던 모양인지 파괴하자마자 부활한 것은 계산 밖이었지만.

새롭게 지각동조가 이어지고, 과거 공화국의 북서쪽 국경 부근에서 작전 중인 카난이 말했다.

[수고했습니다. 참고로 제3기갑 그룹은 30분 전에 제압을 완료했습니다.]

사무적인 어조를 가장하면서도 의기양양한 기색이 뚜렷한, 맑은 목소리에 치리는 칫 하고 혀를 찼다.

"이 자식, 그 정도는 오차잖아."

[가장 빨리 클리어한 것은 북부전선의 모 의용연대니까, 그건 그렇겠죠. 대책안의 문제점도 알았고요. 제어중추의 위치 예측이 빗나가면 죄다 부수고 다니는 꼴이 되고, 그 이상으로 반출구와 반출로도 장갑격벽과 지뢰투성이라서 여느라 아주 고생했습니다.]

"끄응……."

출입구로 돌입하는 것은 최대한 피하는 게 기본이지만, 자동공장형에게도 유효한 말이었던 모양이다.

[내부구조는 이번 일제습격으로 데이터가 모였기에 예측도 보다 정확해지겠습니다만. 반출로의 정면 돌파는 그만두는 편이 좋겠네요.]

"이쪽도 유효하긴 유효했지만, 방열판을 죄다 부수는 건 고생이 심해. 의외로 단단하고, 무엇보다 상대가 큰 탓에 앙각을 내기 어려운 전자포로는 겨누기가 어려워서. 이번 같은 육전은 몰라도, 전자포함형처럼 바다에 있을 경우에는 냉각 문제도 어떻게든 될 거라고 생각하고."

그러한 기관에 대해 궁리해 보는 것이 좋겠다고 생각하며 말했다. 조금 흥미도 있고.

"제1 녀석들은 장갑에 나이프를 꽂아서 구멍을 뚫고 배 속에 미사일을 날린다는, 이번에도 노우젠과 유쾌한 동료들다운 무식한 방법을 채용했다고 생각했는데. 의외로 그게 제일 정확했을지도."

[최악의 경우 장갑에 구멍만 내면, 냉각계의 기능을 정지시킬 수 없더라도 제어계나 동력로의 파괴가 불가능하지도 않으니까요. 뭐, 그 노우젠 쪽은 아직 전투 중인 모양입니다만.]

음? 싶어서 치리는 눈썹을 쳐들었다.

"왜 의용연대 미르메콜레오인가랑 협동하고, 시작형 레일건도 쓸 수 있고, 적의 중추도 훤히 아는 노우젠이 있는 제1이 아직 작전이 안 끝났어?"

[제1기갑의 적은 공성공창형이라는, 레일건 장비의 자동공장형이지요. 적의 레일건도 부수면서 그 괴물새를 진군시키는 이상, 수고스러울 게 당연하지 않나요?]

[아니, 실은 공성공창형의 발을 묶는 것까지는 꽤 좋은 느낌으로 진행되었는데.]

연방에서 훈련 중인 수이우가 끼어들었다.

그 목소리는 긴박감을 띠고 있었다.

"——왜 그래?"

[무슨 일이 있었습니까?]

[응. 그레테 대령님이 이미 움직이고 있고, 부장 이하와 제4의 참모들에게도 기록이 넘어왔는데. 사람이 많은 게 좋을 거야. 그쪽도 여유가 있거든 들어둬.]

†

공성공창형이 쓰러진다.

10톤이 넘는 중량을 지닌 〈레긴레이브〉가 살짝 튀어오를 정도의 격진이 두꺼운 재의 층을 하늘로 띄우며 퍼졌다. 한 차례 숨을 내쉬었지만 경계를 풀지 않는 채로 신이 말했다.

역시 내부를 한 번 태운 정도로는 다 파괴할 수 없다. 제어중추는 레일건 말고 모두 무사했으며, 그러니까 한탄의 소리는 아직도 계속 들려오고 있다.

"바나디스에. 공성공창형의 일시적 기능 정지에 성공했습니다.

〈트라우어슈반〉의, 여단 본대의 사격 위치 도달까지 작전영역의 제압을 유지하겠습니다."

"수신 양호. 수고하셨습니다, 공수대대 여러분. 키클롭스, 너무 무모했어요."

지각동조의 너머, 공수대대의 프로세서들이 환호성을 지르는 것을 들으면서 레나는 대답했다. 거의 패주나 마찬가지였던 선단 국군의 작전과는 정반대로 그들이 자주적으로 입안한 대책이 멋지게 성공을 거둔 결과다. 달성감도 남다르겠지.

잔소리를 들은 당사자인 시덴은 건성으로 대답하고 곧바로 신에게 시비를 걸었다.

[예이예이……. 그나저나 저승사자? 저승사자? 어이, 저승사자, 대답해.]

노골적으로 싫은 눈치로 신이 말했다.

[시끄럽다. 뭐지?]

[뭐지가 아니야. 멋지게 레일건의 미끼가 되어 준 나에게 저승사자께서 한 말씀 하셔야 하는 거 아냐?]

[네가 가고 싶다고 말했잖아. 뭐라고 할 이유가 있나?]

[그딴 소리 하는 게 아니야. 해야 할 말이 있을 거 아니냐고.]

신은 대답하지 않고 그저 짜증내듯이 혀를 찼다.

베르노르트 이하 노르트리히트 전대는 기가 막힌 눈치고, 앙쥬는 웃음을 참고, 라이덴이나 클로드나 토르 등은 참지 않고 폭소를 터뜨렸다.

오랜만에 듣는 신과 시덴의 다툼에 레나도 웃음을 띠면서 명령을 내렸다.

"언더테이커, 키클롭스. 그 정도로 하세요. 공수대대는 작전영역의 경계를. 여단 본대, 〈트라우어슈반〉을 사격 위치까지 진출을 서둘러……."

그때 헤르나가 뭐라고 말했다.

공화국이나 연방의 공용어가 아니라, 성교국의 언어로. 레나도 에이티식스들도 알아들을 수 없는 말로.

그리고 전방, 지령소의 거대한 홀로스크린 안에서.

갈색 돈점박이 준마의 부대마크가—— 그녀가 직접 지휘를 맡은 성교국군 제3기갑군단 시가 투라가 그 진격을 멈추었다.

레나도 참모들도, 마르셀 등의 관제관들도, 한순간 전원이 얼떨떨해졌다. 이 타이밍에서 양동부대의 정지는 당연히 예정에 없다.

"헤르나. 무슨……."

레나가 돌아보자, 이번에는 공화국과 연방의 공용어로 헤르나가 말했다.

티 없는 미소로. 만 개의 규사가 흐르듯이 섬세한 목소리로.

"선혈의 여왕. 에이티식스들. 우리 나라로 망명하지 않겠습니까?"

"헉……?!"

레이더스크린에 갑자기 무수하게 표시된 광점에 리토는 숨을 삼켰다.

〈레기온〉 전선부대는 배제해서 아무도 없을 전방, 진행 방향. 피아식별(IFF)에는 미응답, 미확인기의 열원. 그것이 무수하게 부채꼴로── 매복의 배치!

"사, 산개!"

동료에게 명령했을 때 그 손은 반쯤 자동적으로 〈밀란〉을 뒤로 물러나게 하고 있었다. 86구의 전장에서 단련된, 전투를 위해 최적화된 에이티식스 중 한 명이 리토다. 명백히 매복해 있던 미확인기들의 모습에 상황을 지켜보겠다며 멍하니 서 있을 만큼 멍청하지 않다.

대구경포의 격렬한 포성이 전방에서 울렸다. 회피기동의 강렬한 가속도에 견디면서 마노색 두 눈이 광학 스크린을 노려보았다. 〈밀란〉 측면을 튀어서 스치는 유선형의 포탄. 그 포탄을 쏜 전방에서는 성대한 재의 장막이 피어올랐다.

탄속이 느리다. 더불어서 그 병기 특유의 성대한 후폭풍.

무반동포다.

"──그렇다면 다음 공격이 온다는 소리다! 회피 지속!"

쿵 하고 강렬한 포효가 이어졌다.

날아온 성형작약탄이 또다시 하늘을 갈랐다. 맹렬한 폭풍을 일으킨 재가 방금 것과 함께 어지러울 정도로 피어올랐다. 무반동포는 대구경 포탄 사출의 반동을 후방에 폭풍을 사출하는 것으로 상쇄하는 대장갑병기다.

그러한 효과 덕분에 경량의 펠드레스에서도 대구경포를 장비할 수 있지만, 결점도 크다. 장약의 에너지 대부분을 포탄 사출이 아니라 반동 경감에 소비하기 때문에 탄속이 느리고, 맹렬한 후폭풍이 대량의 모래먼지를 일으키는 탓에 자신의 위치를 노출하기 쉽다.

그렇기 때문에 한 기에 1문이 아니라 6문이나 장비한다는 무반동포.

첫 사격으로 자신의 위치를 노출하지만, 적을 채 격파하지 못한 경우에── 곧바로 다음 탄, 또 그다음 탄을 날려서 필살을 기하기 위해.

그래, 리토는 들었다.

이 작전 직전에 그걸 배웠으니까. 그래서 〈레긴레이브〉도 〈저거노트〉도, 대치하는 〈레기온〉조차도 사용하지 않았던 무반동포의 특징을 떠올리고 곧바로 대응할 수 있었다.

바람이 지나간다.

재의 장막이 나부끼다가 흐려졌다. 그 너머. 나타난 진주색의 자그만 그림자들.

진주색.

기동성보다도 이 대지에 쌓인 재의 표층에 다리를 붙들리지 않는 쪽을 우선한 기체인 모양이다. 기각류의 다리나 새의 날개처럼 접지면적이 넓은 네 다리. 기어 다니는 듯한 다리의 형태가 아니더라도 높이가 낮은, 비교하자면 프레데리카의 키 정도도 안 될 듯이 조그만 동체에 좌우 3문씩 날개처럼 펼쳐진 거대한 6문의 106mm 무반동포.

그야말로 전시 급조품이란 느낌으로 조악한, 어딘가 접힌 날개를 끌며 기는 새처럼 무참한 모습인.

기갑7식 〈랴노 슈〉.

성교국군 제식 펠드레스, 기갑5식 〈파 마라스〉가 10년의 전쟁으로 크게 줄어든 병력 대신 무수하게 데리고 다니는 호위 무인기.

"……왜."

이어서 그 〈파 마라스〉가 〈랴노 슈〉의 뒤에서 나타났다.

갓난아기가 기는 듯한, 네 다리가 부러진 야수가 다가오는 듯한 성교국의 펠드레스 특유의 움직임. 이쪽도 날개 같은 여덟 개의 다리, 하지만 이쪽은 유인기임을, 그리고 승무원 보호를 최우선으로 해야만 할 정도로 긴박한 전황도 보여주는 증가장갑 투성이의 두껍고 무거운 정면장갑. 120mm 강선포의 기관부나 탄창마저 콕핏의 앞에 두어서 방패로 삼는 독특한 모습.

이미 의심할 바가 없다.

성교국군이—— 여태까지 함께 싸운 아군이었을 터인 군대가, 적으로서 에이티식스에게, 연방군 제86독립기동타격군에게 포구를 들이대고 있었다.

바라보는 레나의 앞에서 헤르나는 그저 미소 짓고 있었다.

FRIENDLY UNIT

[아군 기체 소개]

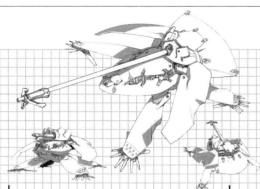

성교국의 주력 펠드레스. 파일럿의 생존성을 중시한, 연방의 〈바나르간드〉 등에 가까운 컨셉의 기체. 하지만 기술력의 차이가 커서, 종합적인 성능은 한 단계 떨어진다.

[NAME]

기갑5식 〈파 마라스〉

[SPEC]
[제조처] 성교궁 대장전 병장탑
[전장] 7.0m / 전고 2.9m

[ARMAMENT]
120mm 강선포×1
12.7mm 기관총(주포 동축)×1
12.7mm 기관총(회전식)×1

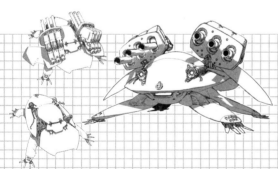

모기체인 〈파 마라스〉에 의해 관리되어 따라다니는 무인기. 기동성, 운동성은 열악하고, 전차보다는 소형 자주포에 가까워 주로 매복 사격을 하는 식으로 운용된다.

[NAME]

기갑7식 〈랴노 슈〉

[SPEC]
[제조처] 성교궁 대장전 병장탑
[전장] 3.2m / 전고 1.6m

[ARMAMENT]
106mm 무반동포×6
12.7mm 스포팅라이플※×2
※조준 위치를 확인하는 용도로 탑재한 단발총.
해당 기체에는 레이저 조준기가 없다.

메인스크린을 등지고 뒤돈 자세인 그녀의 배후, 각각의 콘솔을 바라보는 성교국의 관제관이나 참모들은 이 이상사태에도 무반응이었다. 군단의 정지에, 군단장의 갑작스러운 발언에 이의를 발하지도 제지하지도 않고, 예전대로 작전이 진행되는 것처럼 무반응이었다. 다만 후드로 숨긴 얼굴을 살짝 기울여서 서로 바라보고, 새가 지저귀듯이 낮은 목소리로 서로 속삭였다.

레나는 혀를 차고 싶어지는 것을 참았다. 그렇다면 이 행동에 가담한 것은 전선의 부대만이 아니다. 참모들도. 적어도 제3기갑군단〈시가 투라〉, 그 전원이 적이란 소리다.

그리고 또 한 가지 기묘한 것을 깨달았다.

성교국 참모들의 목소리, 살짝 보이는 입가나 아래턱의 곡선. 그것이 상상했던 것보다 훨씬 젊다. 기껏해야 레나나 신과 동갑이든가 한두 살 위 정도.

10대 위관이라면 연방에도 특별사관 제도가 있고, 무엇보다 레나는 에이티식스들 때문에 익히 보았다. 하지만 여기는 군단의 사령부다. 병력이 적은 성교국에서는 거의 최고위일 군인들이 놀랍게도 스무 살 언저리.

이상하다. 이래선 마치 성교국 군인 중에는 젊은이밖에 없는 것 같다.

그리고 보면 성교국에 파견된 뒤로 나이 많은 군인을 한 번도 보지 못했다. 참모관도, 통역도, 놀러 온 소년병들도, 모두 나이가 어리다.

빈틈없이 긴장한 채로 말이 없는 레나에게. 의아함에서 경계,

긴박함으로 표정을 바꾸는 쇳빛 군복의 참모들에게 시선을 주욱 주고 헤르나는 거듭 말했다.

"망명하지 않겠습니까? 에이티식스. 선혈의 여왕과 그 참모들. 전과를, 전공을. 당신들 자신을 선물로 삼아서."

지휘계통에서 제3군단과 연방 파견여단은 상하관계가 아니다. 그러니까 신과 헤르나가 서로 무선통신으로 대화하는 것은 상정되어 있지 않다. 그런데도 헤르나의 목소리는 또렷하게 닿았다.

들려줄 생각으로 해당 주파수에서 대출력으로 발신하고, 들려줄 생각으로 중계하는 것이란 사실을 저절로 이해했다.

[망명하지 않겠습니까? 에이티식스. 선혈의 여왕과 그 참모들. 전과를, 전공을. 당신들 자신을 선물로 삼아서.]

"무슨 생각이지……."

작전은 아직 속행 중이다. 애초에 망명 따위 요구한 적이 없다.

그런 이상 이것은 질문도 권유도 아니라——.

[남을 돕는 걸 좋아하지요? 영웅들. 우리 나라는 연방보다도 위기 상황입니다. 도와주세요. 연방보다도, 어느 나라보다도, 가엾은 우리 성교국을 우선해 주세요.]

협박.

기동타격군이 얻은 정보를 빼앗기 위한.

혹은 공화국 잔당, 표백제 세력과 마찬가지로 전력을—— 에이티식스를 손에 넣기 위한.

현재, 방전교란형의 전개는 얇은 모양이다. 무선통신의 희미한 잡음 너머로 소녀의 목소리가 가볍게 웃었다.

　[YES라고 말해 주지 않으면 전장에서 스러지게 될 걸요?]

　그래도 에이티식스에게는 무슨 일이 일어난 건지 잘 이해되지 않았다. 아군일 터인 성교국군이 포구를 겨눈 건 안다. 그들이 적이 되었다는 것은 안다. 하지만 어째서. 대체 무슨 일이 일어나는 거지?

　그러니까 거기에 곧바로 대응한 것은 미르메콜레오 연대였다.

　성교국군 제3기갑군단 배속의 5개 사단 중 유일하게 양동이 아니라 후진으로 여단 본대의 배후를 나아가던 제8사단. 그 제8사단이 몰래 증속하여 배후에서 급습해온 것을 주홍색의 기갑연대가 반전하여 정면으로 맞섰다.

　〈레긴레이브〉의 반응이 한 박자 늦었다. 첫 공격을 정통으로 당하는 꼴사나운 모습을 보이진 않았지만, 명백히 배후의 사단의 급습을 상정하지 않은 움직임에 길비스는 혀를 차고 싶은 마음을 억눌렀다.

　성교국군의 배신은 생각도 못 했겠지. 성교국만이 아니라 여태까지 다른 나라에 파견되는 작전을 수행하는 동안에도—— 그들에게 조국도 아닌 연방의 전선에서도.

　"너무 어리군, 에이티식스들! 사람이든 나라든 배신하는 게 당연하다!"

돌격부대, 공수부대 같은 제일 위험한 역할을, 이번 작전에서도 성교국에서도 연방에서도 떠맡게 되었으면서!

그렇다고 생각한 적도 없었겠지. 공화국의 죽음의 86구, 조국이 절대적인 죽음을 부여한 전장에서도 절망에 굴하지 않고 싸워서 살아남은 긍지 높은 소년병들로서는. 그 전쟁이란 결국 음울하고 저속한, 인간과 인간이 다투는 수단에 불과하리라고는.

"길비스가 대대장들에 전파한다. 현시점을 기해 미르메콜레오 연대는 성교국군의 지원 임무를 자기 판단으로 종료한다."

내린 명령에 이의나 곤혹스러움은 돌아오지 않았다.

파견 당초부터 성교국군에 대해서도, 기동타격군에 대해서도, 입에 칼날을 물듯이 일말의 의심을 품고 항상 배신에 대비했던 길비스와 연대는 실제 배신에도 동요하지 않았다.

"0시 방향의 성교국군 기갑부대를 미식별 적으로 설정. 연방 파견여단의 보호를 위해……."

의용기갑연대 미르메콜레오는 애초에 그 다툼의 도구로 설립된 부대다.

〈레기온〉 전쟁 종결 후에 귀족이 시민들의 손에서 군의 주도권을 되찾기 위한.

명성을 드높이는 칠흑의 혼혈에게서, 영웅의 이름을 진홍의 귀족 밑으로 되찾기 위한.

그리고 어중간하게 염홍종의 피를 이은 일문의 수치에게 정규군인, 정규사관의 명예는 주지 않고, 그래도 전력으로 삼기 위한.

"성교국군, 제3기갑군단 제8사단 및 미식별 적 부대에 응전을 개시한다. 보여줘라."

전장의 혹독함과 〈레기온〉의 유린, 덮쳐드는 부조리한 악의는 알아도—— 인간 세계의 어둠은 아직 모르는, 어떤 의미로 순수한 아이들에게.

"조국에 배신당했는데, 모든 것을 빼앗긴 아이들인데. 뭔가를 믿는 선성을 잃지 않았군……."

부럽다.

조용히 흘린 말은 〈바나르간드〉의 파워팩이 내는 드센 소리에 묻혀서, 뒷자리에 있는 스벤야에게조차 닿지 않았다.

[YES라고 말해 주지 않으면 전장에서 스러지게 될 걸요?]

크레나는 그 말을 멍하니 들었다.

똑같이 연약한, 가녀린, 너무나도 선량한 소녀가 처음에 만났을 때는, 그리고 작전 직전에도 무운을 빌어주었는데.

도와달라고 말했고, 그 말에 분명히 기동타격군은 응했는데.

갑자기 돌덩어리 같은 감정이 솟구쳐서 어금니를 빠득 소리 나게 악다물었다.

그 귀여운 소녀의 응원도. 웃던 얼굴도. 보내주던 선의도.

전부 거짓.

"잘도……."

왜 믿었을까.

도와줘, 라니. 그건 자기들 대신 싸워 달라는 말이 아닌가.

영웅처럼 허울 좋은 이름으로 부추기고, 실제로는 병기로 써먹을 생각이었을 뿐 아닌가.

그것은 그야말로 공화국의 하얀 돼지들이나 하는 말이며 행동이다.

그리고 하얀 돼지는 실제로 공화국만이 아니라 어디에도 있다.

성교국에서도 그랬고, 다른 나라에서도 다들 마찬가지다. 달콤한 말도, 정다운 미소로, 꿈이니 미래이니 하는 있지도 않은 희망을 부추기고. 그렇게 모두가 자신과 동료들을 이용하려고 든다.

어디든 그렇다. 언제든 그렇다.

동료들 이외의 모든 것은 언제나 그녀의 동료를, 가족을 자기 좋을 대로 이용하고, 그리고 무자비하게, 아무렇지도 않게 빼앗으려고 든다. 86구에서 당연하다는 듯이 에이티식스들을 그렇게 대하고. 전장에서 죽음이라는 형태로. 평화 속에서 가련함이나 다정함 같은 것을 띤 얼굴을 하고. 그리고 이 성교국처럼 영웅이라는 역할을 멋대로 떠안겨주고.

그것이 당연하다고, 세계의 섭리라는 얼굴을 하고.

눈을 뜨고 있는데 눈앞에 갑자기 어두운 장막 같은 것이 깔린 기분이었다.

그래, 결국 인간 따윈, 세계 따윈 이렇다. 냉혹하고, 무자비하고, 잔인하고 비열하다. 바라면 바랄수록 빼앗길 뿐이다.

양친처럼. 연상이었던 언니처럼. 함께 싸우면서 그 긍지를 빼앗긴 세오처럼.

아무것도 믿을 수 없다── 믿을 수 있는 건 동료뿐이다.

동료 이외의 모든 것이 적이나, 아직 적이 되지 않았을 뿐인 의미 없는 무언가다.

　인간도. 세계도. 미래도——전쟁의 끝 같은 것도.

†

《구동계 냉각을 완료. 플란 페르디난트, 재기동.》

《경고. 전자가속포 1번부터 5번의 제어계 대파. 1번의 제어계를 기반으로 수복을 개시.》

《멜뤼진 투, 생성 개시. 완료. 멜뤼진 쓰리, 생성 개시. 완료. 멜뤼진 포, 생성 개시——.》

《멜뤼진 식스, 생성 완료.》

《전자가속포 1번부터 5번—— 재시동.》

†

　죽어가는 벌레가 경련하듯이 거대한 몸뚱이를 떨며 쓰러졌던 공성공창형의 진동이 변했다. 공성공창형의 막대한 중량을 떠받치고 움직이는, 강력하기 짝이 없는 구동기관이 만들어내는 진동. 과열해 일시정지했던 구동계가 재기동한다. 거대한 강철의 짐승이 쿠웅 하는 땅울림마저 일 듯한 중량감으로 거대한 몸을 움직였다.

《——추워.》

공성공창형이 일어서는 동시에, 끊어졌을 터인 소녀의 비탄이 그 거구에서 흘러나왔다.

레일건을 제어하는 〈양치기〉의…… 기계장치의 망령으로 변한 샤나의 마지막 생각의 파편이, 코앞에서 들리는 벽력 같은 굉음으로——다섯 문의 포에서 각각, 동시에.

《추워.》《추워《추워추워.》추《추워추워추워.》워추《추워추워.》워워워어어어어어어어어어————!!》

[큭……?!]

[히익……?!]

올리비아와 자이샤는 실전에서 신과 동조하는 경험이 이번 작전이 처음이다. 아직 그 이능력에 익숙하지 않은 두 사람이 순간적으로 지각동조를 끊고 통신망에서 사라졌다.

그 정도의 원념. 그 정도의—— 기계장치의 광기.

부활한 레일건이 바람을 가르며 하늘을 노려보았다. 아크 방전의 격광으로 재의 하늘을 한순간 찢고, 머리 위를 향해 일제사격. 쏟아지는 도합 수십 톤 분량의 산탄의 호우를 피하여 공수대대 각기는 공성공창형의 주위에서 이탈, 산개하여 금속 파편이 쏟아지는 포격 범위를 벗어났다.

연약한 벌레들을 단숨에 흩어버림으로써 다시금 자기 주포의 최소 사거리를 되찾은 레일건 5문의 앙각이 0을—— 수평을 향했다. 〈샤나〉의 비탄이 웅웅거리며 몰아쳤다.

"큭……!"

[제길, 또인가······!]

[이건······ 가까이서 들으면 역시 힘들어······!]

그 중압은 몇 년이나 함께 싸워서 가장 익숙할 터인 라이덴 등, 과거 스피어헤드 전대원들에게도, 몇 번이나 함께 작전을 수행한 클로드 등 공수대대의 프로세서들에게도 다름없는 무게였다.

[신! 괜찮아?!]

"그래. 거리가 가까울 때는 조금 괴롭지만, 이 거리라면······."

다섯 문의 레일건이 전자포함형처럼 유체 나비를 보충하지 않은 채로 부활한 것은 예상에서 빗나갔지만······ 원래 자동공장형인 만큼 체내에서 파손된 유체 마이크로머신을 생성하여 기체 밖으로 내보내지 않는 채로 보충하는 것도 가능한 것일까.

한 차례 끊어졌던 올리비아와의 동조가, 한발 늦게 자이샤와의 동조가 부활했다. 아직 또렷하지 않은 발음으로, 그래도 당차게 자이샤가 보고했다.

[재, 재기동까지 200초—— 예상보다도 회복이 빠릅니다, 노우젠 대위! 〈트라우어슈반〉의 진군이 방해받는 것도 있고, 기동 때마다 과부하를 걸었다간 잔탄이 부족할 것으로 예상됩니다.]

이어서 앙쥬가 말했다.

[신 군, 미사일 런처의 잔량은 다른 부대도 합쳐서 7. 포병전대의 고폭탄은 〈트라우어슈반〉에 대한 사격 저지를 위해 온존시키고 싶으니까, 그 말처럼 몇 번이나 움직임을 막을 순 없어.]

[전차포탄, 기관포탄도 여유가 별로 없어. 아무래도 이 유쾌한 하늘 여행에는 파이드 녀석을 데려올 수 없었고.]

"그래. 그러니까 최악의 경우 무력화는 할 수 없어도 〈트라우어 슈반〉을 공격할 수 없게만 하면 돼. 블레이드파일이 유효한 건 확인되었다. 공성공창형을 배제할 수만 있으면 그걸로 목적은 달성할 수 있어."

언젠가 연방을 위협할 적기를 배제하기 위해서. 가능하다면 그 잔해에서 정보나 부품을 회수하기 위해서. 무엇보다도 최대한 전원이 생환하기 위해서.

그걸 위해서.

"크로리크. 공성공창형 내부의 광학영상을 공유하지. 냉각계의 배관은 찾을 수 있겠나?"

[라저. 미사일이 바닥났을 경우의 대책이로군요. 곧바로 착수하겠습니다.]

"시덴. 다시 〈샤나〉의 상대를 부탁할 수 있을까?"

그 절규가 다시금 울린 이후로 계속 말이 없던 시덴에게 물었다.

잔인한 질문이란 건 안다. 자기 손으로 묻어 주겠다고 결심하고, 그 결심대로 쓰러뜨렸을 터인 상대가, 그 결의도 허무하게 부활했다. 그걸 다시금 쓰러뜨리는 건——너무나도 잔인하다.

하지만 돌아온 대답은 의외로 조용했다.

[그래, 맡겨줘. 그딴 목소리 내지 마, 저승사자.]

뜻밖에도 쓴웃음마저 담아서.

[몇 번이고 쓰러뜨려 주지. 녀석을 묻어 주는 건 바로 나야.]

성교국의 사령실에서는, 총기 휴대가 금지되어 있다.

레나와 부하들도 입실 전에 권총을 맡기라는 요구를 받았고, 거기에 따랐다. 총신이 긴 돌격소총은 숨겨서 반입할 생각도 하지 않았다. 강행돌파 정도가 아니라 몸을 지킬 무력도 없는 레나와 부하들에게는 요구에 응하는 것 말고 몸을 지킬 방법이 없지만.

"——아뇨, 거절하겠습니다."

레나가 차갑게 내뱉은 동시에.

그녀의 옆에 있던 관제관 소녀가 의자를 박차고 일어섰다. 쇳빛 군복의, 관제관 중 하나라고 성교국 군인들이 믿고 있던 소녀.

실제로 슬쩍 본 것만으로는 그녀들은 인간 소녀와 구분이 가지 않는다. 차이점은 너무 선명한 색채다 싶은, 투명한 유리 질감의 머리카락. 이마의 의사신경결정.

〈시린〉.

"상정 상황, 레드 8. 응전 개시."

내뻗은 두 주먹 앞에서 문을 지키던 위병이 연이어 선혈을 내뿜으며 휘청거렸다. 아마도 인공 팔 틈새에 연사식 총을 장착한 개조 모델.

성교국의 사령실에서는 총기 휴대가 금지되어 있다. 레나와 부하들도 입실 전에 권총을 맡기라는 요구를 받았고, 거기에 따랐다—— 하지만 기계라서 몸속에 총을 숨길 수 있는 〈시린〉의 존재는 헤르나에게도 위병들에게도 예상 밖이다.

"——뛰어!"

동시에 덩치 큰 군수장교가 레나의 어깨를 감싸며 출구로 달렸다. 앞선 남자 관제관과 정보장교가 어깨에 총을 맞아 비틀거리는 위병을 걷어차고 문의 개폐 버튼을 눌러댔다.

레나를 감싸며 군수장교가 그 문을 빠져나갔다. 관제관과 참모장교들, 그리고 장교들 사이에 숨어 있던 또 하나의 〈시린〉이 뒤를 따랐다. 다행히도, 긴 복도에 성교국 병사의 모습은 없었다. 차폐물이 없으니까 위험한 그 길을, 일직선으로 내달렸다.

살짝 얼굴을 찌푸린 마르셀에게, 속도를 늦추고 나란히 달리던 관제관이 물었다.

"괜찮나, 마르셀 소위?"

"단거리를 뛰는 정도라면, 그나마 어지간한 녀석들보다는."

마르셀은 원래 〈바나르간드〉의 조종사였지만, 다리를 다쳐서 관제관으로 전향했다. 반응이 조종사에게 요구되는 기준보다도 늦어졌을 뿐이지, 못 뛸 정도는 아니지만.

"장거리는 위험할지도 모릅니다. 최악의 경우는 업어 주세요."

"그럴 수도 없겠지."

"예, 가장 뒤를 지키는 것은 저희 〈시린〉의 역할이기에."

기계장치 소녀가 끼어들었다.

코너가 있어서 그 벽을 차폐물로 삼을 수 있게 된 곳에서 이동을 멈추었다. "실례합니다."라고 말하더니 다리를 감싼 군복의 무릎 근처에 손을 대어 걷어 올렸다. 슬릿이 있었던 모양이다.

그 밑에 있는 인공피부에도.

무심코 눈을 돌리려던 마르셀이, 참모장교들이 숨을 집어삼켰다. 소녀의 모습을 본뜬 그녀의, 인간의 형태를 본떴을 터인 다리.

거기에는 은색의 금속 골격밖에 없었다.

몸을 지탱하고 구동하는 실린더 형태의 리니어 액추에이터. 근육이 있어야 할 장소에는 인공 물질조차 없고, 대신 몇 정의 기관 권총이 그 공간을 가득 메우고 있었다.

"만일의 위험에 대비한 전하의 마음입니다. 특별주문한 고속첨두탄, 총탄의 회전도 계산에 넣은 대인사양이기에 여기를 탈출하는 데에 도움이 되지 않을까 합니다."

발사 초속이 빨라서 간단한 방탄판이라면 관통하고, 게다가 몸속에서 탄두를 회전시켜서 운동 에너지를 남김없이 체조직의 파괴에 쓰는 사양. 비카로서는 성교국의—— 인간의 배신도 대비하는 게 당연했다는 걸까.

그 생생함에 레나와 마르셀은 주눅 들었다. 한편 참모장교나 나머지 관제관들은 주저 없이 손을 뻗어서 권총을 집었다.

작전참모가 말했다. 두 사람에게 말한다기보다는 스스로에게 재확인하듯이.

"——쇳덩어리들이라면 모를까, 인간에게 겨눌 장난감이 아니니까요."

〈시린〉 소녀가 고개를 끄덕였다.

"뒷일은 부탁드립니다, 인간 여러분. …저는 오래 달릴 수 없으니 여기서 발을 묶지요."

본래 있어야 할 인공근육을 대신한 최소한의 리니어 액추에이터. 걷는 정도라면 가능하지만, 달리는 것은 단시간밖에 못 버티겠지.

웃는 그녀의 뒤에서, 방금 빠져나온 사령실에서—— 폭약이 터지는 대음향이, 향냄새가 감도는 공기와 진주색 벽을 뒤흔들며 울려 퍼졌다.

양동을 담당했던 성교국군 제3군단이 진군을 중지하더라도, 교전 중인 〈레기온〉에는 관계없는 이야기다. 일부 〈레기온〉 부대가 반전해서 공성공창형을 향하기 위해 이탈한 것 말고는 눈앞의 적성존재를 섬멸하기 위해 교전 중인 각 사단에 더욱 덤벼들었다. 그걸 붙들어야 할 터인 성교국군 사단이 반대로 〈레기온〉들에 붙들리는 형태가 된다.

애초에 1개 사단, 수만 명으로 이루어진 대집단은 그리 간단히 방향을 전환하거나 이동할 수 없다. 눈앞의 적이 방향 전환과 이동을 방해하면 더욱 그렇다. 하물며 인접한 제2군단은 〈레기온〉의 대군세와의 전투와 자신의 덩치 탓에 제대로 움직이지 못하고 있다.

그러니까 성교국군 전군이 배신하더라도, 연방 파견여단 본대와 교전에 들어간 것은 전방에 매복했던 복병연대와 후방에서 급습한 제8사단뿐이다.

그래도 2개 연대와 비교하면 큰 전력이지만, 기동타격군의 〈레긴레이브〉도 의용기갑연대 미르메콜레오의 〈바나르간드〉도 대륙 최대의 군사 대국 기아데가 전장에서 갈고 닦은 최신예 펠드레스다. 전력에서 차이가 나는데도 연방 파견여단 본대는 진주색 적군에 반격했다.

하지만.

아무래도 유인기인 〈파 마라스〉를 발판 삼아서 뛰어다니는 전법은 리토나 주위 아군도 할 수 없다. 〈저거노트〉처럼 걸어다니는 관짝이 아니라 전차형이나 〈바나르간드〉급의 튼튼한 기체라고 알아도 할 수 없다.

안에는 사람이 있으니까.

"왜……!"

레몬필을 묘하게 좋아하던 동갑 정도의 소년. 팔씨름이 이상하게 강하던 땋은 머리 소녀. 코를 훅 찌르는 독특한 향신료를 처음에 차에 넣은 연하의 소년. 그 모두가 거짓말 따위 하지 않았는데, 그건 확실히 아는데, 그럼 대체 왜 이런 짓을.

경보.

얇다고 해도 〈레긴레이브〉의 장갑에 12.7mm 탄 정도는 통하지 않지만 총격을 탐지한 시스템이 조준 경보를 울린다. 스포팅 라이플이란 것일까. 레이저 조준이 재에 방해받는 이 공백지대의 전장에서 주포의 조준을 맞추기 위한 전용 라이플.

스포팅라이플의 사격 다음에는 주포 포격이 온다.

회피 행동을 취하면서 반사적으로 88mm 포의 포구를 향했다. 사선 앞에 있던 것은── 〈파 마라스〉였다.

그 안에는 어쩌면 과자를 같이 먹은, 경쟁한, 같이 논, 누군가가.

리토는 한순간 사격을 주저했다. 상대 〈파 마라스〉는── 주저

하지 않고 쐈다.

외부 스피커에서 소리가 났다.

소녀의 목소리다. 아니면 변성기 전의 소년일지도 모른다. 모르는 언어지만, 그래도 뭐라고 했는지는 이해했다.

——미안해.

그렇게 말하면서, 그런데 왜.

"……!"

미리 회피 행동을 취했던 게 다행이었다. 전차포탄은 아슬아슬하게 〈밀란〉을 스쳐 날아가고 자폭했다. 근거리에서 포탄의 파편이 광학 스크린을 깨뜨리고 예리한 조각이 머리에 쏟아졌다.

[——리토?!]

"괜찮아, 좀 다쳤을 뿐이야. 다만…… 미안해. 지휘는 하겠지만, 전투는 힘들어."

광학 스크린 조각에 찢어졌을 뿐이다. 다만 열상의 위치가 오른쪽 눈 바로 위의 이마라서, 그 눈을 피가 가렸다. 감촉으로 봐서는 바로 피가 멎을 만한 부상도 아닌 모양이다.

헛수고라고 알면서도 피를 닦아내며, 내뱉듯이 한탄했다.

"대체 왜……!"

"제국인은 여전히 전쟁광이로군요."

혼자서 항전한 끝에 자폭까지 한 연방군 소녀는 몰래 소지한 고성능 폭약에 볼베어링까지 넣어놨던 모양이다.

청정한 진주색은 지금 선혈로 흠뻑 더러워졌고, 방 구석구석까지 배어든 향냄새도 피 냄새에 지워진 사령소를 둘러보며 헤르나는 탄식했다.

폭약뿐이라면 치명적인 것은 충격파지만, 금속구가 더해지면 산탄의 탄막으로 변하고, 결과적으로 살상력과 사정 범위가 늘어난다. 산탄지뢰와 같은 원리다. 어떻게 한 건지 숨겨 가지고 있던 권총의 탄이 다 떨어지고서도 투항하지 않은 소녀를 수상하게 여긴 두 관제관이 재빨리 껴안고 들지 않았으면——그 몸을 방패로 삼지 않았으면 사령실의 전원이 무사할 수 없었겠지.

껴안은 두 사람은 농밀한 산탄의 폭풍에 갈기갈기 찢겨나갔고, 자폭한 당사자는 충격파에 분쇄되어 가루가 되었다. 3인분의 피와 살, 무수한 금속 파편이 흩뿌려진 사령실은 피로 범벅이 되었고, 그것은 헤르나를 감싸며 엎드렸던 참모관도 마찬가지다. 대량의 타인의 피, 그리고 약간이나마 그 자신의 피.

헤르나는 그런 그와 두 사람의 희망 덕분에 무사히 상처 하나 없었다. 하얀 얼굴에 한 방울 튄 선혈이 그녀의 충의로운 검들이 채막지 못한 유일한 피해였다.

"무사하십니까."

"예. 고마워요. 희생이 된 두 사람도."

인체는 총탄이나 산탄에 대해 효과적인 방패가 된다. 수류탄을 자기 몸으로 덮어서 스스로를 희생하고 부대를 구한 병사의 일화는 과거부터 손꼽을 수 없을 정도다.

그렇게 우리는 희생을 치르면서 이 나라를 계속 지켜왔는데.

눈가에 묻은 핏방울을 닦았다.

더러움을 모르는 첫눈 같은 피부에 말 그대로 피로 화장이 새겨졌다.

"자기 운명에 따르고, 운명 끝에 전사한다. 이런 행운이…… 부럽네요."

주홍색 〈바나드간드〉 한 대가 회피가 늦은 〈레긴레이브〉를 감싸며 앞을 가로막아, 무반동포의 성형작약탄을 자기 정면장갑으로 받아내었다. 튼튼한 장갑은 메탈제트의 침입을 허락하지 않고, 반대로 응사한 120mm 고속철갑탄은 연약한 〈랴노 슈〉를 순식간에 분쇄했다.

[——무사한가, 소년.]

[고……고마워.]

[신경 쓰지 마라. 부녀자나 아이의 방패가 되는 건 바라는 바니까.]

무선통신 너머로 들려온, 하얀 이를 빛내고 있을 듯한 〈바나르간드〉 조종사의 말에 역겨움을 느끼면서, 바라본 광경에 다시금 감사의 말을 하려고 프레데리카는 입을 열었다. 〈레긴레이브〉 대열 중앙에서 아직 보호를 받는 〈트라우어슈반〉의 다리 조작실 중의 내부.

레나는 아직 탈출하는 도중이며, 대리를 맡을 대대장들은 전투 중이다. 아무런 권한도 없는 마스코트라도 고맙다는 말 정도는 해도 되겠지. 120mm 전차포의 직격마저 튕겨내는 것이 〈바나르간드〉의 정면장갑이라고 해도, 과신하지 말라고 한소리 하고 싶긴 하지만 그건 아무래도 주제넘은 말이다.

하지만 같은 광경을 본 듯한 스벤야가 먼저 무전 너머에서 눈치도 없이 끼어들었다.

[지금 것을 보았나요, 에이티식스들! 미르메콜레오 연대의 〈바나르간드〉가 방패가 될 테니, 〈레긴레이브〉들은 그 뒤에 숨어요! 우리 진홍색 준마들은 쥐새끼들의 화살 따윈 통과시키지…….]

재빨리 프레데리카는 노성을 돌려주었다. 마스코트가 다른 부대에게 무슨 소리를 하나 했더니만.

"정면장갑이라면 그렇겠지. 굼뜬 〈바나르간드〉가 뭉쳐 있으면 좋은 표적이니라. 애초에 자기 부대를 지휘할 권한도 없는데 다른 부대에 지시라니 월권이다, 물러나 있어라, '마스코트'!"

[히익?!]

봐주는 것 없는 일갈이었다고 해도, 결국은 10대 초반의 조그만 소녀의 목소리다. 하지만 스벤야는 무전 너머에서도 똑똑히 알 정도로 몸을 떨며 움츠렸다.

프레데리카가 의아한 마음에 눈썹을 추켜세우자, 교신 대상이 길비스로 바뀌었다.

[맞는 말이다. 지휘체계를 혼란시켜서 미안하군. 다만…… 공주 전하에게 너무 큰 소리를 지르지 말아줬으면 해. 공주 전하는 꾸지람에 약하거든.]

"뭐, 프로세서들은 애초에 듣지도 않겠지만."

무선통신이든 지각동조이든 헛소리나 지껄였다는 공화국의 핸들러에게 익숙한 것이 에이티식스다. 모르는 마스코트의 말 따윈 흘려듣기 이전에 애초에 듣지도 않는다.

　그렇게 말하며 프레데리카는 콧등을 찡그렸다. 그러니까 무선통신은 혼란을 부르지 않지만.

　"허나 큰 소리 지르지 말라 하는데, 애초에 그대가 전장에서의 행동을 똑바로 가르쳤어야지. 마음은 알겠다. 허나 잘못을 질책하지 말라는 건 무슨 소리더냐. 그래도 그대가 오라비더냐."

　[미안하군…….]

　"역시나 노우젠 대위의 '동생'이로군……. 아주 똑 부러졌어. 공주 전하."

　쓴웃음을 지으면서 무전을 끊고 길비스는 애써서 배후의 조수석을 돌아보았다.

　〈바나르간드〉의 종렬 복좌식 콕핏. 다 큰 어른에게는 비좁더라도 좌석도 그녀의 작은 몸에는 넉넉할, 그 몸을 한층 작게 움츠리고 떠는 스벤야에게 의식해서 부드러운 목소리로 말했다.

　"소리친 건 대공 각하가 아니야. 대공 각하가 너를 꾸짖은 게 아니야. 괜찮아. 겁먹지 마."

　"예……."

　천천히 고개를 들었다. 하지만 금빛 눈동자에서는 아직 가시지 않은 눈물과 공황의 기미.

신의 곁을 떠나지 않는 걸 보면, 저 마스코트도 노우젠 가문과 관련이 있는 아이겠지. 아니면 지금 신의 양부인 에른스트 잠정 대통령과 관련이 있는가. 대통령은 혁명 전에 군인이었고, 제국에서 군인이란 귀족이나 그 소유연대에 속한 영민이다. 즉, 어느 영주의 부하다. 그 옛 영주의 사생아일 가능성도 있다.

어쨌든 야흑종 가문과 관련되었을, 염홍종과의 혼혈 소녀.

하지만 같은 혼혈인 그녀가 질책을 극도로 두려워하는 아이의 존재를 상상도 하지 않는다.

어른인 길비스를 상태로 태연하게 반론하고 두려워하는 기색도 없는 것도.

"이런……. 뭔가 부조리한 기분이야."

채찍질을 두려워하지 않고 자랄 수 있었던 것은 딱히 그 마스코트의 죄가 아니다. 야흑종들에게는 품종개량에 손댈 필요성도 없었겠고, 그러니까 결국 고생 끝에 실패작이 된 개들 앞에서 밥버러지라고 소리치는 일도 없었겠지.

"오, 오라버님. 그렇습니다, 그렇다면 '아버님' 께 보고하죠. 성교국 같은 이류국의 이러한 배신, '아버님' 께 말씀 드리면 곧바로 징벌이……."

"알릴 수 있다면 말이지, 공주 전하. 우리는 현재 방전교란형의 전파방해로 본국과 직접 연락이 불가능해."

"아……."

연방과 성교국 사이에는 공화국과 극서제국, 그리고 〈레기온〉과의 경합지역이나 〈레기온〉 지배영역이 존재하고, 그 지배영역에 전개한 방전교란형의 전파방해를, 무선통신은 뚫을 수 없다. 즉, 지금 성교국의 전선에서 파견여단에 무슨 일이 일어났는지를 연방 본국에 통보할 수 없다.

상황 타개를 위한 지원을, 혹은 압력을 요구할 방법이 없다.

기동타격군은 원래 공화국의 지각동조라는, 마이카 후작 가문의 이능력의 일부를 기계로 재현한 것――아무래도 마이카의 이능력의 진수까지는 재현할 수 없는 모양이다――으로 전자방해도 거리도 무효화할 수 있지만, 그것도 기계적 재현이다. 연방 본국에 제1기갑 그룹과 동조 가능한 레이드 디바이스가 있고, 그것을 지금 누군가 장착하고 있지 않다면 동조할 수 없다.

그리고 소식을 전한다고 해도, 직접적인 지원은 곧바로 오지 않을 것이다.

지금의 전시 상황에서는 아무리 연방, 영광스러운 기아데 제국의 후예라고 해도 성교국과의 전쟁이 불가능하다.

실질적으로 고작 2개 연대를 잃는 정도에 불과하니까, 그것을 되찾기 위한 전쟁 따윈 할 수 없다. 하물며 에이티식스는 연방 태생의 시민이 아니고, 진심으로 탈환을 요구할 가족은 없다. 성급한 시민들은 비극의 영웅 대접으로 한때 시끄럽겠지만, 성교국에 어떠한 제재, 지원의 중지 정도를 발표하면 그걸로 잊겠지.

얼마나 죽든 상관없는 천민 부대, 폐품을 이용한 장기짝에 불과한 미르메콜레오 연대 역시, 연방이든 주군이든, 잃더라도 아무런 타격이 되지 않고.

"이러니까 천대받는 자들의 부대는……."

"하지만…… 무슨 의미가 있지?"

신은 의아한 기색으로 혼잣말했다. 이런 상황에서 생각할 일은 아니겠지만, 석연치 않다.

연방과의 전쟁이 발발하는 일은 없겠지만 대립은 피할 수 없고, 성교국의 입장이 안 좋아질 뿐이다. 연방과의, 연합왕국이나 맹약동맹과의 관계를 악화시켜서, 앞으로 얻을 수 있는 지원도 잃고, 공화국 정도는 아니라지만 소년병에게 전투를 강요한 악평을 얻고…… 그렇게 해서 손에 넣는 게 고작해야 2개 기갑연대여서는 수지가 맞지 않는다.

아니——그 이전에, 애초에.

"왜 지금 타이밍에……?"

그 부분부터 이상하다고 레나는 생각했다.

애초에 공성공창형은 아직 과부하로 움직임을 멈췄을 뿐이다. 성교국이 최우선으로 타도해야 할, 제일 꺼림칙한 거포. 그것도 건재한 채로 〈레기온〉의 전선부대도 상대하면서, 소규모라고는 해도 양면작전이 되는, 연방 파견여단을 배신하는 짓을 왜 지금.

지금 배신해도 얻는 것이 적다. 전공과 정보라고 헤르나는 말했지만, 연방 파견여단은 〈레기온〉 제어중추의 노획 정도가 아니라 최우선 목표인 공성공창형의 배제도 아직 끝내지 못했다.

그걸 달성한 뒤라도 늦지 않는다. 아니, 배신할 거면 작전 종료 후여야 했다. 제일 큰 위협인 공성공창형을 배제하고, 운 좋으면 〈레기온〉의 비밀정보나 레일건의 잔해를 입수한 뒤. 작전을 종료해서 몸이 지치고, 살짝 마음도 느슨해지고, 물론 〈레긴레이브〉에도 타고 있지 않은 오늘 밤에라도 습격했으면 아무리 에이티식스라도 멀쩡하게 저항하지 못하고 붙잡혔겠지.

그렇다. 에이티식스의 신병만 놓고 보자면 지금이 아니라 작전 종료 후인 편이 성교국이 얻을 이득이 더 크다.

그런데 왜 일부러—— 서로 희생이 많아질 이 타이밍에.

여태까지 지나온 통로에도, 눈앞에 뻗은 통로에도, 경비병은 거의 없었다. 비닉성을 우선하다보니 아무래도 장탄수가 한정되는 기관권총에 아직 잔탄이 남은 채로 기지 격납고로.

셔터 너머로 눈을 돌려보니 여기도 재로 뒤덮인 대지다. 맨몸인 채로는 견딜 수 없다.

"〈바나디스〉를!"

지각동조로 통신이 들어왔다. 예비를 겸하여 남겨둔, 본부 호위전대의 전대장. 마중 나온 걸까.

[부르지 않아도 마중 왔습니다! 올라타거든 연락하세요! 셔터를 부술 테니!]

"예, 고마워요!"

〈바나디스〉의 조종석에 정, 부조종사가 올라탔다. 엔진 시동. 전원이 어딘가를 붙잡았는지 확인할 여유도 없이 액셀을 밟았다.

"——나나 소위!"

[아이, 맴!]

전동 톱의 작동음을 연상케 하는 두 정의 중기관총의 날카로운 아우성. 금속으로 된 셔터를 순식간에 덥썩덥썩 물어뜯었다. 1초도 안 되는 사격이 끝난 틈에 재빨리 〈바나디스〉가 뛰어들었다.

요란스러운 대음향. 찢어진 금속파편이 성대하게 흩어졌다. 기다리던 〈레긴레이브〉들이 순식간에 그들의 여왕의 가마를 지키는 대열을 만들었다.

그제야 돌격소총을 든 진주색 군복이 간신히 격납고에 뛰어드는 것이 〈바나디스〉의 모니터에 슬쩍 비쳤다.

미카의 〈블루벨〉이 〈트라우어슈반〉의 코앞에서 날아가는 게 광학 센서를 경유하여 크레나의 눈에 비쳤다.

"미카!"

콕핏 직격은 아니다. 기체가 대파되지도 않았다. 하지만 부상은 입었겠지. 왼쪽 다리가 콕핏 블록 측면과 함께 앞뒤 모두 뜯겨져 나간 〈블루벨〉은 움직이지 않고, 회수를 위해 동료기와 〈스케빈저〉가 다가갔다. 그런 그들을 노려서 진주색 기체가 또 움직였다.

리토도 부상을 입어서 후방으로 물러났다고 무전으로 연락이 온 판이다. 고정되어 움직일 수 없는 〈건슬링어〉의 안에서 크레나는 두 손을 움켜쥐었다.

"어째서……."

태연히 속일 수 있는 이런 놈들을 위해서.

이용하려고 드는 놈들을 위해서.

괴로운 일을 남에게 떠넘기고 모르는 척하려는 놈들을 위해서.

어째서 우리가.

가슴에 박힌 돌 같은 감정이 분노라는 사실을 갑자기 깨달았다. 뇌리에 부글부글 끓는 것도 아니고, 속을 태우는 것도 아니다. 차갑고 딱딱하고, 이물질이 막혀서 사라지지 않는, 단단하게 응어리져서 자리 잡은, 얼어붙은 독.

86구에서 계속, 86구부터 계속, 조용히 타오르고 있던 분노다.

"어째서, 우리가…… 싸워야만, 하는 거야."

〈레긴레이브〉 1개 전대의 호위를 받으며 〈바나디스〉는 군단 지휘소를 빠져나가 재로 덮인 황야를 질주했다.

방어 무기가 없는 건 아니지만 30mm 체인건과 중기관총으로는 화력 부족. 운동성을 보자면 〈레긴레이브〉에 비할 바가 못 되는 〈바나디스〉로 전투는 피하고 싶다. 최소한의 경계로 남긴 것에 불과한 호위전대도 마찬가지다. 성교국군 부대와의 접촉은 피하고, 얼마 안 되는 지형의 기복 사이에 숨어서 달려갔다.

어떻게든 여단 본대를 포위 속에서 빼내어 합류를 이루어야 한다. 지금은 어떻게든 도망쳤지만, 여기서 다시금 레나 일행이 붙잡히면 에이티식스들에게 인질로 쓰일지도 모른다━━. 그렇다. 전선에서 15킬로미터 후방에 있는 〈아르메 퓨리우즈〉의 조작원과 정비원들도 회수해야 한다. 무사히 있으면 좋겠는데.

"오리야 소위, 미치히 소위! 상황은?!"

[완전 포위되었습니다, 대령님!]

[우리가 보기에 3시 방향, 제8사단과 복병연대의 연결부분이 약점입니다! 그 부분의 돌파를 꾀하고 있습니다!]

이어서 프레데리카가 보고했다.

[성교국군의 일익, 제2군단도 드디어 이쪽으로 방향을 돌린 모양이다. 〈레기온〉과의 전투를 계속하면서 포위에 가담하려면 아직 더 걸리겠지만…… 아무것도 모르는 아이의 얼굴을 하고서 성교국군의 장병들 사이를 걸어다닌 보람이 있었구나.]

레나는 그 말에 눈을 껌뻑였다. 그런 상황이 아니지만.

"프레데리카…… 성교국의 말을?"

아는 자의 현재를 보는 그 이능력은 최소한 이름을 알고 말을 나누지 않으면 대상이 될 수 없다고 들었다.

[대화에는 곤란하지 않을 정도로. 허나 그걸 들킬 만한 짓은 하지 않았다. 말하지 않았더냐, 아무것도 모르는 아이의 얼굴을 했다고. 나이 어린 외국의 소녀가 방긋방긋 웃으며 몇 번이나 자기 이름을 말하고 다니면 상대도 이해하고 자기 이름을 말하지. 그래도 이능력의 조건은 성립된다. 여기는 연방과도 공화국과도 먼 이국이기에 만약을 대비한 거지.]

배신을 생각한 건 아니지만, 이를테면 전달 누락이나 착오, 예측하지 못한 사태를 프레데리카가 나름대로 생각해서.

[조금은 도움이 되었느냐, 블라디레나.]

"물론이죠, 프레데리카. 고마워요. 큰 도움이 되었습니다."

프레데리카가 기쁜 듯이 끄덕이는 기척. 한편 레나는 심각하게 그녀에게 얻은 정보를 음미했다.

제2군단도 움직였다——라면.

아무래도 일국이 상대라면 고작 2개 연대 정도의 전력으로는 도저히 승산이 없다. 시간 끌기도 공수대대의 소모를 생각하면 오래할 수 없는데…….

[——그보다 대령.]

갑자기 대대장 하나가 끼어들었다. 두 개의 〈레긴레이브〉 포병 사양 대대 중 한쪽의 대대장. 미츠다.

레나에 대한 것이 아닌, 하지만 숨기려 하지도 않는 불만을 목소리에 담아서, 담담히, 태연히 말을 이었다.

[신 쪽 애들을 공성공창형에서 물리고. 우리는 그냥 돌아가면 안 돼?]

레나는 살짝 숨을 삼키고 경직했다.

그동안에도 미츠다의 말은 이어졌다.

[특히나 공성공창형은 일시적으로 멎었을 뿐이지 건재하잖아. 방치하면 성교국 놈들은 그쪽 대응으로 바빠지지 않아? 애초에 그게 버거우니까 연방에 도움을 청한 거고. 그 틈에 우리는 돌아가면 되잖아?]

성교국군과 무의미하게 싸울 것 없이—— 함께 싸우는 동료에게 괜한 희생을 내는 일 없이.

"그건……."

가능하냐 불가능하냐를 말하자면—— 가능하다. 완전히 불가능한 것도 아니라는 수준이지만, 신과 공수대의 탈출을 돕고, 전선의 혼란을 틈타서 성교국을 이탈하는 정도라면 어떻게든 되겠지. 〈트라우어슈반〉이나 〈아르메 퓨리우즈〉는 폭파 처분을 하면 되리라. 하지만 일국을 상대로 절망적인 항전을 거듭하는 것보다는 확실히 많은 이들을 구하는 길이다.

미츠다는 말했다. 담담히.

그 속에 채 숨길 수 없는 증오와 원념을 담아서.

[끝까지 싸우는 게 우리 긍지니까. 우리가 그걸 관철하고 싶은 마음을 연방이 이용하는 것도, 그 긍지를 관철하게 해 주니까 좋다고 생각해서 받아들이는 거지. 이용당하는 게 기본에, 자기희생을 치르는 게 당연한 히어로까지 기대하는 건 사양하겠어.]

그 말을 들은 순간, 미치히는 마치 마음속을 읽힌 사람처럼 몸을 떨었다. 그런 건 아니라고 부정하려 하면서도 리토는 생각해 보게 되었다. 그 말이 맞다고 진심으로 동의를 담아서 크레나는 끄덕였다.

에이티식스의 모두가, 자기 안에 담아두고 있던 같은 의심이, 불만이, 분노가 일깨워져서.

이런 놈들을 위해…… 이런 놈들을 위해서 싸워야만 하는가?

끝까지 싸우는 것이 에이티식스라고 해도, 그것이 에이티식스의 긍지라고 해도. 그것은 간계에 걸리고 포구 앞에 놓여서 싸우라고 강제되더라도 묵묵히 받아들여야만 하는 것인가?

애초에 우리는 누군가를 지키기 위해, 누군가를 구하기 위해 싸우는 게 아니다.

그것은 86구에서도 그랬다. 86구 때부터 그랬다.

공화국 시민을 위해서, 하얀 돼지를 위해서 싸우는 게 아니었다. 그저 자신과 동료의 긍지를 위해서. 도망치지 않는다, 포기하지 않는다, 힘닿는 데까지, 목숨이 다할 때까지, 마지막 순간까지 싸우는──에이티식스의 긍지를 다하기 위해서.

그 결과 하얀 돼지들까지도 지킨 것은 부아가 치밀지만 어쩔 수 없다고 생각하며.

연방이 자신들을 〈레기온〉의 중점을 찌르는 창으로 삼고, 외교 도구로 삼고, 선전 재료로 삼는 것은 알고 있다. 보도만으로 에이티식스를 보고 이해했다고 생각하는 연방 시민들이 자신들을 비극의 주인공처럼, 영웅처럼 보는 것도 알고 있다. 한편으로 연방이 주는 것도 많고, 그러니까 어쩔 수 없다고 생각했지만, 도구가, 선전 재료가, 영웅이 되고 싶다고 생각하며 그러는 게 아니다.

우리가 싸우는 건 우리를 위해서.

오로지 우리의 긍지와 이렇게 있고 싶다고 생각하는 형태를 관철하기 위해서.

누군가를 위해서가 아니다.

그렇다면.

이런 놈들을 위해서는, 86구를 빠져나온 지금은. 그리고 앞으로도.

　싸우지 않아도.

　버려도, 되는 거 아닌가──?

　에이티식스들을 한순간이지만 분명히 지배했던 그 의혹을 마치 베어내듯이.

　결단의 검을 내리치듯이.

　[언더테이커가 바나디스에.]

　조용하고 예리한 목소리가 울렸다.

　[공수대대는 임무를 속행한다. 처음에 결정한 대로 이쪽은 〈트라우어슈반〉 전진 완료까지 작전영역 제압을 유지한다.]

　작전을 포기하지 않는다고.

　꿈에서 깨어난 것처럼 레나는, 크레나는, 소년병들은 그 이름을 중얼거렸다.

　깃든 감정은 각자 다르다. 하지만 모두가, 과거 86구에 군림한 목 없는 저승사자를, 그들을 이끄는 전쟁신의 이름을 말했다.

　"신……."

　공성공창형은 아직 배제하지 못했다. 작전은 아직 계속 중이다.

　산탄의 호우로 일단 거리가 벌어진, 그 거리를 다시금 좁히는 전투의 지휘를 맡으면서 신은 말을 이었다. 머릿수가 많아서 아무래도 힘들지만, 짧은 시간이라면 버틸 수 있는 제1기갑 그룹 전원과의 지각동조.

동료들의 마음은 모를 것도 아니다. 불쾌한 것은 신도 마찬가지다. 공화국인과 큰 차이 없는 돼지를 위해 싸우고 싶지 않고, 하물며 죽고 싶지도 않다.

그것은 싫다고, 죽고 싶지 않다고 자신들이 말해도 된다는 사실을 간신히 깨닫게 되었다.

다만.

"불만은 이해한다. 하지만 공성공창형을 방치하면 연방의 전선에 출현하지 않는다는 보장이 없다. 지휘관기의 제어중추를……〈레기온〉의 비닉정보나 레일건 자체를 노획하지 않으면 연방도 물러날 수 없다. 감정에 따라 방치해도 되는 작전이 아니야."

불쾌하다는 감정 하나로 살아남을 가능성마저 내던져도 될 정도로—— 지금의 자신들은 찰나적으로 사는 것도 아니라고 생각한다.

공성공창형의 제어중추는 제국 군인이 아니다. 전자포함형에서 유래하는 그것도, 공성공창형 자체의 그것도, 레일건을 제어하는 〈샤나〉 또한 연방이 정말로 원하는 정보는 갖고 있지 않다. 하지만.

미츠다는 말했다. 불만이나 반론이라기보다는 고집 부릴 타이밍을 놓친 아이 같은 목소리로.

[신. 하지만, 하지만…….]

"미츠다. 말했지. 불만인 건 알아. 그건 잘못되지 않았어. 그러

니까 몸을 던져서 할 필요는 없다. 위험해질 것 같거든 그때 가서
철수를 생각하면 돼."

[――――라저.]

아직 내키지 않는 기색이지만, 고개를 끄덕이고 지각동조가 끊
어졌다. 그걸 확인하고 신도 본대와의 동조를 끊었다.

단숨에 명료하게 들린다는 느낌의 동조 너머에서 라이덴이 쓴
웃음을 지었다.

[뭐, 우리가 작전영역에서 돌아가는 것도 미츠다의 말만큼 간단
하진 않으니까 어쩔 수 없어.]

〈레기온〉 전선의 배제는 지상부대에게 맡기기로 한 공수대대
다. 공성공창형 하나와의 전투라면 몰라도, 공성공창형에 배후를
위협받는 철수전이 되면 다소 힘들다. 성교국군의 협력을 바랄
수 없다면 더더욱 그렇다.

"그래. 각기, 들은 바와 같아. 작전은 이대로 속행한다."

공수대대 모두가 라이덴과 같은 인식인 모양이다. 이쪽은 못마
땅한 목소리를 내는 일도 없이 그저 팽팽하게 긴장된 분위기.

작전 속행―― 다만 그들이 기다려야만 하는 〈트라우어슈반〉
의 진출 완료는 얼마나 늦어질지 모른다.

"냉각계의 해석 결과에 따라서는 〈트라우어슈반〉을 기다리지
않고 파괴할 수 있을 가능성도 있고, 그 경우는 즉각 실행한다. 그
때까지 최대한 탄을 낭비하지 마."

86구의 죽음의 전장에서, 연방의 전장에서. 신앙 같이 따랐던 그녀의 저승사자가 한 말을, 크레나는 믿기지 않는다는 마음으로 들었다.

　"――어째서."

　어째서―― 이 전쟁이 끝난다는 말을, 이런 상황에서도 할 수 있는 거지?

　어째서 아직 이런 세계를 믿을 수 있는 거지?

　웃으면서 아빠와 엄마를 쏴 죽이는 이런 세계를.

　끝까지 싸운다는 긍지밖에 없는 에이티식스인 세오에게서, 끝까지 싸우기 위한 그 팔을 빼앗아가는 이런 세계를.

　가족을 하얀 돼지에게 빼앗긴 것은 당신도 마찬가지일 텐데.

　세오가 한 팔을 잃은 것은 당신도 보았을 텐데.

　어째서. 그런데도.

　결정적인 균열이 오래전부터 자신과 신 사이의―― 혹은 자신들과 신 같은 이들 사이에 생겨버린 것을 드디어 의식했다.

　86구를 빠져나온, 빠져나올 수 없는 자신들을 두고 가는 그들.

　"――두고 가는 거야? 그런 거야?"

　우리의 저승사자. 그럴 터였던 당신.

　우리를―― 동포일 터인 우리를, 버리고.

　[공수대대는 임무를 속행한다. 처음에 결정한 대로 이쪽은 〈트라우어슈반〉 전진 완료까지 작전영역 제압을 유지한다.]

이럴 수가.

결연히, 씩씩하게 흘러나오는 에이티식스들의 우두머리의 그 말에 헤르나는 무심코 눈을 크게 떴다. 설마, 설마 에이티식스 자신이 그런 말을.

아니…… 역시.

참을 수 없는 웃음이 솟구쳤다.

"자, 당신들의 전쟁신은, 당신들의 저승사자는 저렇게 말하는 군요, 에이티식스들."

레나에게도 에이티식스들에게도 보일 리 없는 그것은 심하게 일그러졌고.

그리고 어딘가── 자조와 비슷했다.

"그게 당신들의 역할이에요. 땅의 여신이 그렇게 생각하시고 이 세계에 부여한 운명이에요. 당신들은 전장의 백성. 전장에서밖에 살아갈 수 없지요. 전장에서 살고 전장에서 죽는 것이…… 당신 들의 유일한 운명이니까요."

우리와, 마찬가지로.

지각동조 너머에서 신이 힘껏 탄식한 것은, 그런 소리는 아무도 하지 않을 것이라고 생각했기 때문인 모양이다.

하지만 공성공창형과의 교전이 재개되고, 반론의 여유가 없는 그 대신 레나는 말했다.

"각기에 통달. 성교국을 구한다는 생각은 하지 않아도 됩니다.

당신들은 영웅이 아닙니다. 당신들이 싸우는 것은 당신들이 싸우는 이유만을 위한 거면 족합니다."

애초에 이것을 판단하고 결단하는 것은 지휘관의 역할이자 책임이다. 신이 말해 주었다고 해도, 그에게 떠밀린 채로 있으면 안 된다.

"그리고 끝까지 싸우는 것이 긍지더라도, 싸우는 것이 운명은 아닙니다. 당신들은 무인기도 병기도 아닙니다. 그러니까 그런 허언에 휘둘릴 필요도 없어요! 하지만 작전은…… 공성공창형의 격파는 완수합니다!"

불만스럽게 생각한다면, 받아들일 수 없다고 느낀다면 신이 아니라 자신에게 말해라. 원망을 사는 것도 장수의 역할이다. 자신은 에이티식스들이 모시는 여왕이다. 전장에서 자기 피를 흘리지 않는 대신, 부하 중 누구보다도 냉철해지는 것이 자신의 임무다.

"그걸 위해서라도 일단은 포위망 돌파를 목표로 합니다! 미르메 콜레오 연대와 협력하여 적 부대의 틈새를 열어젖히세요!"

말한 뒤에 갑자기 위화감을 느꼈다.

포위망 돌파—— 완전 포위.

왜?

군은 무너질 때가 가장 약하다. 패군에게 가장 희생이 생기는 것은 퇴각, 패주에 이른 뒤다.

그러니까 원칙적으로 적군의 도망을 일절 허용하지 않는 포진은 취하지 않는다.

긍지에 몰리면 날뛰는 것은 인간도 동물도 마찬가지다. 퇴로가 끊기고 죽음을 눈앞에 둔 병사는 죽을 각오로 저항한다. 상처 입은 야수가 무섭듯이, 이성의 끈이 끊어진 병사는 이상할 정도의 용맹을 발휘한다. 그래선 아군의 피해도 커진다.

그러니까 포위란 그 말과 달리 적을 완전히 에워싸지 않는다. 적의 섬멸을 기도하는 게 아니라면, 퇴로를 남겨두는 게 중요하다.

성교국이 에이티식스를 자국의 전력으로 바란다면, 지금 크레나나 미치히나 리토, 여단 본대를 포위하는 완전 포위의 포진을 취하는 것은 이상하다.

더불어 급습의 타이밍이 이상한 것과 탈출까지 거의 조우하지 않았던 경비병. 그래, 레나와 관제원을 인질로도 삼지 않고──그리고 대국인 연방, 나아가 연합왕국과도 대립하면서까지 고작 2개 연대 정도를 탐내는 기묘함.

어쩌면 헤르나의 목적은 에이티식스의 항복이 아니라.

이렇듯 모순투성이 상황을 바라는 것은 성교국이나 그 군대가 아니라.

어쩌면.

"당연히 감청하고 있겠죠, 헤르나."

무전 주파수를 성교국의 사령관용 회선에 맞추고 낮게 말했다.

도무지 석연치 않아서, 한소리 하지 않으면 성이 차지 않는다는 어조로.

"들은 바와 같습니다. 당신은 잘못되었습니다, 헤르나. 에이티식스들이 전장에 서는 것은 그것이 긍지이기 때문이지 운명이기 때문이 아니에요. 그들이 싸우는 것은 그것이 부여된 운명이기 때문이 아니라…… 이 전쟁을 끝내기 위해서입니다!"

"──그런 건 틀렸어."

크레나는 조용히 내뱉었다. 그 말을 한 것이 레나니까 아직 화도
나지 않지만, 다른 사람이 아무것도 모르는 얼굴로 그런 말을 한
다면 분노 정도로 끝나지 않았으리라.

끝내기 위해서가 아니다. 에이티식스 모두가 신처럼 전쟁을 끝
내기 위해서 싸우는 건 아니다. 레나가 그렇게 말하는 것은 신의
곁에 있기 때문이다. 전쟁을 끝내고 싶다고 바라게 된 신을 제일
가까이서 보기 때문이다.

크레나 자신도 이 전쟁이 끝나면 좋겠다고 생각하지만. 신이 그
렇게 바라니까 끝나면 좋겠다고 생각하지만. 하지만 전쟁이 끝나
면 자신은 긍지조차 없어지고, 신의 곁에 자신이 있을 장소는 없
어지고 그를 도와줄 수도 없어지고.

하지만.

머리가 빙빙 돌아서 크레나 자신이 혼란스러웠다. 그렇다면 나
는 뭘 하고 싶은 걸까. 어쩌고 싶었던 걸까. 뻔하다. 지금 이대로
면 된다. 자신은 전장에서 신에게, 동료에게 도움이 될 수 있고.
있을 장소가 있고. 신은 86구에 있을 적보다 훨씬 편해진 듯하고,
동료들이 있고 매일 나름 즐겁고. 그러기 위해서는.

세오의 말을 떠올렸다.

선단국군에 가기 직전, 그가 전장을 떠나게 되기 전의 말.

──끝나지 않기를 바라는 것 같아.

아니다. 그때는 그렇게 말했지만. 사실은 그게 아니라. 틀린 말이 아니라서.

"전쟁이, 끝나지 않으면……?"

나는.

그 말을 떠올렸을 때, 마치 벼락불이 떨어지듯이 날카롭게 포효가 울렸다.

밤하늘을 가르는 벼락불처럼, 하늘을 뒤흔드는 천둥처럼.

[──아뇨!]

헤르나의 목소리.

"그럴 리 없습니다! 공화국인이…… 빼앗는 쪽의 인간이 잘도 그런 소리를!"

다 안다는 듯이 떠드는 은발의 여왕에게, 불을 토하듯이 헤르나는 소리쳤다. 너야말로 아무것도 모를 뿐이다.

모든 것을 빼앗긴 자의, 마지막 남은 것에 매달리는 집착을.

"에이티식스는 전쟁의 운명을 타고났겠죠. 공화국이, 나고 자란 조국이, 전장에서밖에 살아갈 수 없도록 만들었지요. 전쟁 이외의 모든 것을 빼앗기고, 죄다 빼앗겼다면 전장에서 사는 운명밖에 없는데, 빼앗긴 끝의 상처 말고는 아무것도 없는데, 그 운명을, 그 상처를 버릴 수 있을 리가 없어요!"

무심코 지휘지팡이를 움켜쥐었다. 눈앞에서 지금 일어나는 일처럼 되살아나는 과거의 악몽.

10년이 지난 지금도 잊을 수 없는. 그녀의 가족을 덮친 비극.

"저도 그렇습니다. 저야말로 그렇습니다! 저를 비극의 성녀라고 추어올리는 성인들을…… 누가 잊을 수 있을까요. 전란이라는 재난 앞에 국민의 단결을 꾀하기 위해, 저를 비극으로 치장하고 전쟁의 성녀로 추어올린, 우리 성교국의 만행을!"

[무슨 소리…….]

"제 가족은…… 레제 가문은 개전과 동시에 전원이 〈레기온〉에 의해 죽었습니다."

레나는 숨을 삼켰다.

레제 가문은 성자의 혈통이다. 전란에서는 군단장으로, 그 휘하의 부단장으로, 군을 이끄는 것이 레제 일족의 역할이다. 하지만 —— 한 군단의 군단장, 부단장이 설마 개전 직후에 전멸하다니.

"증오스러운 〈레기온〉에 사랑하는 가족을 모두 빼앗기고 유일하게 살아남은 어린 성녀. 가녀린 소녀의 몸으로 무시무시한 폭위에 맞서고, 비탄을 가슴에 품고 고고하게 싸우는 성교국의 저항의 상징. 저를 그렇게 만들기 위해서…… 제 가족은 성교국과 군에 버림받았습니다."

군단 지휘소가 〈레기온〉의 급습을 받았다. 호위부대는 정확하게도 그때 잘못된 지령으로 벗어났고, 구원부대는 정확하게도 그때 파악하지 못한 〈레기온〉의 복병에 걸려서 발이 묶이는 바람이 늦어버렸다.

정확하게도 그때 군단장인 조모와 사단장이나 참모인 어머니나

아버지나 조부나 형제, 숙부숙모와 회선 너머로 이야기하던 나이 어린 헤르나는—— 회선 너머라고 해도 눈앞에서 그 전원의 무참한 죽음을 보았다.

본래 너무 어려서 통합사령부에 들어올 수 없는 헤르나를 특별이라며 일부러 불러들여서 어머니와 대화를 시켜주겠다며 회선을 연결한 성자들이 지켜보는 앞에서.

잊을 수 있을까. 그 악몽을. 그 광경을.

그 추악한 동포의 얼굴을.

"아버지가, 어머니가, 조부모가, 숙부가, 오빠와 언니가 〈레기온〉에게 찢겨 죽는 앞에서, 그 지시를 내린 성자들은…… 고뇌의 결단을 내리고 다대한 희생을 치르며, 그 결과 훌륭히 시련을 뛰어넘은 스스로의 숭고함에 감동하며 눈물을 흘리고 취해 있었습니다."

[가족은 조국에 빼앗겼고, 그러니까 조국도 이미 사랑하지 않습니다. 전쟁의 성녀라는 운명밖에 없는 저는, 그러니까 그 운명은, 이 상처만큼은 빼앗기지 않겠습니다. 손에서 놓을 수 없단 말입니다!]

헤르나의 말은, 크레나로서는 지금 거울 너머의 또 하나의 자신이 외치는 것 같았다.

마치 공화국의 하얀 돼지와 같다고, 인간의 잔인함과 세계의 악의를 체현하는 하얀 돼지라고 생각했던 소녀는, 사실 자신들에이티식스와 같은 존재고, 마치 거울에 비친 자신 같았다.

가족과 고향을 빼앗긴 아이. 전장에서 싸우는 운명이 지워진 아이. 전장에서 사는 운명만이——긍지만이 유일하게 남겨진 아이.

자신이 삼켜버리고 말할 수 없었던 것을, 헤르나가 대신 말해 준 것 같았다. 매섭게 소리치는 금빛 눈동자.

그래, 헤르나의 말이 맞다.

모든 것을 다 빼앗겼고, 유일하게 남은 자신의 형태를 규정하는 것, 그것이 상처라고 해도 크레나는 내려놓고 싶지 않다. 상처라고 해도 빼앗기고 싶지 않다.

하물며…….

"그것을 모른다는 말을 듣고 싶지 않아. 당신이 떠나지 않았으면 해."

같은 상처가 있었을 신에게만큼은.

내려놓고 싶지 않다고, 빼앗기기 싫다고, 그러면 알고 있었을 테니까 그가 떠나지 않았으면 한다. 크레나는 미래 따윈 바라지 않는다고 알았으니까, 전쟁 따윈.

끝나길 바라지 않는다.

빼앗지 마.

전장 말고는 존재하지 않는, 내가——있을 곳을.

헤르나는 소리쳤다. 비명처럼.

매달릴 곳 없는 아이가 간신히 찾아낸 같은 미아에게 매달려서 소리치듯이.

"당신들은, 당신들도 알고 있겠죠. 살면서 전장을 떠도는 망령 취급을 받고, 전장에서밖에 살 수 없는 소년병들! 하늘 없는 전쟁터에서 보상받지 못하는 자들에게 하늘 대신 구원자가 된 목 없는 저승사자도! 이런 세계는 빼앗기만 하지, 주는 법이 없습니다. 정의도 선의도…… 그걸 돌아봐도 아무런 의미가 없다는 것을!"

그 말에 신은 시선을 내렸다.

과거에 같은 생각을 했다.

정의도 선의도 아무런 의미도 없는데.

86구에서. 반년 후에 무의미한 전사가 운명 지어진 그 스피어헤드 전대의 막사에서.

그때는 의심도 하지 않았다.

그것만이 세계의 진리라고, 그렇게 생각했다.

같은 말을 하고 있다.

자신들 에이티식스와 마찬가지로, 인간의 악으로 만들어진 전장에 던져진 아이가, '86구'의 진리를 가리키고 있다. 멈춘 채로. 갇힌 채로.

그것밖에 없는 상처에 지배되는 채로.

한편 레나는 눈을 크게 떴다.

확신했다. 지금의 말.

〈바나디스〉의 홀로윈도 중 하나, 광역으로 설정한 맵에 새로운 광점. 포위 하에서 항전 중인 〈레긴레이브〉부대, 그 레이더가 새롭게 포착한 기체가 전자방해로 끊어졌다 이어졌다 하는 데이터 링크를 통해 간신히 〈바나디스〉와 공유한 것이다. 피아식별——응답 있음. 성교국군 제2기갑군단 이 타파카. 그 수색소대.

보자마자 레나는 외쳤다. 접촉한 것은——〈그렘린〉. 시미터 전대 소속기!

"그렘린!"

뜻하지도 않은 성교국의 배신과 재의 방해. 적 한가운데에 공수 대대가 고립된 상황도 있어서, 곤혹스러움과 초조함이 슬금슬금 속을 태웠다.

그러니까 갑자기 콕핏에 울린 접근경보에 〈그렘린〉의 프로세서 는 아뿔싸 싶은 마음에 숨을 삼켰다.

기어오는 〈랴노 슈〉를 걷어차고 시선을 돌린 곳, 재의 비단 너머 에 어느 틈에 〈파 마라스〉의 중후한 실루엣과, 그 열린 캐노피 안 에서 내려온 듯한 사람.

부대 마크는 여섯 개의 날개 달린 맹금. 성교국군 제2기갑군단.
——벌써 왔어?!

초조함이 사고를 증발시켰다. 재빨리 기총의 조준을 맞추었다.
진주색 방진장갑복 차림의 병사가 어째서인지 당황한 듯이 두 손을 들었다.

지각동조 너머로 레나가 외쳤다.

[그렘린…… 쏘치 마요!]

"?!"

반사적으로 총구를 돌렸다. 공격을 받지 않기 위해 뒤로 뛰어서 거리를 벌렸다.

그런 뒤에야 간신히 눈앞의 병사가 기체에서 내린 것이라는 사실에── 공격 수단을 스스로 버렸다는 사실을 깨달았다. 고글과 마스크로 뒤덮인, 얼굴 없는 머리를 두드리는 시늉을 하기에 무전 주파수를 성교국군에 맞추었다.

이런 거리라면 제3군단이 깔아놓은 전파방해도 통하지 않는다. 치익 하는 잡음을 넘어서 그와 별로 나이 차이 없을 듯한 젊은 목소리가 말했다.

조금 더듬거리는 연방의 언어로.

[우리는 적이 아니다. 이야기를 들어줘, 에이티식스!]

지각동조 너머로 레나는 그 말을 들었다. 아하, 역시나.

역시나── 그렇다.

"헤르나. 이 계획…… 당신 혼자만의 것이로군요."

성교국, 혹은 그 군대 전체가 연방을 배신하는 게 아니라.

성교국군 제8사단, 복병연대와의 공방은 계속되었다.

하지만 미치히의 마음속에서 곤혹과 동요는 아직 가시지 않았다. 그것은 급습으로부터 시간이 지날수록 흐려지기는커녕 한층 농후함을 더했다.

레나와 헤르나의 대화에서 들었던, 헤르나의 과거 이야기 때문이겠지.

그건 그야말로 자신들의 이야기다. 에이티식스를 덮친 것과 같은 부조리다.

11년 전, 〈레기온〉 전쟁이 시작될 때. 미치히는, 동료들은, 모두 어린아이였다. 갑자기 강제수용소로 보내지고, 양친을, 조부모를, 형제자매를 빼앗기고, 무인기로 사투와 전사의 운명이 지워지고, 그것은 공화국과 백계종 때문.

자신들만이. 부조리하게. 무참하게 고향도 가족도—— 어린 시절에는 티 없이 바랐을 터인 미래나 행복을 빼앗기고.

그런 일이 멀리 떨어진 이 서쪽 나라에서도. 어쩌면 곳곳에서도.

나는 대체 무엇과 싸우는 걸까. 그런 의문이 미치히의 손을 굳게 만들었다. 평소보다도 조종간의 조작도, 방아쇠를 당기는 것도 느리다는 것을 자각하지만 어쩔 수 없었다.

마치 자기 자신과 싸우는 듯한 착각이 미치히의, 역전의 용사일 터인 에이티식스들의 손을 둔하게 만들었다.

—— 생각하면 안 됩니다. 그보다 빨리 이 포위를 돌파해야.

고개를 흔들었다. 왜인지 울고 싶어지는 기묘한, 유치한 곤혹스러움을 간신히 억눌렀다.

적 부대는 지휘관기인 〈파 마라스〉와 그 수행기인 〈랴노 슈〉로 구성되어 있다. 관제하는 〈파 마라스〉를 격파하면, 조작을 받는 〈랴노 슈〉들도 정지할 테니까, 재빨리 결판내는 방법은 〈파 마라스〉를 저격하는 것이다. 하지만 미치히는, 그리고 주위의 동료들도 일부러 〈파 마라스〉가 아니라 〈랴노 슈〉를 노렸다. 조종사를 태우는 유인기인 〈파 마라스〉가 아니라 그게 조작하는 무인단말기를.

　사람을 쏘기는 싫다.

　사람을 죽이는 건 싫다. 끝까지 싸우는 것이 자신들의 긍지라지만, 그것은 살인과 같지 않다.

　〈레기온〉과의 사투에서 여태까지 살아온 에이티식스들로서는 인간과의 전투가 이게 처음이다. 솔직히 말해서 싸우기 싫다.

　살인은 하고 싶지 않다.

　또다시 〈랴노 슈〉 한 대가 무반동포의 조준을 맞추려 했다.

　평소의 감각으로 물러나면 재에 다리를 붙들린다. 조종간을 당기려던 손을 의지의 힘으로 참고, 멈춰선 채로 기관포의 포구를 돌렸다.──〈레긴레이브〉의 포탑은 각도가 한정되지만 선회포탑이다. 기체와 함께 포를 회전시켜야 하는 성교국군기보다도 이쪽이 빠르다.

　격발.

　좌우의 앞다리 관절부에 집중시킨 기관포탄이 연이어 명중한다. 기체 균형을 지키지 못해 쓰러지는 타이밍에 마무리로 사격. 〈저거노트〉보다도 민첩한 〈레기온〉과 대치하면서 몸에 밴, 다리부터 뭉개서 움직임을 막는 미치히의 전투 패턴.

　40mm 기관포는 강력하지만, 88mm 전차포 정도의 파괴력은 없다. 격하게 찢겨져 나갔으면서도 원형을 지킨 〈랴노 슈〉의 잔해에서, 마치 콕핏의 캐노피가 열리듯이 정면장갑이 튀어 올랐다.

　그 안에서 인형의 팔이 굴러 나오듯이, 작은 팔이 굴러 나왔다.

　어? 싶어서 미치히는 눈을 크게 떴다.

　작은, 아이의 손.

　자주지뢰……일까. 하지만 왜 〈레기온〉이 〈랴노 슈〉 안에?

　미치히는 혼란스러웠다. 머릿속이 뱅뱅 돌아서 멈추지 않았다.

　정체 따윈 사실 생각할 것도 없이 알았지만 생각하고 싶지 않아서, 본능이 이해를 거부해서 눈에 비친 것을 인식할 수 없었다.

　튀어 오른 〈랴노 슈〉의 정면장갑——아니, 캐노피 아래. 기관 포탄에 엉망으로 찢겨나간 콕핏에 뒹굴고 있던 것은.

　아직 열 살도 못 될 정도로 어린 소녀의 시체였다.

제5장 피리 부는 남자는 쥐떼와 아이들을 데리고

"이럴 수가……. 이런 건, 아닙니다……!"

뒷걸음질 치는 미치히의 〈파리안〉을 아무도 막을 수도, 나무랄 수도 없었다.

그 순간 분명히 모든 〈저거노트〉는 전투를 중단했다.

〈레긴레이브〉에는 데이터링크 기능이 있다. 전자방해 상황이라고 해도 근거리를 지키며 모인, 같은 대대 소속기에게도, 인접해서 싸우는 리토의 대대 소속 〈레긴레이브〉에도, 〈파리안〉이 목격한 그 영상은 공유되었다.

〈파리안〉이 파괴한 〈랴노 슈〉 안 소녀의 시체. 성교국의 주력 펠드레스를 원호하는 수반기라고 인식했던, 너무나도 작은 그 크기 탓에 모두가 무인기라고 믿었던 〈랴노 슈〉의, 아마도 조종사일 소녀의 유해.

연한 금색의 땋은 머리가 반쯤 떨어져 나간 목에서 간신히 보이니까 소녀라고 알 수 있었다. 그게 없으면 인간이라고 구분이 가지 않을 정도로 파괴된 유해의 영상.

그 무참함에 익숙하지 않을 리는 없다.

관짝이나 같은 〈저거노트〉로 〈레기온〉과 대치하였고, 그러니까 전차포탄에, 중기관총에, 대전차 미사일에 찢겨나가고 불타고 뭉개진 동료의 유해를, 에이티식스들은 보았다. 지긋지긋해지도록 보았다.

그러니까 얼어붙은 것은 그 유해의 무참함 때문이 아니다.

그 무참한 유해를. 하물며―― 과거의 자신들을 방불케 하는, 조종사라기에는 너무나도 어린 아이의 시체를.

만들어낸 것이 자신들이라는 사실에. 에이티식스는 전율하며 얼어붙었다.

그 영상은 전자방해 너머로 간신히 연결된 상태인 데이터링크를 통해 〈바나디스〉에도 닿았다.

"무슨 짓을…….."

상상을 뛰어넘은 일에 레나는 절규했다. 이건 도무지 믿을 수가 없다.

공화국이 에이티식스에게 같은 짓을 했기 때문에 더더욱 믿을 수 없다.

무인기라고 보여준 기갑병기에, 사실은, 사람을. 아이를.

이상하다고 생각하지 않은 건 아니다.

완전자율 무인전투기계 개발에 성공한 것은 레나가 알기로 지금은 멸망한 기아데 제국을 제외하고 없다. 〈레기온〉의 기반이 된 인공지능, 〈마리아나 모델〉을 개발한 연합왕국조차도 주력은 인간이 모는 〈바르슈카 마투슈카〉다. 기술력에서 그 두 나라에

뒤지는 성교국이 11년 동안에 자율전투가 가능한 무인기를 개발했을 리가 없다.

하지만 높이가 고작 120cm 정도인── 아직 어린 프레데리카의 키 높이에도 못 미치는 〈랴노 슈〉의 크기. 그 안에 조종사가 있을 리가 없다고 믿어버렸다.

하지만── 10대 초반인 프레데리카나 간신히 열 살이 되었을 스벤야 정도의 나이라면. 그보다 더 어린 아이라면──.

"큭……!"

그걸 위해 급조한 펠드레스. 그걸 위해── 작은 〈랴노 슈〉.

"처음부터 아이를 조종사로 쓸 생각으로 일부러 작은 기체로 만든 거군요……! 그래야 전면투영 면적도, 장갑 재료도 적게 드니까! 무슨 짓을! 인간을, 그것도 아이를! 무인기의 부품으로 취급하고……!"

그 규탄에 헤르나는 마음 편히 어깨를 으쓱였다.

"애초에 〈랴노 슈〉가 무인기라고는 저희 중 누구도 말하지 않았습니다. 에이티식스를 무인기의 부품으로 강변한 공화국의 군인이 할 비난도 아니겠지요."

[그렇다고, 그렇다고 이런, 어린아이를 펠드레스에……!!]

"그것도 어쩔 수 없습니다……. 성교국에는 성인 군인이 거의 남아있지 않아요."

그녀를 따르는 군단의 참모들. 사단이나 연대, 대대의 지휘를 맡은 지휘관들. 그리고 정말로 조금 남은 정규 펠드레스, 기갑5식 〈파 마라스〉의 조종사들.

그것 외의.

"우리 나라의 병사는…… 신극(神戟)은 11년의 전쟁으로 완전히 고갈되었으니까요."

정말로 불쾌한 듯이, 귀여운 콧등에 잔뜩 주름을 만들며 프레데리카는 말했다. 〈트라우어슈반〉에 여럿 설치된 다리 조작실 중한 곳, 그 비좁은 곳에서.

"──묻지 않았기에 가르쳐주지 않았다, 블라디레나, 에이티식스들. 베르노르트와 전투속령병들에게도. 그대들에게는 아마도 유쾌하지 않을 이야기일 터니."

보라색 두 눈을 혐오로 흐리며 자이샤는 살짝 고개를 내저었다. 폐허도시의 방치된 종교시설의 첨탑에 숨은 〈알카노스트〉, 얇은 장갑의 보호를 받는 콕핏 안.

"예, 그럴 필요가 생기지 않는 이상 말하지 말라고 빅토르 전하께서 하명하셨기에. 애초에 그 정도로 다르니까, 전하를 이 나라에 파견할 수 없었습니다."

"노이랴 성교는 유혈을 금기시한다. 인간에게 칼을 들이대고 인간의 피를 흘리는 것을 영원히 씻기지 않는 더러움으로 본다. 그것은 성교도, 금계종, 성교국인만이 아니라 이교도, 이민족에 외국인, 그 모두에 해당된다. 성교국을 향한 모든 검에 성교도는 검을 들고 맞서서는 아니된다."

"하지만 국민을 지키려면 군대가 필요함은 나라의 기본. 당초에는 극서제국에서 병력을 고용했다는 모양입니다만, 결국 외국의 병사는 외국의 백성. 성교국보다 모국의 의향을 우선하기에 신용하기 어렵습니다."

"성교국을 조국으로 모시는 백성으로 군대를 편성해야만 한다. 하지만 노이랴 성교는 국교. 백성 전원이 신봉해야 하는 가르침이라면, 성교국을 조국으로 하는 백성 중 유혈이 허락된 이가 있어선 안 된다. 그 모순을 해결한 것이…… 성교를 지키는 병사는 백성이 아니다. 성교에서 신봉하는 땅의 여신이 성교도에게 보내준, 살아서 움직이는 창칼이라는 해석이었다."

따라서 신극(神戟).

신의 무구이지, 인간이 아니다. 그러니까 성교국에서 태어났어도 성교를 신봉할 필요는 없다.

성교도가 아니니까 침략자에게 검을 들이대고 성교를 더럽히는 게 아니다.

"그런 식으로 백성의 손을 전쟁과 유혈로 더럽히지 않는, 청정한 신의 나라라고 부르짖었으니까…… 우리 연합왕국도, 과거의 제국도 성교국을 미친 나라(광국)으로 불렀던 겁니다."

"──상무정신을 자랑으로 삼고 전사임을 명예로 삼은 기아데 제국, 로아 그레키아 연합왕국 같은 다른 왕국들에 전쟁을 절대적인 죄로 보는 성교의 가르침은 특히나 받아들이기 어려운 것이었겠지요. 민주주의를 내걸고 국방을 시민의 의무로, 애국의 증거로 본 산마그놀리아 공화국에서도, 병사를 자랑스러운 국민으로 헤아리지 않는 우리 나라의 모습은 기이한 것이었겠지요."

광국 노이랴나루세. 자국이 그렇게 불리는 것을 헤르나는 소문으로밖에 모른다.

철들 무렵에는 극서제국 이외의 타국은 〈레기온〉의 대군과 방전교란형의 전자방해에 가로막혔다. 그러니까 다른 나라의 가치관이야말로 헤르나에게는 오히려 이질적이다.

"하지만 성교국에서 태어난 자에게는…… 별로 이상한 법이라고 생각되지 않습니다. 성교국의 백성은 태어난 집안으로 생업이, 혼인이, 평생이 결정된다. 선천적으로 정해진 운명이 그자의 모든 것을 결정한다. 그렇다면 신극의 공방에서 태어난 아이가 여신의 창이 되는 것도 당연하겠지요."

원래부터 생업에 맞는 형질이 발현하기 쉽도록 혈통과 직무를 결부하는 것이 성교국의 제도이기도 하다. 군의 강건함을 지키기 위해 특히나 군인으로서 자질이 뛰어난 자를 모으고, 또 소모에 대비하여 일정수가 공급되도록 '공방'에는 많은 신극 여성이 '검장'으로 일하고 있지만, 그것 외에 성교도의 가문과 신극의 공방에는 차이가 없다. 그뿐만 아니라.

"공화국이 에이티식스를 그렇게 정의했듯이, 인간형 가축으로 다루는 것도 아닙니다. 신극은 인간이 아니지만, 신의 사도이죠. 일상생활에서는 경의와 함께 대접받고, 장교가 되면 외국과의 외교에도 임하는 이상 고등교육을 받을 기회는 성교도보다 많습니다. 신극에게 불만이 있었다면 무력이 없는 성교국의 백성은 일찍이 반란에 멸망했겠죠. 불만은 없었습니다. 수백 년 동안 계속해서 그랬던 겁니다."

애초부터 성교국에서는 직업 선택의 자유가 없다. 그 개념조차도 희박하다.

국민과 신극 사이에 실질적인 차이란 없고, 따라서 다른 나라에서 아무리 이상하게 보더라도 신극들에게는 불만도 없었다.

그것이 사실 그들에게 행해진 교육의 결과이며——교육이란 크든 작든 세뇌의 측면을 갖는다고 해도.

불만은 없었다.

10여 년에 걸친 〈레기온〉 전쟁으로 성인 신극은 거의 다 죽고, 예비역인 노신극조차도 전멸하고, 드디어 본래라면 교육훈련 중인 소년소녀 신극이 전쟁에 나갈 수밖에 없게 된 지금조차도 그건 마찬가지다.

"그 가르침이, 뒤집히기 전까지는."

지금도 고압의 화염을 내포한 헤르나의 말은 제3군단의 신극들이 보자면 그야말로 탄핵이었다. 특히나 그녀보다 연상의 관제관이나 참모들, 〈파 마라스〉를 모는 조종사들에게는.

졸병에 해당되는 대다수의 〈랴노 슈〉의 조종사들은 열 살도 못되는 아이들이지만, 그 지휘를 맡은 그들도 간신히 10대 후반에서 스무 살 언저리의 나이다.

　스무 살을 넘은 자는 지금 군단 안에서 손꼽을 정도밖에 없다. 다른 자들은 모두 죽었다. 11년에 걸쳐서도 계속되는 〈레기온〉과의 격전으로 마모되듯이 소비되었다.

　그것이 운명이라고 배우고 살았다.

　청정한 신의 백성을 지키라는 가르침에, 그 장수인 성자를 따르라는 가르침에, 그대로 살아왔다. 그것이 너희에게 주어진 운명이라는 말에 얌전히, 묵묵히 따라왔다. 그것이 운명이니까, 홀로 그들을 이끄는 어린 성녀와 함께.

　하지만 그 가르침은.

　[작년의 대공세로 신극의 생존자는 정말로 어린아이만 남고…… 드디어 성교국의 멸망이 목전으로 다가와서. 그 대책으로 성자회의는 당찮게도 교리를 버렸습니다. 가르침이니까 여태까지 싸우게 할 수 없다고 했던…… 성교도들의 징병이 결정되었습니다.]

　성교국에 의해…… 뒤집혔다.

　불을 뿜는 듯한 시선으로, 맹렬히 날뛰는 항성 같은 황금색 눈으로, 헤르나는 말했다. 무심결에 오른팔로 하늘을 가르듯이 휘두른 바람에 손에 든 지휘봉의 유리방울과 비단옷자락이 거칠게 울렸다.

"그것이 신극의 운명이라면서 그들만 전멸 직전까지 싸우게 했는데, 막상 자기들의 목이 날아갈 때가 다가오자 운명에 따라 죽지도 않고 뒤집었다. 그것이 여신이 정한 운명이라면서, 전장에서 사는 운명 이외의 모든 것을 빼앗았으면서, 그 운명조차도 쉽사리 뒤집고 짓밟았다!"

운명이기에 헤르나는 모든 것을 빼앗겼다.

운명이기에 신극들은 수백 년 동안 그들만 피로 더러워지며 적에게 목숨을 잃었다.

남은 것은 전장에서 산다는, 그것밖에 없는 운명뿐이었다. 운명이란 것은 모든 것을 빼앗기고도 당연하다는 말을 들을 정도로 무거운 것이었을 터였다.

그 운명을, 성교국이 뒤집었다. 자기 사정에 맞추어 뒤집을 수 있을 정도로 가볍고 가치 없는 것이라고 짓밟았다.

자기 목숨이 아까워서, 또다시 헤르나와 검극들에게서 빼앗은 것이다.

"그런 건 용서할 수 없어. 어찌 용서할 수 있을까. 전쟁을 위해, 전쟁에 도움이 되기 위해 계속 빼앗겨 온 우리에게는 끝까지 싸우는 운명밖에 없는데. 그것밖에 없는데. 그 운명을 짓밟히고 빼앗기면 정말로 아무것도 남지 않아."

그러니까.

그러니까 빼앗길 정도라면.

"성교국 따윈 멸망하라고 해. 모두 다, 전부 다 잃으면 돼. 그만큼 목숨이 아깝다면, 그 목숨을 잃으면 돼. 전쟁이 끝나지 않으면 돼."

살아남는 희망을 잃으면 된다. 구원의 손길을 잃으면 된다. 믿는 마음을 잃으면 된다. 모두 다 잃으면 된다.

모두가 다.

"모두에게서…… 이번에는 우리가 빼앗아 주겠어."

이것은 지금 빼앗기려고 하는, 그것밖에 남지 않은 군인의 아이덴티티를 다시금 지키기 위한.

전쟁을 위해서 살 수밖에 없는 자신들이, 자신들을 그렇게 만들었으면서 배신한 조국과 함께 멸망하기 위한…… 장대한 집단자살.

거울이 깨졌다. 크레나는 흠칫 전율했다.

"그런 건……."

끝까지 싸운다는 긍지. 다른 것은 모두 빼앗겨서 그것밖에 없는 에이티식스의 긍지.

완전히 똑같다. 빼앗겨서 전장 말고 모든 것을 잃어버린 것도, 전장에서 사는 긍지만이 스스로를 형성하는 아이덴티티인 것도, 긍지 이외에 결국 아무것도 바라지 않는 것도.

──전쟁 따윈 아예 끝나지 않으면 좋겠다는 희미하고 어두운 소망을 품고 있는 것도.

그래도── 그런 건.

"모두가 다 죽어버리면 좋겠다니, 나는 그런 건."

바라지 않는다. 그런 무서운 생각은 한 적도 없다!

하지만 바랐을지도 모른다. 언젠가 자신도 바라고 말았을지도 모른다.

전장에서 사는 긍지에, 그것에만 집착하여 다른 모든 것을 빼앗긴 끝의 말로가──저 어린 성녀의 망집이다.

전장 말고는 정말 아무것도 바라지 않았던 내가 바로 헤르나다.

그 가능성에 크레나는 몸을 떨었다. 어쩌면 소중한 이의 미래를 짓뭉개고서라도, 미래 따위 오지 않기를 바라게 되는 자신의 업을 자각했기에 부정할 수 없었다.

"아니야……."

필사적으로 고개를 내저었다. 아니다. 그런 건 바라지 않는다. 언젠가 바랐을지도 모르지만, 적어도 지금의 자신은 파멸 따위 바라지 않는다.

바라고 싶지 않다.

"그런 짓…… 우리는 하지 않아……!"

"──불쌍하다는 마음이 안 드는 건 아니지만, 그것과 지금 네가 하는 짓 사이에 무슨 관계가 있지?"

한숨 섞어서 길비스는 헤르나와 레나의 대화에 끼어들었다. 도무지 들어줄 수가 없는 응석이다. 헤르나가 아직 아이가 아니었으면 동정조차 하고 싶지 않다.

그래, 불쌍한, 상처 입은 아이겠지. 하지만 그 상처를 소리 높게 외치고 면죄부처럼 휘둘러대면서, 하는 행동은 대체 뭔가?

"연방군인 우리로서는 솔직히 알 바도 아니야. 성교국인들끼리 멋대로 하라지. 아예 네가 아까 말했듯이 신극을 이끌고 반란이라도 일으키면 되는 거 아닌가."

아이까지 전장에 내몰 정도로 전력 부족. 군단 하나가 등을 돌리면 성교국은 〈레기온〉에 버틸 수 없다. 아니, 등을 돌릴 것도 없이 〈레기온〉을 그냥 통과시키면 그걸로 끝.

그런 짓도 하지 않고.

"왜 우리 연방군을…… 그것도 하필이면 너희와 비슷한 처지의 에이티식스를 끌어들이지? 마치 성교국이 배신하기라도 한 듯한, 망명이 어쩌구 하는 네 말은?"

헤르나는 작게 고개를 갸웃거렸다. 귄터 소령이라고 했던가. 의용연대 미르메콜레오의 지휘관……. 지휘관이란 자가 왜 이리 말귀를 못 알아들을까.

"모두가 천부, 라고 말씀드렸지요?"

모두, 전부──목숨만 빼앗으면 된다고 생각하는 게 아니다.

"전쟁을 빼앗기고 싶지 않다는 바보 같은 응석으로 조국과 그 백성과 함께 죽고 싶어 하는 멍청한 우리에게는 아무도 울어 주지 않겠지만…… 모두가 동정하고 가엾어하는 에이티식스의 죽음에는 모두가 진주알 같은 눈물을 바치겠죠?"

공화국 86구에서의 비극이 다른 나라에 알려졌을 때 그랬다고 들었듯이.

에이티식스에게 비극을 강요한 공화국이 언제 씻을 수 있을지 모르는 오명에 더러워졌듯이.

"모두가 불쌍하게 여기는 비극의 소년들이 선의로 구원을 갔을 터인 성교국에 배신당해서, 저항한 끝에 무참히 전멸한다. 최고로 뒷맛 더러운, 그렇기에 마음껏 눈물을 흘리고 슬픔과 분노에 불타는, 사악한 성교국을 마음껏 지탄할 수 있는, 참으로 즐겁고 이상적인 비극이지요?"

"성교국의 이름을 더럽히기 위함……인가."

"예. 그리고."

성교국이 욕을 들으면 된다——명예나 면목을 잃으면 된다.

배신을 규탄당하면 된다——신용이나 신뢰를 잃으면 된다.

구원을 잃으면 된다——그리고 〈레기온〉에 잡아먹히면 된다.

그리고 배신을 두려워하면 된다——믿는 마음을, 연방이 잃으면 된다.

"만약에 연방의 백성들이 가엾은 소년병들의 희생에 대해 군이나 정부를 규탄하고, 연방 정부가 더 이상의 배신을 두려워하여 정의의 행사에 신중해지면…… 자기 힘만으로 나라를 지킬 수 없는 다른 나라도 차츰 멸망하겠죠."

그렇게 되면 참 좋겠다고 말하듯이 헤르나는 말했다. 환상을 품듯이.

고대하는 아름다운 내일을, 꿈꾸며 말하는 소녀처럼.

"그렇게 된다면 최종적으로…… 인류 전체가 멸망할지도 모르겠죠?"

경악하는 듯한 침묵 끝에 길비스가 탄식했다.

[――치졸하군. 유치하다고도 할 수 있겠어.]

"뭐, 레나에게 들켜버렸으니까 나중에 통신기록 등을 조사해서 그 사람이 믿어 준다면, 어쩌면 성교국의 오명은 씻길지도 모르지만요."

연방의 〈레긴레이브〉나 〈바나르간드〉에 일부러 기록시키기 위해 이야기했지만, 그게 오히려 안 좋았다.

연방이 기록을 확인할 때, 역시나 전력을 원하는 성교국의 배신이라고 생각하게 하기 위해 그럴싸한 소리를 했고, 희생을 늘리기 위해서는 느닷없이 죽여버리는 게 나았을 레나나 관제관들에게도 손을 대지 않았지만.

"어찌 되었든 희생이 나오면 큰 차이는 없겠고요. 에이티식스들이 많이 죽고 연방으로부터 규탄을 받을 때 이 통신기록을 내놓아서 연방이 그 내용을 믿어 준다고 해도 저희로서는 상관없습니다."

헤르나는 후훗 소리 내어 웃었다.

"구차한 변명으로 들을 것 같지만요."

헤르나의 바람은 그야말로 유치하고, 그렇기에 레나는 코웃음을 쳤다. 잔혹하고 무자비한, 검을 든 단죄의 여신처럼.

"헤르나. 하지만 그건…… 파견여단이 괴멸한 뒤에 연방이 당신의 말을 듣는다면, 의 이야기겠지요."

헤르나의 목소리가 갑자기 흔들렸다.

[이 전장의 무선통신은 전파방해로 봉쇄를…….]

"예. 그렇게 사방이 포위된 공화국에서."

그 모습을 보고 있었던 듯한 프레데리카가 말했다. 말을 섞은 상대의 과거와 현재를 엿보는 이능력. 그것을 살려서 성교국군, 제2군단의 진군 상황도 보고 있던 그녀.

[도착한 모양이구나, 블라디레나…… 고대하던 기병대니라.]

전장에 목소리가 퍼졌다.

방해받고 있는 무선통신이 아니다. 스피커로 내는 목소리다. 재와 먼지로 내부 기계가 손상을 입었는지 목소리가 심하게 깨지고 노이즈가 많은…… 하지만 현악기를 연주하는 듯한 섬세한 울림을 담아서.

[이쪽은 제2기갑군단 이 타파카, 군단장 토투카 성일장이다.]

아직 멀리 있을 터인 성교국군, 제2군단 본대에서의 연락. 척후부대가 지니고 있던 심리전용 대출력 스피커를 통한 방송이다.

[연방의 성명은 수령했다. 귀공의 재치와 호의를 깊이 받아들인다, 기동타격군의 슬기로운 여왕.]

놀라서 헤르나는 숨을 삼켰다.

[어떻게?! 어떻게 연방이 이렇게 빨리 반응을……?!]

헤르나가 방해할 수 있었던 것이 무선통신뿐이었기 때문이다.

그 기술을, 연방은 성교국에 알리지 않았다. 알리지 말라는 명령이 있었기에, 그만큼 경계할 무언가가 성교국에 있을 거라 생각하고 레나도 그렇게 친하게 대해 준 헤르나에게조차도 그 기술을 밝히지 않았다. 신의 이능력도, 〈시린〉에 대해서도 마찬가지로 공개가 금지되었고, 왕자인 비카가 파견되지 않고 자이샤가 대리를 맡았고, 선단국군에는 데려갔던 제레네도 성교국에는 데려가지 않았으니까, 그 나라의 장수를 경계하기에는 충분했다.

헤르나도 신극들도 그들 나름대로 선량하고, 경의와 호의로 대해 주었다고 생각하지만── 자신은 기동타격군의 지휘관이니까. 기동타격군의 선혈의 여왕이니까.

전우이자 부하인 에이티식스들은 레나가 지켜야만 하니까.

"방전교란형의 전파방해 상황에서 확고한 통신망을 지킨 기술이…… 당신들에게는 알려주지 않았던 지각동조입니다. 상황은 거의 처음부터 연방 본국에 전해지고 있습니다."

기동타격군과 성교국군의 전투가 길어지기 전에── 희생이 나오기 전에 연방 본국에서 성교국 정부로 압력을 가해달라고 하기 위한 연락이었는데, 그게 뜻하지 않은 형태로 도움이 되었다.

또한 연방에서 성교국으로 가는 통신은 〈레기온〉 지배영역을 우회하기 위해서 연합왕국을 경유한다. 그러니까 연합왕국에도 이 정보는 공유되었겠지.

지금 전투를 중단해도 장수 중 한 명의 불상사를 고스란히 허용한 성교국은 외교적으로 힘든 처지가 되겠지만, 연방이 사정을 안 이상 성교국 자체에 대한 제재까지는 이르지 않는다.

"꿍꿍이는 봉쇄되었습니다, 헤르나. 당신의 패배입니다. 성교국은 멸망하지 않아요. 연방은 당신의 유치한 야망의 첨병이 되지 않아요."

[…….]

"항복을 명령해 주세요. 이 이상의 싸움에는…… 아무런 의미도 없습니다."

제2군단의 군단장이 이어서 말한다. 그 목소리 역시 너무나도 젊었다.

[투항해라, 레제. 지금이라면 귀관에 대한 처벌도 그리 무겁지 않다. 성교는 피를 흘리는 것을 금한다. 동포에 대한 잔혹을 우리는 바라지 않는다.]

헤르나는 훗 하고 웃었다.

노골적인 모멸이었다.

[이제 와서 무슨 소릴……. 막고 싶다면 지금 여기서 성교 따위 버리면 되겠죠. 어차피 내일이면 버릴 가르침이니까요.]

침묵이 깔렸다. 이어서 제2군단 군단장의 탄식.

[좋다. 헤메르나데 레제 이장과 제3기갑군단 시가 투라를 노이랴 성교와 노이랴나루세 성교국에 대한 역적으로 인정. 지금부터 토벌을 개시한다.]

"……!"

어금니를 악문 레나의 심정을 아는지 모르는지, 제2군단 군단장은 차갑게 말을 이었다.

[연방에서 온 파견여단 각기에 통달. 항전해도 상관없다. 역적으로 인해 일어난 희생의 책임은, 당연히 귀공들과 연방에 묻지 않겠다.]

대답하는 길비스의 목소리는 냉철했다. 책임을 질 이유 따윈 없다고 말없이 표현하듯이.

[――라저. 귀공들이 도착하기 전에 제압해 놓지.]

한편, 레나는 성일장의 선언을 듣고도 에이티식스들에게 격멸하라는 명령을 내릴 수 없었다.

그것밖에 없을까. 적이라고 해도 같은 인간을. 아이를.

이를테면 헤르나를 인질로 잡았으면 희생을 더 내지 않고――.

[헛수고입니다. 신극은 성자의 목소리에밖에 따르지 않아요.]

그걸 다 간파한 헤르나는 비웃었다. 자조하는 듯, 지친 노파 같은 비웃음이었다.

그녀의 목소리는 그 웃음에조차도 독특한 현악기 울림 같은 느낌을 담았고, 그것은 아까 성일장의 목소리도 같았다. 어쩌면 신극을 거느리는 성자의 목소리는 그 미세한 음색을 가지는 걸까.

레나는 주먹을 움켜쥐었다.

그렇다면, 제2군단과 성일장이 합류하면.

성일장은 아까 선언에서 전투 정지를 명령하지 않았지만, 설마 군단장 이외는 명령할 수 없는 것도 아니겠지. 그렇다면 군단장이 전사했을 경우 지휘권 계승이 불가능해진다. 그렇다면 성교국이 헤르나 이외의 일족을 전멸시킨 게 설명되지 않는다.

아마도 단순히 소리가 나쁜 것이겠지. 소리가 갈라지는 스피커로는 조건이 채워지지 않는 것이다. 하지만 성교국군이 본디 교신에 사용하는 무선통신이라면.

제2군단에 그것을 확인한다. 그러기 위해선 일단 그들과 합류해야 한다.

"바나디스가 각기에 통달. 포위를 돌파하겠습니다. 제2군단과의 협력을 위해……."

그때 갑자기 목소리가 뒤집혔다.

지각동조 너머의 누군가의 목소리. 에이티식스 누군가의——어쩌면 모두의 목소리.

[——싫어.]

어둠을 두려워하는 듯한 어린 울림.

[싫어, 쏘지 마.]

쏘라고 하지 마, 가 아니라.

레나는 한순간 숨을 삼켰다.

그리고 거세게 이를 악다물었다.

당연하다. 그렇다. 쏘지 마, 겠지.

에이티식스들이 강제수용소에 보내진 것은 〈랴노 슈〉의 조종사들과 거의 비슷하든가 그보다 어린 나이였을 때다.

그런 어린 나이에 욕설과 폭력을 당하고, 죄인이나 가축처럼 다뤄지고. 조국의 군청색 군복에게 총구와 포 앞에 세워지고. 그래, 신부님도 말했다. 기껏해야 일고여덟 살짜리인 아이가 어떻게 할 수도 없는 압도적인 폭력을 당하여, 몸을 지킬 방법도 없이. 그것은—— 너무나도, 너무나도 두려운 경험이었을 거라고. 어쩌면 그들 중에는 그대로 가족을, 지인을 잃은 자도 있었을지 모른다. 눈앞에서 사살당해 쓰러지는 부모를 본 자도 있었을지 모른다.

지금도 사라지지 않는 공포가 새겨진 어린 자기 자신과 눈앞의 어린 병사들을, 에이티식스들이 겹쳐서 보지 않을 리가 없다. 하물며 쏠 수 있을 리가 없다.

쏘지 말라는, 어린 자기 자신의 비명이——들리지 않을 리가 없으니까.

"아니…… 가령 그게 아니더라도."

설령 상대가 비슷한 또래의 소년병이나 성인이 된 정규군이었다고 해도, 쏠 수 없을지도 모른다고 신은 생각했다. 그 자신은 상대하지 않으니까 그나마 평정을 지킬 수 있지만, 분명히 애초에 상상한 적도 없었다.

전장에서 인간이 적이 되는 것을—— 전장에서 적으로서 인간을 죽이는 것을.

인간을 쏜 적은 있다. 인간을 죽인 적은 몇 번 있다. 살릴 수 없는데 채 죽지도 못한 중상을 입은 동료를 몇 번이나, 몇 명이나 죽였다. 86구에서는—— 그리고 연방의 전장에서도 때로는 그게 필요했으니까.

하지만 적으로서 인간을 죽인 적은 없다.

그리고 쏠 수 있냐고 묻는다면—— 아마도 쏠 수 없다.

상상만 해도 속이 서늘해진다. 86구에서 처음 같은 에이티식스를 쏴 죽였을 때는 두려웠다. 인간에게 인간을 죽이기 위한 도구를 들이대는, 그 동작 하나만으로도 토할 것 같았다.

하물며 채 죽지 못한 동료를 편하게 해 주기 위해서와 〈레기온〉에게 끌려가지 않도록 하기 위해서라는 이유마저 없다면.

끝까지 싸운다고—— 여태까지 그 어떤 더러움도 가책도 없이 에이티식스들이 말할 수 있었던 것은 싸우는 상대가 〈레기온〉이었기 때문이라고, 목숨 따위 없는 기계장치 망령들이었기 때문이라고, 이제 와서야 깨달았다.

"쏠 수 없고…… 싸울 수 없겠지. 우리는…… 인간과."

〈레긴레이브〉가 움직임을 멈춘 한편, 미르메콜레오 연대와 제3군단 제8사단, 복병연대와의 전투는 한층 더 격렬하게 이어졌다.

아니, 차츰 추세는 미르메콜레오 측으로 기울었다.

"——매복에 포위, 거기다가 이 재의 전장에 적응한 펠드레스로도 이 꼴인가."

길비스마저 무심코 한탄할 정도로 일방적인 전투였다. 유린, 살육이라고 해도 좋을 정도로.

부조리할 정도로 고성능을 자랑하는 전차형, 중전차형에는 뒤지지만, 〈바나르간드〉는 군사국가의 후예이자 초강대국 연방의 기갑병력 중 주력 자리에 군림하는 펠드레스다. 강력하기 짝이 없는 120mm 포와 견고하기 짝이 없는 600mm 압연강판급의 장갑, 전투중량 50톤의 초중량을 시속 100킬로미터 가까운 속도로 질주시키는 대출력으로, 아마 인간 측의 기갑병기로서 최고봉의 기종이다.

　싸움을 꺼리는 성교국의 자위력 정도 목적인 〈파 마라스〉, 하물며 급조 병기에 불과한 〈랴노 슈〉 따윈 미치지 못한다.

　해변가에 낚아 올린 물고기가 퍼덕이듯 바쁘게 회두하려는 〈파 마라스〉를 민첩하며 거대한 늑대처럼 달려든 〈바나르간드〉의 지근탄이 날려버린다. 여섯 문 전부를 허무하게 써버린 〈랴노 슈〉들에게 120mm 활강포의 포효가, 12.7mm 선회기총의 아우성이, 중돌격총의 스타카토가 쇄도한다.

　[──제압. 너무 반응이 굼떠서 김이 새는군요, 모크터틀.]

　[지형의 이점도 숫자의 이점도 살리지 못합니다. 연계도 조잡하고, 훈련도도 떨어지고.]

　[마치 태엽으로 움직이는 쥐새끼들 같네요. 빙글빙글 쫄랑쫄랑 뛰어다닐 뿐이지, 제대로 생각할 머리도 없는.]

　"쥐새끼라고 얕보다간 물린다, 방심하지 마라. 특히나 〈파 마라스〉의 주포는 측면이나 뒷부분에 직격을 맞으면 〈바나르간드〉라도 위험하다."

　그 〈파 마라스〉도 사실은 숫자가 너무 적어서 그다지 위협이 되지 않지만.

애들밖에 탈 수 없는 크기의 〈랴노 슈〉와 달리 전쟁 전부터 정규 기갑전력인 〈파 마라스〉에는 신극 중에서도 나이 많은 자가──그렇다고 해도 헤르나의 말에 따르면 기껏해야 10대 후반에서 스무 살 언저리인──탑승한 모양이다. 나이만큼 전투 경험도 쌓았을 그들은 기갑부대의 최대 화력인 동시에 지휘관기의 역할도 맡고 있는 모양인데, 그렇기에 더더욱 〈바나르간드〉 주포에 집중포화의 표적이 된다. 지금도 〈모크터틀〉의 포격에 옆에서 콕핏 블록이 꿰뚫린 〈파 라마스〉가 검은 연기를 올리며 고개를 숙였다.

그 순간 무리지어 포위하던 〈랴노 슈〉의 포열이 갑자기 꼴사납게 흐트러졌다.

〈모크터틀〉에 즉각 반격하는 것도 아니고, 다음 공격을 두려워하여 차폐물 뒤에 숨는 것도 아니다. 그냥 어정쩡하게 서거나 대열을 무너뜨렸다. 적기를 눈앞에 두고 가당찮게도 격파된 지휘관기를 돌아보는 〈랴노 슈〉마저 간간이 보였다. 바로 옆에 있을 터인 형제가 어느새 사라졌다는 것을 깨달은 어린 미아처럼.

── 아하, 그런 건가.

길비스는 살짝 씁쓸한 마음으로 깨달았다. 에이티식스나 길비스가 〈랴노 슈〉를 당초에 무인기라고 생각했던 이유.

사람이 탈 수 없을 듯한 크기도 있지만, 무엇보다 〈랴노 슈〉의 거동 하나하나가 둔하고 어색하다. 전진에도 포격에도 일일이 지시가 필요한 듯한 느낌── 훈련받은 군인이 타고 있다고 생각하기 어려울 만큼 융통성이 없다.

생각하는 능력 따윈 없는, 태엽 장치가 달린 쥐새끼.

그 허술한 대전차포 안에 있는 것은 군인이란 이름뿐인—— 어린아이에 불과하다.

"각기에 통달. 적 부대는 〈파 마라스〉만이 생각하는 머리, 〈랴노 슈〉는 피리 소리에만 따르는 쥐새끼다. 지시받지 못하면 제대로 움직이지 못한다. 제일 먼저 〈파 마라스〉를 배제하고, 이어서 〈랴노 슈〉를 배제해라."

[라저.]

곧 진주색 새들 중에 큰 기체에만 주홍색 늑대가 모여들어서 물어뜯어댔다. 길비스의 생각대로 지휘관을 잃은 〈랴노 슈〉들은 곧바로 허둥대는 모습을 드러내고 곤혹스러운 끝에 전장의 한가운데에 모여들었다.

비명이 외부 스피커 너머로 교차했다. 말은 모르지만 무슨 말을 하는 건지는 이해되는, 혼란스럽고 곤혹스럽고 공황에 빠진 그냥 아이로 돌아와버린 어린 비명.

살려줘. 오빠. 언니. 두고 가지 마.

혼자 남기지 마.

길비스는 한순간 숨을 삼켰다. 배후에서 스벤야가 몸을 떠는 것을 보지 않더라도 알 수 있었다.

억누르고 거듭 말했다.

"——일제사격."

그 일제사격은 이윽고 미르메콜레오 연대의 각 중대, 대대들이 진격과 제압의 속도를 겨루고, 전공과 사냥감을 다투는 사냥터로 변하여, 환성과 웃음소리가 드높게 재의 전장을 채웠다.

120mm 고속철갑탄의 발사 속도는 초속 1650미터, 2킬로미터 너머에서 600mm 압연강판급의 장갑판을 물어뜯는 막대한 운동 에너지 덩어리다. 장갑을 관통한 만큼 다소 감소한다고 해도, 연약한 인체 따윈 종잇조각이나 마찬가지다.

제대로 된 시체도 남지 않는다.

살해된 소년병의 유해가 죽인 쪽의 눈에 띌 리는 없다.

그러니까 미르메콜레오 연대의 탑승병들, 장갑보병들은 그저 투쟁의 흥분에 몸을 맡기고, 승전의 고양감에 취할 수 있었다.

어깨를 나란히 하고 싸웠을 터인 에이티식스가 지금 꼴사납게 선 채로 싸움을 두려워하며 전투를 피하는 것 또한 그들의 긍지를 부추겼다. 거봐라. 결국 에이티식스 따윈 전사가 아니다. 각오도 제대로 없는 얼간이들이다.

우리야말로 진정한 전사. 우리도 정당한 제국 귀족의 피와 긍지를 이어받은, 그 혈통이 보이듯이 용맹한 영웅이다.

웃음소리를 내고, 쓰러뜨린 적의 숫자를 겨루고, 그들이 보자면 적장에 해당되는 〈파 마라스〉를 해치웠을 때는 외부 스피커로 자기 이름을 외쳤다. 사냥에 열광하는 귀족처럼, 혹은 전쟁에 흥분한 고대의 전사처럼── 피에 취한 광기가 재의 전장을 채워갔다.

그 광경에 에이티식스는 우두커니 서 있었다. 기사들이 보여준 수라장에 겁먹어서가 아니다. 눈앞에서 펼쳐진 유린의 광경이 두려웠다.

　이미 전투조차 아니다. 유린이다. 일방적인 학살이다.

　그것은 그야말로 과거에 그들이 입은 상처의 재현이다.

　86구의 강제수용소로 호송될 때, 나이 어렸던 그들은 마찬가지로 총부리 앞에 세워졌다. 아직 그렇다고 인식한 적은 없었지만, 본래 그들을 지켜야 할 조국의 군대가 총부리를 들이댔다. 갑작스러운 폭력과 욕설, 모멸과 악의와 함께. 협박을 위해, 본보기로, 혹은 장난이나 괴롭힘의 일환으로 실제로 사살된 인간을 본 자도 있었다. 부모나 형제나 이웃이나 친구를 눈앞에서 잃은 자도. 그런 부조리에도 무력하게, 어쩔 도리도 없이, 그저 유린당할 뿐이었다.

　"싫어……. 이런 건, 싫어."

　싸울 수 없다──인간과는, 아이와는 싸울 수 없다.

　과거의 자신을, 하필이면 자기 자신이 죽이는 건 싫다.

　그리고, 그 이상으로.

　"막아야지……."

　눈앞의, 유린을.

　눈앞에서 유린당하는 과거의 자신을 유린당하는 채로 놔두고 싶지 않다.

　막아 주고 싶다.

　이번에야말로.

주홍색 살육은 계속되었다. 환성은 봄의 들판을 가는 젊은이들처럼, 흥분에 취하여 밝았다.

그렇지 않으면 도저히 견딜 수 없으니까.

이겨야만 한다.

그것이 자신들의 역할이다. 혼혈인, 실패작인, 쓸모없는 자신들에게 처음으로 주어진, 그리고 마지막 만회의 기회.

철들었을 때는 태어날 가치도 없었다고 단정되었다.

전원이 실패작이었다. 막대한 노력을, 정말로 몇 세대분이나 들여서 겨우 만든 혼혈인데도 모두 헛수고가 되었다고 욕설을 들었다. 남겨진 것은 순혈을 숭상하는 제국 귀족의 밑에서 더러운 혼혈이라고 업신여김당하고, 무가치한 밥버러지라는 질책을 듣고, 강아지보다 관심을 받지 못하는 운명뿐이었다. 존엄도 없고 애정도 없고 미래도 없었다. 혼혈인 그들이 일족으로 인정받을 리도 없고, 품종 개량의 실패작을 지켜주는 이가 있을 리도 없고, 부끄러워서 남들 앞에 내놓을 수 없다고 한 곳에 갇힌 그들에게는 밖에 나갈 자유 따윈 있을 리도 없었다.

있는 것은 그저 절반뿐이라고 해도 확실히 이어받은 염홍종의 피와 그 피에 어울리는 자신이 된다는 몽상뿐.

과거에 대륙에 군림한 상무의 제국, 그곳의 정통 후계자인 염홍종의 피. 무가치한 자신이 용맹하고 강건하고 고결한, 진정한 전사가── 영웅이 되는 모습을 꿈꾸는 몽상.

원하는 기회를 주겠노라는 말을 그때 들었다.

너희 또한 우리의 혈족이라고, 긍지 높은 염홍종의 일원, 용맹하고 고결한 진정한 전사라고 증명할 마지막 기회를 주겠다고.

그것이 의용연대 미르메콜레오다. 무가치한 자신들에게 처음으로 주어진, 이것이 처음이자 마지막일 증명의 기회다.

증명해야만 한다. 나는 역시나 전사라고, 올바르고 진정한 영웅이라고, 무엇보다 자기 자신에게 증명해야만 한다.

아무것도 없는 자신에게 유일하게 남겨진, 유일하게 스스로의 형태를 규정하는 몽상을—— 이상을. 자신은 전사의 혈통이라는, 그것밖에 없는 긍지를, 영웅이 되지 못하게 잃을 순 없으니까.

그러니까 이겨야만 한다. 압도적으로, 세계 전체에 보여주도록 이겨야만 한다.

웃으면서. 비명처럼, 웃으면서. 기사들은 계속해서 사냥감을 찾아 전야를 질주했다.

그 참극은 전장 한가운데에 있으면서 기갑병기도 몰지 않고, 방아쇠도 당기지 않는, 그렇기에 수라장의 고양에 취할 수도 없는 스벤야의 눈에는 그저 가엾게만 비쳤다.

몸을 떨면서, 핏기를 잃은 채 떨면서 스벤야는 눈을 돌리지 않았다. 브란트로테 대공의 '딸'로서, 전장에서 눈을 돌리는 것은 그녀에게 허락되지 않는다.

[공주 전하! 공주 전하, 보셨습니까?! 어떻습니까, 저희가 싸우

는 모습은!]

"무, 물론이지요! 이번 참호의 적들을 제일 먼저 해치웠군요. 틸다, 지크프리드."

쾌재를 외치는 소대 차석과 그 조종사에게 울상을 하며 끄덕였다. 전투중량 50톤이 넘는 〈바나르간드〉가 사정없이 〈랴노 슈〉를 짓밟는 모습도, 그대로 짓밟힌 콕핏 블록에서 튀어나오는 붉은 핏방울도 스벤야는 모두 보았다.

"계속해서 잘 싸웠군요, 암브로스, 오스카. 적의 수급, 이걸로 여덟 개째로군요. 훌륭해요, 루트비히, 레온하르트……."

"──공주 전하, 이제 됐으니까."

구역질과 눈물을 삼키면서 기사들을 치하하는 기특함을 보다 못해 길비스는 쓰디쓰게 입을 열었다.

"말을 걸지 않아도 마음은 모두에게 전해지고 있다. 더는 무리하지 않아도 되니까."

"하……하지만 오라버님. 이것이 '아버님'에게 받은 제 역할이니까……."

무심코 거칠게 혀 차는 소리가 새어나왔다.

"역할 따윈 상관없어. 그런 건 결국 노예의 목줄이다. 우리는 영웅이 되어야 한다고, 스스로 바랐다고 생각하면서 그걸 강요당한 것뿐이야."

무훈시에서 나오는 긍지 높고 이상적인── 그리고 현실에는 어디에도 없는 고결하고 정의로운 기사. 그렇게 되는 것밖에 바라지 않도록 교육받아서, ……그렇게 바라게 되었을 뿐이다.

유리가 깨지기 직전 같은, 무시무시한 침묵이 깔렸다.

놀라서 돌아보자, 스벤야는 눈을 크게 뜨고 길비스를 응시하고 있었다.

표정이 사라진 귀여운 얼굴에서 입술만이 움직여서 노파 같은 목소리가 흘러나왔다.

"왜 그런 말씀을 하시나요."

어디도 바라보지 않는 보름달의, 빛을 반사할 뿐인 달의 거울 같은 황금색 눈동자.

"'아버님'이 그렇게 말씀하셨어요. 이것이 저희의 유일한 역할입니다. 이것조차 해내지 못하면 정말로 하나도 남지 않는 역할입니다. 소중한, 소중한, 소중한 역할이에요."

"스벤야……."

"오라버님, 그렇죠? 오라버님도 그렇죠? 저희는 모두, 전원, 이 역할을 해내지 않으면, 그것밖에 없으니까. 저희도, 모두도, 오라버님도, 달리 아무것도 없으니까. 그걸 왜 오라버님이 그만두라고 말씀하시나요?!"

"그건……."

"빼앗지 말아주세요. 하물며 오라버님 혼자서 역할을 버리는 건, 저희를 버리는 건, 그런 짓은 하지 말아주세요. 저희는 이 역할과 서로밖에 없어요. 그러니까 저희는 언제나 함께지요. 언제까지고 함께지요. 오라버님, 그렇죠? 저희는…… 아무것도 없는, 같은 상처밖에 없는, 같은 축사의 쓸모없는 동료들뿐이죠?!"

"큭……."

외치는 비명에 어금니를 악물었다. 틀렸다. 스벤야에게는……
스벤야에게도 저항할 힘은 이미 없다. 너무 어렸을 적부터 계속
얻어맞아서 자신들에게는 그럴 기력이 없다.

그리고 그 말처럼 자신들에게는 역할을 다하는 길밖에 없다.

미르메콜레오 연대는 브란트로테 대공의 권력 투쟁을 위한 장
기짝이다. 도움이 되지 못하면 또다시 밥버러지로 전락해 갇히는
꼴이 될 뿐이다. 스벤야를, 동료를 다시금 숨을 쉴 뿐인 가축우리
로 되돌리지 않기 위해서 대공이 바라는 대로 전공을 세워서 일문
의 명성을 드높이는 검이 될 수밖에 없다.

그 암여우가…….

"우리는 역시…… 저주임을 알면서도 속박되는 길밖에, 없군."

"귄터 소령, 저기…….”

크레나는 입을 열었다.

급조된 거포를 지금 움직이는 조종담당자는 자기를 부르는 것
도 아닌 교신을 듣고 있을 여유는 없겠지만, 사격 담당이라서 지
금은 할 일이 없는 크레나에게는.

"들렸어. 스벤야라고 하지? 마스코트 아이도…… 무선, 송신
스위치를 계속 누르고 있었으니까."

스벤야는 몇 번인가 프레데리카와──〈트라우어슈반〉 조작반
의 회선과 교신했기에, 그 설정인 채로 그만 송신 스위치를 누른
거겠지.

길비스가 말을 삼키는 기척. 다급하게 회선이 한 차례 끊어지고 다시금 이어지더니 길비스가 말했다.

[쿠쿠미라 소위. 미안하지만 못 들은 걸로 해 주지 않겠나. 나잇살이나 먹고 공주 전하와 싸운 데다가 약한 소리를 한 것이 부하에게 알려지면 창피하니까.]

"응. 다른 사람에게는 말 안 할게. 하지만."

일부러 장난스럽게, 아무렇지도 않은 것처럼 행동하는 것을 알면서 끄덕였다.

[하지만?]

"뭐라고 할까. 미안해……."

길비스는 허를 찔린 기색이었다.

[뭐에 대한 사죄지……?]

"내가 소령의 부하고, 소령이 그렇게 말한 걸 알면 그렇게 말할 것 같으니까. 그리고…… 나는 어느 사람에게 같은 사과를 해야만 한다고 아니까."

[……]

"없어지지 않았으면 했어. 하지만…… 속박하고 싶지 않았어. 저주하고 싶지 않았어. 하지만…… 나는 분명 지금의 스벤야와 같은 거였어."

스벤야는 마치 길비스에게 매달려서 저주를 걸고 있는 것과 같았다.

미르메콜레오의 병사는 마치 스벤야에게 매달려서 저주를 걸고 있는 것과 같았다.

동료니까, 동포니까, 같은 상처를 품고 있으니까, 그 상처야말로 우리의 유대니까. 긍지라는 이름의, 상처라는 이름의 저주를 서로 걸고 있는 것과 같다.

마치.

변하지 않으면 좋겠다고—— 그러면서 사실은 변하지 말아달라고. 신에게 바란 자신처럼.

끝까지 싸우는 것이 에이티식스의 긍지.

하지만 어느 틈에 자신들은 끝까지 싸우는 긍지밖에 존재하지 않는다고. 그 긍지만 있으면 된다고. 마치 더 이상 그것밖에 바라지 않는다고 말하듯이.

긍지를 저주로 바꾸어버린 것처럼.

나는 마치 긍지라는 이름의 저주에 속박되어 있는 것 같았다고, 처음으로 생각했다. 뿐만 아니라 언젠가 남들마저도 속박할 거라고. 행복해지려는, 하지만 분명 자신을 저버릴 수 없는 동료들이나 신을.

"그러니까, 미안해⋯⋯. 속박하고 못 걷게 해서, 미안해. 그리고 스벤야."

반응은 없다. 듣고 있다고 판단하고 그대로 말했다.

"어려울 거라 생각하지만, 너무 오빠를 당신의 상처로 속박하지 마. 부탁이야⋯⋯."

그렇게 필사적으로 매달리고, 붙들어두지 않아도⋯⋯. 당신을 두고 가는 것처럼 보여도, 사실은 그 사람도 없어지지 않으니까.

조금 비겁하다고 생각하지만, 대답을 듣지 않고 무선통신을 끊었다. 이 대화 동안에도 신은 싸우고 있고, 이 대화 동안에도 죽어가는 아이가 있으니까, 이 이상 길비스와 이야기할 여유는 없다고 생각했다.

한 차례, 숨을 내뱉었다.

변하지 마. 두고 가지 마. 분명히 자신은 그렇게 바랐다. 지금도 어딘가에서 그렇게 생각하고 있다. 자각한 어둑어둑한 바람은 머릿속 한구석에 자리 잡은 채로, 분명 계속 사라지지 않는다.

하지만.

──바다를 보여주고 싶다.

신이 바란 그 소망을, 좋다고.

그렇게 되었으면 한다고 자신은 분명히──생각했으니까.

고개를 들었다. 갑자기 덮쳐온 현기증 같은 공포를──필사적으로 깨물어 삼켰다.

나아가는 건 두렵다.

지금도 두렵다. 어렸을 적부터 계속 두렵다. 발을 내디뎠더니 기다리는 것은 양친이나 언니를 죽인 총구일지도 모른다. 인간의 악의에 두들겨 맞는 순간이 다시금 눈앞에서 군침을 삼키며 기다리고 있을지도 모른다.

자신은 이번에도, 앞으로도, 아무것도 하지 못하고 빼앗기기만 할지도 모른다.

그래도.

[──나아가자.]

그 목소리는 연결된 지각동조를 통해, 재의 전장에 있는 에이티식스 전원에게 닿았다.

조금 떨리는, 하지만 결연히 의지를 담은 그 목소리.

미치히는 멍하니 그 이름을 말했다. 조금 믿을 수 없었다.

지난번 작전 이후에 웅크린 채 소침하니 약해진 그녀의 모습에서는 믿을 수 없었다.

"──크레나."

"나아가자. 신과 다른 사람들을 도와야지. 〈샤나〉를 쓰러뜨려야지. 게다가 〈랴노 슈〉들도…… 우리가 도와줘야지."

꾹 참았다고 생각했지만, 목소리는 떨렸다. 역시 두렵다. 나아가려는 것은 정말 한없이 무섭다. 이런 중대한 결단을 내리는 것도 두렵다. 모두의 목숨이 걸려있다. 어쩌면 잘못일지도 모른다. 어쩌면 신과 공수대대도, 레나나 리토나 미치히 등 여단 본대도, 자신의 이 말 때문에 죽을지도 모른다. 그렇게 생각하면 무섭기 짝이 없다.

그래도.

"성자란 녀석이 저 아이들에게 명령을 내려서 멈출 수 있다면, 지금 오는 제2군단의 성자에게 시키면 되잖아. 〈트라우어슈반〉의 사격 위치까지 도착해서 〈샤나〉를 쓰러뜨려서 신과 공수대대를 돕고, 그리고 제2군단과 합류해서 전자방해를 해제하자. 그러면 저 아이들과의 전쟁도 끝나. 우리가 끝낼 수 있어."

과거의 자신들과 같은, 무력한 아이가 학살당하는 것을.

과거에 무력하게 유린당했던, 무력한 아이였던 자신들이.

"우리는…… 우리가 더 이상 죽게 놔두지 않아. 막아 주자. 이런 바보 같은 전투도, 우리를 속박하는 이 전쟁도!"

외침에 누군가가 중얼거렸다.

누군가에게 대답하는 것이 아니라 자기 자신에게 당부하듯이, 스스로 거듭 확인하듯이 중얼거렸다.

[──그래, 가자.]

이어서 누군가가.

혹은 모두가.

[가자.]

동료를 위해. 너무 멀어서 몰랐기에 동포가 될 수 없었던 신극들을 위해서.

무엇보다── 자기 자신들을 위해서.

그때는 구할 수 없었던, 무력하고 어린 자신들을 구할 수 없었던 어린 자기 자신을 대신해서, 하다못해 눈앞의 아이들만이라도 구할 수 있으면.

그때는 아무도 구해 주지 않았던 어린 자신 대신, 눈앞의 아이들에게 최소한의 도움이 되어준다면.

그것은 오히려── 자신들을 구원하는 것이니까.

[가자.]

동료를 도우러.

그때는 도울 수 없었던── 도와줄 수 없었던, 과거의 어린 자신을 구하러.

　[──가자!]

　에이티식스들의 그 외침에 레나는 굳게 입술을 깨물었다.

　── 가자.

　그렇다면 그들이 가는 길을 여는 것이 자신의 역할이다.

　"귄터 소령. 〈트라우어슈반〉을 사격 위치로 진출시키겠습니다. 포위를 여는 데에 협력을. 제3군단 제8사단과 제3군단 복병 연대와의 연결 부분, 3시 방향의 틈새를 넓혀 주세요."

　진군을 재개하기 위해서는 포위 중인 제3군단의 부대와의── 제3군단을 구성하는 신극 소년병들과의 전투를 피할 수 없다. 아이의 죽음을 허용할 수밖에 없는 것도, 그들과의 전투를 길비스와 미르메콜레오 연대에게만 떠넘기는 것도 괴롭지만, 에이티식스가 할 수 없다면 레나는 그들을 지킬 뿐이다. 다른 나라의 소년병보다도, 같은 연방군 부대보다도, 자신의 부하를── 동료를 지킬 뿐이다.

　당연히 길비스는 쓴웃음을 지었다.

　[더러운 일은 보기 좋게 이쪽에게 맡기는 건가, 선혈의 여왕.]

　레나는 흔들림 없이 맞받았다.

　"예. 내가 그렇게 명령하겠습니다, 소령. 저들이 받드는 여왕으로서."

에이티식스에게 죄를 지우지 않기 위해서, 당신들에게 죄를 지운다. 에이티식스의 마음을 지키기 위해서, 당신들에게 그만큼의 상처를 떠안긴다.

동료와 그 이외를 저울질하는 냉철함과 비열함 모두 나 혼자서 떠맡는다. 에이티식스 중 누구에게도 이 선택은 시키지 않겠고, 에이티식스 중 누구도 책망을 듣게 하지 않는다.

나는 그들의 여왕이고—— 전우니까.

길비스는 한층 더 쓴웃음을 지었다.

[그건 곤란하지, 밀리제 대령. 애초부터 하겠다고 말한 건 나였고, 자네가 에이티식스의 여왕이라면 나는 미르메콜레오 연대를 통솔하는 큰형이다. 동생들을 타인인 자네가 감싸 주면 내 체면이 서지 않지. 명령이라고 해서 살인죄를 자네에게 지울 순 없어.]

"……."

[마음은 잘 받았다, 백은의 여왕 폐하. 미르메콜레오, 그렇게 따르지. 각기에 통달.]

"부탁합니다, 주홍의 기사장. 기동타격군, 본대 각기에 통달."

명령이 날아간다. 주홍의 기사단장에게서 개미사자의 기사단에. 백은의 여왕에게서 발키리의 이름을 가진 백골의 군세에.

[발키리에게 구름의 길을 열어줘라!]

"진군 재개. 전속력으로 〈트라우어슈반〉을 사격 위치까지 전진시키세요!"

제3군단의 포위는 해제되고, 본대가 진군을 재개한 모양이다.

　성교국과의 전선 부근, 공성공창형과의 전투는 아직 계속되는 폐허도시에서는 먼 〈레기온〉들의 움직임으로 신은 그것은 감지했다. 제3군단의 각 사단과의 전투에서 이탈하여 이 폐허도시로 향하던 〈레기온〉 전선부대.

　"레나. 본대의 진로상에 〈레기온〉 부대가 집결 중."

　예상했던 것보다 숫자는 적다. 제3군단이 진군을 정지한 이상, 기동타격군 본대의 요격에는 상당한 전력이 움직일 줄 알았는데, 제2군단에서 파견한 듯한 부대가 대신 적 부대를 붙잡고 있는 걸까. 아니면 제3군단과 〈레기온〉의 교전 자체가 아직 계속되고 있는 걸까.

　"그중 회피 불능이라 추정되는 부대는 셋. 교전 준비."

　신의 이능력을 통한 〈레기온〉의 위치 간파와 거기에 기반을 두어 최소한의 적 부대만 조우하도록 레나가 지시한 진격로인데도 불구하고 〈트라우어슈반〉을 지키는 〈레긴레이브〉의 대열은 순식간에 줄어들었다. 〈레기온〉 지배영역에서 벌어지는 전투다. 예상보다 적이 적다고 해도 쇳빛의 진용은 레기온이라는 그 이름에 부끄럽지 않아서, 기동타격군 본대는 진군 속도를 우선하여 각 전대를 차례로 탈락시키면서 재의 전장을 질주했다.

　그것은 아직 나아갈 방법이나 길을 찾아내지 못한 많은 에이티식스들이, 나아가기 시작한 동료와 거리감을 느꼈을 때 이상으로 열성이고, 필사적인 모습이었다. 나아가지 못하고 있었을 터인 그들 자신이 이번에는 필사적이었다.

〈트라우어슈반〉이 사격 위치에 도달했다고 관성항법장치가 알렸다. 그 순간에 마치 견딜 수 없었다는 듯이 미치히의 〈파리안〉이 앞다리를 양쪽 다 부러뜨리며 고개 숙였다.

만신창이다. 아무런 상처 없는 〈트라우어슈반〉의 주위에 있는 것은 현재 1개 대대도 안 되는 숫자뿐으로, 나머지는 전원이 적의 발을 묶거나 지연전투를 위해 남았다. 지각동조는 연결되어 있으니까 죽은 자는 그리 많지 않은 모양이지만, 지배영역에서의 격전이다. 오래는 못 버틴다.

"그러니까, 여기서, 막아야만, 합니다……."

이 전투를. 공성공창형과의 전투를, 그리고 아직 헛되이 계속되는, 성교국군 제3군단의 전투를.

사람을…… 죽이는 건 싫다.

그와 비슷한 정도로 죽는 것도 싫다.

눈앞에서 아이가 죽는 것은, 가족이나 친구나 전우들이 살해될 때의 자신의 무력함을 떠올리게 하니까 싫다. 지금도 무력한 것 같아서 싫다. 자신의 상처를 드러내고, 모두가 상처 입는 게 당연하다고 외치는 것도 한심해서 싫다.

아직 가쁜 숨을 크게 한 차례 내뱉어서 진정시킨 뒤, 크게 들이마시고 외쳤다.

"크레나, 뒷일은 맡기겠습니다!"

전쟁이 끝나면. 이 작전이 끝나면.

언젠가 자기 조상이 태어난 땅에 가 보자고 미치히는 생각한다.

그곳에 가도 친척도 지인도 없다. 그립다고 생각하지도 않겠지.

그래도 스스로 선택하고 스스로 결정한, 나 자신의 소망이다.

내일도 모르는 86구에서, 하다못해 자신이 있을 곳과 죽는 방법은 스스로 정했다고 결심한 것과 마찬가지. 스스로 정한 나 자신의 소망이다.

마지막까지 싸운 끝에 전사하는 것은 더 바라지 않게 되었다.

에이티식스라는 이름조차도 언젠가, 이 전투 끝에는 헛된 것이 되겠지.

그래도. 긍지도, 희생도, 상처도 헛되이 되었더라도. 자신의 형태를, 있을 곳을, 바람을, 미래를, 정하는 것도 할 수 없는 한심한 모습이 되고 싶지 않으니까.

"이 싸움을——끝내죠!"

공성공창형의 레일건 5문이 갑자기 공수대대의 〈레긴레이브〉를 버리고 엉뚱한 방향으로 향했다. 초중량의 포탑이 회전으로 삐걱대는 아우성과 불꽃을 튀기며 일제히 남쪽으로.

노리는 것은 〈트라우어슈반〉의 진출 방향—— 접근을 탐지당했다!

전자가속포형에도 필적하는 거구에 시작병기인 〈트라우어슈반〉에는 회피할 능력이 없다. 유체금속을 날려버리고 사격을 방해하기 위해 〈레긴레이브〉는 일제히 포격을 날렸다.

인류가 만전을 기해 투입한, 데이터베이스에 등록되지 않은 신병기다. 〈레긴레이브〉보다도 위협도가 높은 병기라고 일순간에 판정하고 먼저 포격하려던 레일건이, 하지만 연속해서 날아온 고폭탄에 차례로 사출 전자장이 파괴되어 고개를 숙였다. 폭발에 날아가는 은색 유체가 폭염에 번쩍이면서 피보라처럼 춤추었다.

──〈레긴레이브〉의 잔탄도 적다. 〈트라우어슈반〉이 파괴되면 뒤가 없는 이상, 방해사격을 하는 공수대도 필사적이다.

5문 전부가 드디어 침묵한다. 늦지 않았다고 모두가 참고 있던 숨을 내뱉은 그 순간.

그 마음의 틈새를 파고드는 것처럼, 레일건 하나가 고개를 쳐들었다.

〈요한나〉──처음에 〈샤나〉가 갇혀 있던 포탑.

한 쌍의 레일 틈새에 채운 것은 고폭탄에 날아간 5문 상당의 유체금속이다. 각각 원래 포문으로 돌아가서 결여분량을 체내에서 보충하기보다는 한 문이라도 부활시키는 편이 빠르다.

그런 공성공창형의 판단은 정확해서 방해를 위한 탄막이 끊긴 순간을 찔러 〈요한나〉는 다시금 사격 준비를 완료했다. 전류의 뱀이 굉음을 내며 창처럼 포문을 내달렸다.

"──그렇겐 안 되지!"

그때, 포문의 정면에 〈키클롭스〉가 뛰어올랐다.

최초의 〈샤나〉가 있던 그 포탑을, 가능하다면 〈트라우어슈반〉

이 아니라 자기 손으로 다시금 해치우겠다는 마음에 포탑의 균열을 노리고 다시금 기어오른 것이 이번에는 도움이 되었다. 〈요한나〉를 맡게 되었고, 맡겨 달라고 말했으니까, 그 정도는 해내고 싶었다.

그런 〈요한나〉의 조준 앞에 시덴이 끼어들었다. 파일드라이버를, 파일을 무시하고 격발해 공중에서 자세를 변경, 〈키클롭스〉의 주포의 조준을 800mm 포의 포구 안쪽으로 맞추고.

800mm, 초장거리포——사격 따윈 특기도 아니었던 주제에.

——너야말로 산탄포 같은 거나 쓰는 주제에, 무슨 사격이 특기인 것처럼 구는 거야?

차가운 목소리가 들린 듯했다.

처음에 만났을 때부터 싫었던, 샤나 특유의 차가운 목소리. 처음에 만났을 때 들었던 말.

싸움만 해댔다.

86구에서 처음 배속된 구역에서, 둘만 남고 전멸했음에도 계속 언쟁만 벌였다.

——다음에야말로 네 시체를 묻어줄게. 그때는 내가 그 무덤을 파 줄게.

그 무렵 나는 샤나가 좀처럼 마음에 들지 않았고, 샤나도 나를 싫어해서. 그러니까 서로 물어뜯으며 말싸움을 벌이고. 틈만 나면 서로 으르렁대고.

그래도 죽으면 무덤을 파 주겠다고. 하다못해 그 정도라면 해 주겠다고, 그때부터 나는 생각했어.

"——봐, 역시 내가 옳았어."

그런 식으로 언쟁을 벌였으니까, 그때 너도 나한테 그 정도는 해 줄 생각이었겠지.

"너를 묻어 주는 건…… 바로 나야!"

격발.

〈키클롭스〉의 88mm 포가 한발 먼저 포성을 올렸다. 사격 순간에 찢긴 레일건의 전자장이 그 막대한 에너지를 폭주시켰다.

〈요한나〉의 포탑이. 30미터의 포신이. 그리고 포구 가까이에 있던 〈키클롭스〉가 800mm 레일건의 장대한 폭발에 날아갔다.

"저 바보가……."

그 광경은 〈트라우어슈반〉 진출 완료의 보고를 받고, 다시금 공성공창형을 오버히트시키려고 덤비던 신의 눈에도 비쳤다.

시덴과의 지각 동조는—— 단절. 데이터링크에 〈키클롭스〉의 표시도 없다.

하지만 무사한지 확인할 여유는 없다. 유체금속이 보충되면 남은 레일건 4문이 다시 사격할 수 있게 된다. 그랬다간 시덴의 희생이 헛것이 된다.

고주파 블레이드로 공성공창형의 구조재를 베고 입구를 넓혔다. 레일건이 부활하는 시간은 알 수 없다. 면 제압 사양의 세 기만이 아니라 〈언더테이커〉와 〈안나마리아〉, 두 사람과 같은 소대의 여섯 기가 공성공창형의 체내를 향해 동시에 사격.

대경장갑 미사일과 성형작약탄의 작렬이 거수의 뱃속을 업화로
채웠다. 강철의 거수가 다시금 무릎을 꿇었다.

"──크레나!"

──이 싸움을 끝내죠!

"응, 알고 있어, 미치히. 모두들."

크레나는 살짝 끄덕였다. 여기서부터는 자신의 역할이다.

"〈트라우어슈반〉── 사격 자세로 이행."

여러 겹의 잠금장치가 풀리는 무거운 음향과 함께 포탑 좌우에
새의 날개처럼 고정되었던 스페이드 모양의 반동흡수용 부품 두
쌍이 전개되고 늘어났다. 그리고 재의 표층을 드높게 휘날리며,
그 아래의 지면에 깊이 박혀서 본체를 대지에 고정했다. 커다란
날개 네 장을 펼치고 기다란 목을 뻗으며 엎드린 물새 같은 자세.

〈트라우어슈반〉의 화기 관제 시스템과 연동된 정밀조준용 헤드
마운트 디스플레이가 자동으로 내려왔다. 길고 가는 목에 해당되
는 포신을 움직여서 사격 각도를 조정. 〈레긴레이브〉의 빠른 반
응에 익숙한 크레나가 보자면 지루할 정도의 속도로 기다란 레일
이 수평방향으로, 이어서 수직방향으로 회전했다──. 냉각계
가동, 캐퍼시티 접속. 메인, 서브 회로 모두 정상.

〈경고. 북북서 15킬로미터, 데이터베이스 미등록의 열원에서
레이더 조사(照射)를 감지.〉

"──알고 있어."

작게 중얼거렸다. 공성공창형은 레일건 탑재 〈레기온〉으로, 즉 전자가속포형의 후계기다. 자기방어를 위한 레이더를 가지지 않았을 리가…….

〈경고 해제. 레이더파 소실.〉

[──크레나!]

어라 싶어서 시선을 준 순간 이름을 부르는 목소리. 잘못 들을 리가 없다.

신.

[공성공창형의 레일건은 전기 침묵. 다시금 과열시켜 정지시켰다! 재기동 예상 시간은 170초. 미안하지만 뒷일은 부탁해.]

"오케이. 맡겨줘."

부끄러움이 담긴 목소리에 살짝 끄덕였다. 170초. 재장전하는 데 200초가 드는 〈트라우어슈반〉에 다음 사격이 없다는 뜻이지만── 충분했다. 실패하면 어쩌지, 라든가. 이번에야말로 실패할 수 없다, 든가. 그런 건 이미 생각하지 않았다.

공수대대는 예상 밖의 장시간 전투를 했다. 그래도 사력을 다해 벌어준 170초다. 제3군단의 배신으로 사격 위치까지 전진하기 위해 파견여단만으로 〈레기온〉을 배제할 수밖에 없었다. 그래도 예정 지점까지 동료들이 길을 열어주었기에 가능한 전진이다.

그만큼 모두가 목숨을 걸고 크레나를 위해 힘을 빌려주었으니까── 다음은 자신이 적을 격파할 뿐이다.

그것뿐이다.

──오케이. 맡겨줘.

전에도 신에게 똑같이 대답한 적이 있었구나 싶어서 미소가 나왔다.

86구의 전장에서, 몇 번이나 당연하다는 듯이 그렇게 대답했다. 몇 번이나—— 역할을 부여받고 도움을 부탁받아서, 거기에 응해 왔다. 〈레기온〉지휘관기를. 전진관측기를. 기계장치의 망령에 사로잡힌 동포의 유해를—— 꿰뚫는 것으로.

그렇다면 사실 전장만 따지고 봤을 때는 훨씬 이전부터 그를 도와온 것이겠지.

어쩌면 저승사자의 역할이 힘들 거라고 걱정해 주고 감사의 말을 들었을 때 이미.

전자음이 울린다. 예측된 탄도 끝에 확실하게 적기를 포착했다고 화기관제계가 보고한다. ——하지만 아직이다. 아직 조금 빗나갔다.

전쟁 때문에 빼앗겼다.

그러니까 이 이상은 잃고 싶지 않다.

조준이 맞았다.

기도처럼 속삭였다.

"끝내자. 이 전쟁을, 우리 손으로."

방아쇠를 당겼다.

〈트라우어슈반〉이—— 인류가 처음으로 전장에 가지고 나온 레일건이 포효했다.

도시 하나를 감당할 정도로 자릿수가 다른 전력이 땅을 기어가는 벼락불로 탄체를 저 멀리, 기계장치로 된 신화 속 거수에게 쏘았다.

　그야말로 벼락 같은 아크 방전이 재의 천지를 하얗게 물들였다. 〈트라우어슈반〉의 내려깐 스페이드형 날개와 쇳빛 본체가 그 빛을 반사하여 드디어 검게 물들었다. 흑사조라는 이름에 어울리는 한순간의 칠흑.

　하늘이 깨지는 듯한, 천만 개의 유리가 깨지는 듯한 대음향이 울렸다.

　0.1초 이하에 초속 2300미터까지 가속하는 탄체와의 마찰열로 지면이 융해하고, 사격반동으로 분쇄된 레일 파편들이 낸 소리일까, 반동경감용 카운터 마스가 후방으로 분출하고, 역시나 반동으로 날아간 레일 파편과 함께 재의 대지에 성대하게 흩어졌다.

　그것은 재의 하늘이 찢어지는 듯하고. 언젠가 보았던 전쟁터의 밤에 피었던 벚꽃이 흩날리는 모습 같고.

　흩날리는 파편은 햇빛을 받아서 잠시 무지개처럼 찬란하게 빛을 반사했다.

　그 최초의 조각이 내려앉기도 전에── 저편에 있는 거수의 쇳빛 몸을 벼락의 화살이 꿰뚫었다.

　[──착탄. 직격이야. 대단하구나…… 크레나.]

　"응."

공성공창형이 붕괴한다.

앞뒤의 관통흔에서부터 사방으로 금이 가고, 자기 무게를 견디다 못한 구조재가 우수수 떨어졌다. 소금 조각상이 메말라서 결합을 잃고 온몸이 우두둑 무너지는 듯한 붕괴다. 신화 속 거수와같은 위용이, 신의 벼락에 맞은 듯이 속절없이.

그 모습을 광학 스크린에 전개된 조준 화면의 광학 영상으로 보며 크레나는 생각했다.

훨씬 전부터 사실은 그랬는데 이제야 간신히 자각했다.

강제수용소로 보내진 어렸을 적에는.

양친과 언니를 잃었던 어렸을 적에는, 빼앗길 뿐이지 저항할 수없었다. 너무 어리고, 무력하고, 싸울 의지조차 갖지 않았고, 그러니까 어떤 부조리에도 저항할 수 없었다.

지금은 다르다.

그로부터 몇 년이 흘렀다. 성장한 자신은 무력한 아이가 아니게되었다. 싸우는 힘과 기술과, 무엇보다 끝까지 싸운다는 의지를얻었다.

〈레기온〉과. 절망과. 부조리하게 덮쳐오는 일과.

끝내고 싶다고 생각한 학살을, 끝낼 수 있도록.

소중한 이와 그 미래를, 자기 자신과 그 미래도, 갑자기 덮쳐오는 인간의 악의에게서 이번에는 지킬 수 있도록.

인간은, 세계는, 잔혹하고 잔인하다. 심술궂고 부조리하다.

그래도 자신은 이제 맞설 수 있다.

무슨 일이 일어날지 모르는—— 이후의 미래와도.

──너는 그때 부모의 죽는 것을 묵묵히 지켜보고 있었지?

응…….

계속 그게 괴로웠다. 계속, 그러니까── 두려웠다.

지금이라면 지킬게. 아빠도 엄마도 언니도…… 그때의 조그만 나도.

전장을 봉쇄하던 전자방해가 풀렸다.

전자방해용 무장을 탑재한 〈랴노 슈〉가 격파, 혹은 기능정지된 것이다. 재빨리 이번에는 반대로 헤르나가 제3군단에 명령을 내리기 위한 주파수가 방해를 받았다. 그녀가 발한 것이 아닌 성자의 목소리가, 방해 없는 명료함으로 무전을 타고 전장에 퍼졌다.

[땅의 여신의 진정한 이름 '   '으로 명하니! 제3군단의 모든 신극은 그 성무를 종료하라!]

반란 방지를 위한 안전책으로 신극 전원에게 새겨진, 자신의 의지와는 무관계하게 전투행동을 정지시키는 비밀 명령. 여태까지 한 번도 사용된 적 없는 안전책이지만, 마지막 순간에 제 역할을 발휘한 모양이다. 제3군단이 성일장의 명령을 거부하고 철저항전을 택한다면 나올 리가 없는 연방군 두 부대 지휘관의 목소리가 이어서 닿았다.

[바나디스가 기동타격군에 통달. 제3군단이 전투를 정지했습니다. 공수대대를 회수한 뒤 성교국군 지배영역으로 철수하겠습니다.]

[모크터틀이 미르메콜레오 연대 각기에 통달. 제3군단과의 전투를 종료. 공수대대의 회수에 협력한다. 제2군단과 협력하면서 〈레기온〉의 배제를…….]

레나의 안도한 듯한 그 은방울 목소리와 조금 마음을 놓은 길비스의 높은 목소리.

헤르나는 풀썩 주저앉고 싶은 절망을 느꼈다.

땅이여. 목이 잘린 날개의 여신이시여.

"어째서 저를 버리시나이까……."

그때 레나에게서 통신이 들어왔다.

[헤르나. 당신의 패배입니다. 지금이라도 투항하세요.]

진심으로 걱정하는 듯한 목소리에 실소가 나왔다. 선혈의 여왕이나 되는 자가 대체 어디까지.

"동정입니까, 여왕. 당신과 당신의 기사에게 검을 들이댄 상대에게?"

[아뇨.]

레나의 목소리는 조용하고 부드럽지만 엄했다.

[당신이 바란 것의 책임을, 당신의 죽음의 그림자를, 에이티식스들에게 지우고 싶지 않을 뿐입니다. 그들은 영웅이 아니에요. 그들 자신을 지키고 구하는 것에 빠듯한, 전쟁에 상처 입은 아이입니다. 당신과 마찬가지로.]

그렇겠지. 그건 사실 알고 있다.

그래도 함께 쓰러졌으면 했다. 그 바람이 이루어지지 않고 도중에 스러졌으면 했다.

자신들과 마찬가지로 보답받지 못했으면 했다.

　그러면 자신도, 신극들도——자신을 구하지 못했다고 어쩔 수 없다고, 자신들의 태만이 아니라고 생각할 수 있으니까…….

　조금 생각할 시간을 준 뒤 레나는 말을 이었다.

　[——제3군단 중에서 〈레기온〉의 유인과 구속을 담당했던 사단 중 일부가, 여단 본대가 사격 위치로 진군하는 동안에도 본래 임무를 다하도록 〈레기온〉과의 전투를 계속했다는 모양입니다.]

　"……? 그건, 무슨?"

　[당신의 계획이 드러나고 깨진 뒤에도 말입니다. 헤르나. 그 뒤에도 당신의 부하는 〈레기온〉의 태반을 자기 부대로 계속 구속했습니다. 아마도 여단 본대의 진격을 방해할 수 없도록. 에이티식스에게 희생을 내서 당신의 죄가 이 이상 무거워지지 않도록.]

　"……?!"

　의외의 말에 헤르나는 눈을 크게 떴다.

　[당신들에게서 더 이상 아무것도 빼앗지 말라는 게 당신의 바람이죠. 그렇다면 당신의 병사가 소중히 여기는 당신을, 당신이 더 이상 업신여기지 말아주세요. 당신의 죽음으로 당신의 병사에게서 빼앗지 말아주세요. 당신을 지켰다는 그것 하나만이라도 보답을 얻게 해 주세요.]

　통신이 끊어졌다. 그게 신호였다는 듯이 진주색 군복의, 그녀의 부하가 아닌 병사들이 지휘소에 뛰어들었다. 완장의 마크는 맹금. 제2군단의 신극.

　전원이 돌격소총을 들고 있지만, 총구를 들이대지는 않았다. 그러기 전에 스스로 지휘봉을 내려놓고 천천히 무릎을 꿇었다.

　어찌하여 저버리셨나이까. 땅의 여신이시여. 동포들을. 저의 조국을.

　그래도.

　"그렇군요. 저만큼은, 제 부하들을 저버려선 안 되는군요."

　그들이, 그들만큼은 저를. 전 세계의 모두가 저버리더라도 그래도 저를 저버리지 않고 있어 준다면.

　"——너도 참 끈질기군, 시덴. 거기선 보통 죽었을 텐데."

　"입을 열자마자 그 소리냐. 그보다 생존율 0의 특별정찰도 살아남은 누구한테는 듣고 싶지 않은 말인데."

　이런 때도 밉살맞은 소리가 그치지 않는 시덴은 여기저기 피를 흘리며 자기 힘으로 일어날 수도 없는 상태, 즉 만신창이였지만 그런 것치고 쌩쌩했다.

　우그러진 캐노피를 몇 명이 달려들어 억지로 연 〈키클롭스〉의 콕핏 안. 거기를 들여다본 신은 무심코 눈을 흘기고 시덴을 내려다보았다. 악운이 대체 얼마나 강한 걸까.

　〈키클롭스〉가 〈샤나〉와 함께 날아가는 것처럼 보여서 조금 초조했던 것은 왠지 열받으니까 숨겨두기로 했다.

　"그보다 저승사자, 전투는 어떻게 됐어?"

　"끝났다. 지금은 회수부대를 기다리는 중이다."

　공성공창형이 격파되면서 공성공창형을 구원하러 폐허도시로 몰려들던 〈레기온〉은 지배영역으로 돌아갔다. 회수부대의 진로 상에 아직 남은 〈레기온〉도 미르메콜레오 연대와 제2군단에서 추출한 부대가 대응하고 있다. 폐허도시에 뿌려진 자주지뢰 소탕도 끝났으니까, 지금 신과 공수대대의 주위에는 적기가 없다.

"그런가."라며 고개를 끄덕인 시덴은 크게 기지개를 켰다.

만신창이였으니까 도중에 "아야야." 소리를 내며 동작을 중단하고, 어중간한 자세인 채로 기운차게 떠들었다.

"으으, 진짜! 다시는 이런 짓 안 해!"

"그러든지. 베르노르트의 잔소리를 듣는 건 한 번으로 족하다."

결국 멋지게 폭주하고 말이지.

그리고 힐끔힐끔 시선을 주고 물었다.

"괜찮나……?"

참을 수 없을 정도로 소중했던 상대를 해치우고.

진지한 빛을 띤 두 색깔의 두 눈동자가 시선을 받았다.

"열이라도 있냐, 저승사자? 내 걱정을 다 하고."

"됐다……."

그 말에 결국 울컥한 신은 〈키클롭스〉의 잔해에서 내려갔다.

노골적으로 불쾌한 기색으로 발길을 돌리는 뒷모습을 향해, 시덴은 말했다.

"──뭐라고 할까, 거긴 거기대로 기분 좋았어."

신이 돌아보았지만, 그를 바라보지 않는 채로 말했다.

"전장이 말이야. 거기를 있을 곳으로 정했으니까 나름대로. 평생 이대로 전장에서 살아도 좋지 않을까 생각했어. 86구에서도,

연방에서도."

마지막까지 거기에 계속 있는 것이 긍지라고 노래했던 전장은.

그것밖에 없으니까 매달려 있던 징글징글한 86구의 죽음의 전장은.

"⋯⋯."

"하지만. 전장에 있는 한⋯⋯ 이렇게 되는 거지. 동료가 누군가 죽는 거야."

그렇다면. 이 이상 동료를, 샤나처럼 잃지 않기 위해서는.

"다시는 이런 짓 하기 싫으니까. 전쟁은 이제 지긋지긋하니까."

이쪽을 향하는 핏빛 눈동자를 마주 바라보며. 시덴은 밝게 깔깔 웃었다.

"그러니까 이딴 전쟁은 후다닥 끝내버리고⋯⋯ 다음은 평생 마음 편히 살고 싶네."

공수대대의 회수부대에 길비스가 참여한 것은 에이티식스 소년병들을 전원 무사히 돌려보내고 싶다는 마음도 물론 있었지만, 무엇보다 목적을 다하기 위해서다.

대체 어떤 격전이었는지 여기저기가 거인에게 얻어맞은 것처럼 갱지가 된 폐허도시에서, 신 이하 공수대대와 합류했다. 동행한 부장과 휘하 〈바나르간드〉에게 작전 완료까지 만일을 대비한 주변 경계를 맡기고, 길비스는 폐허도시의 북쪽 끝으로 기체를 몰았다.

성교국 북쪽, 공백지대에 펼쳐진 〈레기온〉지배영역. 인간의 몸으로 진출할 수 있는 곳에서 가장 깊은 곳. 그녀의 이능력은 오리지널 이능력자와 비교해서 감지 범위가 지극히 좁아서 여기까지 데려오지 않으면 그것을 포착할 수 없다.

"——찾았어요, 오라버님."

멀리, 아득히 북쪽을 바라보며 스벤야는 금색 눈을 빛냈다. 품종개량으로 유일하게, 부분적이라고 해도 재현해낸 그녀의 이능력.

머나먼 위험을 감지하는, 현재는 연방과 성교국에 약간 남았을 뿐인 양금종의 '신탁'.

"아주 희미해졌지만, 성교국의 이능력자가 감지했을 때의 '색'이 남아있습니다. 성교국의 신탁이 감지한 위협은 공성공창형이 아니었군요."

"역시 그런가……. 연방군 참모들의 분석은 대단하군."

공성공창형의 움직임은 확실히 말해서 부자연스럽다.

정찰을 통해 성교국 측에게 감지되었다고 파악했더라도, 발견되었다고 순진하게 쳐들어올 필요는 없다. 그런데 마치 대놓고 보여주듯이 근처까지 접근해서 대항작전을 펼치게 했다.

그동안 성교국의 주의는 아무래도 공성공창형 한 기에 집중된다. 애초부터 〈레기온〉지배영역은 방전교란형의 전자방해 때문에 볼 수 없고, 더불어서 공백지대 특유의 모든 생명을 거부하는 재의 폭위.

만에 하나라도 지배영역 안쪽으로 주목을 끌지 않도록—— 거기에 숨은 진짜 위협에게서 인류의 눈을 돌리기 위한 으리으리하면서도 사치스러운 미끼. 그것이 공성공창형이다.

"기동타격군에 공유하지. 저쪽도 뭔가 찾아내면 좋겠는데."

공수대대에서 자이샤의 역할은 통신의 중계와 수준 높은 분석을 제공하는 것이다.

그리고.

"수고했습니다, 〈시린〉들. 자결하세요."

작전 개시의 며칠 전부터 〈알카노스트〉가 아니라 소녀를 본뜬 작은 몸으로 〈레기온〉 지배영역 안쪽 100킬로미터 지점까지 침투시켰던 그녀의 작은 새들에게 명령했다. 가엾지만 그녀들은 성교국에도, 하물며 〈레기온〉에도, 만에 하나라도 넘겨줄 수 없다.

〈시린〉이 포착해서 전송한 그것의 광학영상은 〈크로리크〉에 보존했다. 너무 접근해서 발견되면 이도 저도 안 되니까 다소 멀긴 하지만, 해석에는 충분하겠지.

서브윈도에 표시된 그것을 보면서 속삭였다.

"대단하십니다, 빅토르 님. 찾아냈습니다. 당신께서 말씀하신 그것을."

그 철골을 짜맞춘, 육각기둥을 모아서 육망성을 그린 듯한, 하늘을 찌르는 탑의 모습을.

기지에 남은 기동타격군의 정비원에게까지 헤르나는 손을 쓰지 않았던 모양이라──그럴 만큼 전력에 여유가 없었을 테고──다소 다툼은 있었지만, 정비원들은 자기 몸도 〈아르메 퓨리우즈〉도 멋지게 지켜냈다.

　레나와 관제요원이 합류할 무렵에는 제2군단의 부대가 호위로 붙어서 정중히 〈바나르간드〉를 통과시켜 주었다. 역시나 조금 긴장이 풀어져서 살짝 숨을 내뱉었을 때 회수부대에서 공수대대와 합류했다는 연락이 들어왔다.

　직후에 그 공수대대의 지휘관과의 지각동조가 연결되고, 상대가 뭐라고 하기 전에 레나는 말했다.

　"신. 수고 많았습니다."

　[──레나.]

　목소리는 평소의 신처럼 조용해서, 공성공창형과의 심한 격전을 벌인 모양이지만 다행스럽게도 다치지도 않은 모양이다. 가만히 숨을 내뱉은 것도 잠시.

　[레나. 파이드를 보내주지 않겠어? 회수할 게 있으니까.]

　입을 열자마자 파이드부터 찾았다.

　일단 그들의 회수작업은 아직 끝나지 않았고, 다시 말해 작전 중이니까 신의 대응이 올바르긴 하지만, 잔뜩 긴장했던 것도 있어서 레나는 뚱해졌다. 이쪽도 고생이 많았고, 애썼고, 그 이상으로 걱정했는데.

　지각동조 너머에서 신이 가볍게 웃었다.

　[농담이야. 미안해. 뭐, 파이드를 보내주었으면 하는 건 사실이

지만.]

"아니⋯⋯!"

[이쪽은 다들 무사해. 그쪽은 또 적의 사령부에서 맨몸으로 탈출하는 무모한 짓을 한 모양이지만.]

놀리는 목소리에 레나는 입술을 삐죽거렸다.

"신은 바보⋯⋯."

[발진 직전에 사람의 집중을 흐트러뜨리는 소리를 하니까.]

신에게는 작전 전의 말싸움이랄까, 농담 싸움이 아직 계속되고 있었던 모양이다.

광학 스크린 구석의 시계 표시를 보니 몇 시간밖에 지나지 않았다. 하지만 며칠 전의 일처럼 느껴지는 그 별것 아닌 대화.

그리운 마음에, 삐죽이던 입술에 미소를 머금으며 다시금 말했다.

대수롭지 않게 이 말을 할 수 있는 게 너무나도 행복했다.

"신은 바보."

신은 이번엔 아무 말도 하지 않았다.

웃는 기척만이 지각동조 너머로 전해졌다.

"조금 이르지만⋯⋯ 어서 와요."

[――그래, 다녀왔어.]

레나가 신과 이야기하는 걸 설마 눈치채기라도 한 걸까, 종종걸음으로 다가온 파이드를 곁눈으로 보며 레나는 물었다. 조금 더이야기하고 싶지만, 이 이상 작전과 무관계한 이야기에 시간을 빼앗을 수는 없다.

"그래서 회수하고 싶은 게 뭐죠……?"

"——으음."

말하면서 신은 그것을 올려보았다.

〈트라우어슈반〉의 사격에 휘말려들지 않기 위해서 스피어헤드 전대는 일단 공성공창형에게서 떨어졌고, 격파된 뒤에 그 잔해 밑으로 돌아왔다. 〈레기온〉의 목소리를 듣는 그의 이능력은 무너진 잔해 안에서, 파괴되고서도 아직 가까스로 기능하는 그것의 위치도 읽어낼 수 있었다.

"날아갔다고 해도 레일건 5문의 잔해. 그리고 공성공창형의 제어중추 중 일부야."

†

귀환할 때 성교국군이 국경 근처까지 성대한 특별열차를 준비한 것은 그들 나라의 불상사에 끌어들인 것에 대한 사과와 성의였겠으리라.

이 근처는 전선과 거리가 멀고, 화산재도 거의 닿지 않아서 하늘이 높고 푸르다. 가을의 기운이 감도는 이국의 평야를 일부러 열차는 느릿느릿 나아갔다. 활짝 열린 창문에서 들어오는, 한가득 자생하는 떨기나무의 꽃향기로 달콤하고 상쾌한 바람.

성교국에서는 차로 마신다는 작은 금색 꽃.

레나에게도 한 달 동안의 작전으로 익숙한 차다. 브리핑에서, 기지에서 매일 식사 때…… 그리고 헤르나 사건에 대한 사죄를 위해 마련된 자리에서도.

명령에 따랐을 뿐인 신극은 몰라도 헤르나는 국가에 반역한 형태다. 그녀는 이 뒤에 어떻게 되는 거냐고 레나는 물었고── 처형은 하지 않는다는 것이 토투카 성일장의 대답이었다. 애초에 유혈을 절대악으로 금하는 교리가 있으니까 신극에게 병역을 전담시키는 게 성교국이다. 죄인이라도 처형하면 살인이며 죄다. 그러니까 성교국에는 사형제도가 없다고 했다.

[──가문의 단절, 칩거는 피할 수 없겠지만.]

파견 동안 기동타격군의 숙소로 제공된 건물의 홀. 정무를 담당하는 성자와 함께 사죄하러 온 성일장은 대답했다. 이 사람 역시 그 지위에 어울리지 않게 스무 살 언저리의 젊은이였다. 꼼꼼히 땋아 내린 양금종의 긴 금발과 같은 색채의 날카로운 눈.

[개인적으로는 하다못해, 칩거에 관해서는 이 전쟁이 종결되었을 때 은사를 탄원하고 싶다. 직접 칼날이 향했던 귀공들 앞에서 할 말은 아니겠지만, 귀공들은 아이들도 그녀도 죽이지 않았다. 그렇다면 살리라는 것이 땅의 여신님의 말씀이다.]

[신극들은…….]

[그것들에게는 정말 아무런 죄도 없다. 성자의 명령을 받아서 따랐을 뿐이지. 군의 재편성에 따라 교육소로 돌아가는 형태가 되겠지만…… 그리고 이 관습은 다시 생각할 때가 온 거겠지. 더는 계속할 수 없다고, 〈레기온〉들을 통해서 여신님이 말씀하신

것이니까.]

이 사람이 그렇게 주장할 생각이라는 건 레나도 이해했다.

이 사람은 성교국을 수백 년에 걸쳐 지배해온 관습과 이제부터 싸울 생각이라고.

가족을 모두 빼앗기고, 그렇게 만들어진 전쟁의 성녀란 역할도 앞으로 빼앗길 헤르나에 대한 속죄로.

하지만—— 레나에게 그 변화는 하나의 해결, 하나의 전진이라고 생각되지만. 레나가 여태까지 본 바로도 에이티식스들은 전장에 등을 돌리고 평화 속에 갇히는 것을 싫어했다. 그렇다면 신극들에게 이 변화는.

조국을 멸해서라도 자신들에게 더 이상 빼앗지 말라고 외치던 헤르나에게.

"에잇."

"히익?!"

창밖을 바라보면서 그렇게 자기가 생각해 봤자 어떻게 할 수도 없지만 자꾸만 생각하게 되는 문제에 빠져 있는데, 목덜미에 서늘한 것이 닿았다.

놀라서 돌아보자, 크레나였다. 탄산음료 두 병을 한 손에 들고, 물방울이 맺힌 그 표면을 목에 갖다 대었던 모양이다. 성교국 특산의 감귤류와 벌꿀의 향기와 맛이 나는 음료.

하나를 건네더니 맞은편 자리에 앉으면서 말을 꺼냈다.

"성교국군 애들 생각이라도 했어?"

"예……."

건네받은 병을 두 손으로 감싼 채로 탄식한 레나에게.

크레나는 초연히 어깨를 으쓱이며 말했다.

"——그렇게 뭐든지 짊어지다간 지치겠어."

'어?'라며 바라보는 은색 눈동자를 느끼면서 크레나는 의식해서 편한 분위기를 하며 탄산음료 뚜껑을 열었다.

그야 크레나라고 가엾게 생각하지 않은 건 아니다.

전투를 강요당하고 이번에는 그것을 빼앗기는 신극도, 헤르나도, 마치 자신들의 복사판이다. 하지만.

"차가운 소리 같지만, 레나도 나도 더 해 줄 수 있는 일이 있는 것도 아니고. 어떻게 되고 싶은가는 결국 그 애들밖에 모르는 일이고."

예를 들어 자신들이 연방에 보호받은 당초, 그것이 너희의 행복이라면서 측은함을 담은 마음으로 평화의 우리에 들어가라는 말을 들은 것은—— 싫었다. 지금도 싫다.

뭐가 행복인지, 자신은 어떻게 되고 싶은지. 그런 것도 포함해서—— 자유롭다면 스스로 정하고 싶다.

스스로 정하지 않으면 아마도…… 그 아이들도 빼앗긴 기억에서 진실로 벗어날 수 없을 것이다.

"그보다 레나는 다른 나라 애보다도 우선해서 말해야 할 상대가 바로 곁에 있으니까. 그쪽을 최우선으로 해야지."

"저기…… 그건 그러니까……."

더 말할 것도 없다.

레나는 얼굴을 붉히고 은색 눈동자를 이리저리 움직였지만, 크레나는 물론 놔주지 않았다. 금색의 커다란 눈을 날카롭게 뜨고 무서운 얼굴을 했다.

이 정도를 들을 권리는 자기한테 있다. 분명히 있다.

"대답…… 제대로 했어?"

"했습니다……."

새빨간 얼굴로 기어들어가는 목소리로 말하는 걸 보면 거짓말은 아니겠지.

참고로 근처에 있던 앙쥬나 시덴이나 미치히나 미카나 자이샤까지도 자연스러운 기색으로 이쪽을 돌아보았고, 레나도 당연히 그걸 깨달았으니까 한층 부끄럽겠지.

아무튼 크레나는 고개를 끄덕였다.

대답해 주지 않았다면…… 크레나 자신이 이제부터 곤란하니까.

"그럼 돌아가거든 레나는 우선 신한테 데이트 신청부터 해. 연인이 되고 나서 첫 데이트니까. 기념이니까."

잘은 모르지만 그런 거란 모양이다.

이어서 앙쥬가 나섰다. 레나와 등을 맞댄 자리에서 등받이 위쪽에 두 팔꿈치를 기대고 얼굴을 내밀고서.

"그러고 보면 레나. 선단국군에서 돌아올 때 에스텔 대령에게서 선물을 대신 맡아왔어. 용연향이라고, 선단국군의 특산 향유. 고래에게서 얻는 거래. 나도 조금 받았는데 아주 향기가 좋아. 레나가 신 군에게 제대로 대답하거든 넘겨주라고 그랬거든."

"어째서 에스텔 대령이 아는 건가요……?!"

그야 레나가 너무 도망쳐다니니까 신을 가엽게 여긴 마르셀이 의논하거나 앙쥬가 투덜대거나 리토가 실수로 입을 놀렸기 때문이다.

또한 이스마엘에게도 몇 명이 의논하거나 투덜대거나 입을 놀렸기에, 사실은 이스마엘도 용연향이란 것의 조달에 한 몫 거들었다.

아무튼 앙쥬는 빙그레 웃었다.

"고래가 구애할 때 내는 향기래. 정해씨족은 전통적으로 구혼이나 혼례날 밤에 이걸 바른다나?"

"앙쥬?!"

레나가 당황했다. 자이샤가 무겁게 고개를 끄덕였다.

"참고로 연합왕국에서도 3대 전 국왕 폐하의 초야 때 쓰였다고 합니다. 해저의 깊은 청색을 연상케 하면서 어딘가 용의 위엄을 느끼게 하는, 냉엄하면서 좋은 향기입니다."

"뭐야, 노골적으로 야한 향기란 소리잖아. 재미없게."

"에로틱한 향기가 좋다면 가데니아나 자스민이나 튜베로즈 같은 건 어떻습니까? 우리 일족의 풍습으로는 혼례 자리에 달콤하고 에로틱한, 말하자면 최음 작용이 있는 향기의 꽃을 잔뜩 씁니다!"

시덴이 슬쩍 농담을 던지고, 거기에 미치히까지 편승했다. 레나가 더더욱 당황했다.

시끌벅적 떠들어대는 그 모습에 크레나도 웃으면서 슬며시 자리를 떴다.

열차의 객차 중 일부는 미르메콜레오 연대 대원들이 쓰고, 나머지 기동타격군의 차량은 왠지 모르게 남녀가 따로 나뉘었다. 소년들이 모여 있는 옆 차량의 칸막이 문을 열고 크레나는 들어갔다. 어디에 있는지는 미리 확인했으니까 알고 있다.

이 차량도 역시나 창문을 열어놓아서 희미한 꽃향기가 도는 가운데, 네 명이 마주 보고 앉는 박스시트의 넉넉한 좌석에 몸을 기댄 채 신은 잠을 자고 있었다.

지난번 작전에서 다쳤고, 그 상처가 아물자마자 바로 공수작전 같은 걸 담당하고, 그 작전도 이리저리 정신없는 상황이었으니까 지친 거겠지. 읽던 책을 손가에 엎어두고, 검정고양이가 여기에 없는 게 신기할 정도로 무방비한 모습이었다.

맞은편에 있던 라이덴이 힐끔 시선을 주더니 놀리듯이 눈썹을 찡긋거리고 자리에서 일어섰다. 흥미진진하게 엿보던 리토와 클레이모어 전대의 소년들을, 리토의 어깨를 두드려서 일으켜 세우더니 데리고 나갔다. 근처 자리에 간간이 있던 스피어헤드 대원들도, 클로드나 토르나 더스틴 등이 앞장서서 데리고 나갔다. 순식간에 이 자리에 신과 단둘이 되었다.

──딱히.

내 마음을 정리하기 위한 거니까. 신 본인에게 전하지 않아도 되니까.

그러니까 자게 놔둔 채로 할 말만 해도 되지 않을까. 지쳐서 자고 있으니까 깨우지 않는 게 좋지 않을까.

이럴 때 또 고개를 내민 연약한 자신이 그런 말을 속삭이고, 그래선 안 된다고 마음을 고쳐먹었다.

자기 마음의 정리를 위해서, 자기 마음에 끝을 맺기 위한 것이니까——도망쳐선 의미가 없다.

"——신."

가만히 말을 걸었다.

"신, 저기…… 잠깐 괜찮아?"

"으음……."

가볍게 몇 번 흔들자, 작은 목소리가 새어나왔다. 얇은 눈꺼풀을 뜨고 두어 번 껌뻑인 뒤에 크레나를 올려다보았다.

핏빛 눈동자.

이 세상에서 가장 아름다운 색이라고 크레나는 생각했다.

무슨 일이냐고 묻기 전에 기선을 제압해서 크레나는 말했다.

"나, 당신을 좋아했어."

붉은 눈동자가 한 차례 껌뻑였다.

그리고 괴롭게, 괴롭게 일그러졌다.

그 말에, 크레나의 마음에——응할 수 없다고 알기에, 응할 리 없기에 오는 괴로움이었다.

응…… 그래.

그렇지.

당신이라면 얼버무리지 않아. 응할 수 없다는 당신의 대답을 둘러대거나 거짓말을 하거나 도망치지 않아.

그런 잔혹한 면이. 잔혹할 만큼 성실한 면이.

"지금도 좋아해. 아마 계속 좋아할 거야."

설령 앞으로 누군가 다른 이를 좋아하게 되더라도.

그 사람과 연인이 되고. 아직 상상도 가지 않지만 가족이 되었더라도.

그래도 분명 계속 신을 좋아하겠지.

언제까지고 계속 좋아하는 채겠지.

86구에서 그녀와 동료들의 구원자로. 전우로. 동포로. 가족으로. 사실은 자신을 택해 주었으면 하는 사람으로. 제일 소중하고 제일 미더운──오빠로.

좋아해. 나의──마음씨 착한 저승사자.

"그러니까."

동료의, 가족의, 소중한 이의 앞날에 그것이 있기를 바라는 것은 당연한 일이다.

이런 세계에서도 그 정도는 이루어져도 당연할 것이다.

"행복해져. 꼭── 행복해져."

웃는 채로 말한 크레나에게 신은 한동안 침묵을 지켰다.

돌려주고 싶은 말과 자신이 할 수 있는 말. 모순되는 그 두 가지에 침묵한 채로 마주보고 생각하다── 그런 끝에 그저 그 말만을 했다.

　뭔가 말해 주고 싶더라도, 결국 크레나의 마음에 응해줄 수 없는 그가 말할 수 있는 유일한 말을.

　"── 미안."

　"아니. 여태까지."

　여태까지도. 분명 앞으로도.

　"당신을 좋아해서 나빴던 적은, 없었는걸."

종장 악어의 배 속에서도 시계는 돌아간다

　레나와 모두가 뤼스트카머 기지에 돌아올 무렵에는, 성교국에서 있었던 작전의 전말이나 그 나라 군대의 현황에 관해 매일같이 특종 방송이 나오고 있었다.

　공성공장형의 격파 후에 공수대대를 회수하러 간 것이 오해를 샀다고 각색되었는지, 신과 공수대대를 '구출'한 것으로 된 미르메콜레오 연대에 대해서도.

　"──틀린 말은 아닙니다만…… 각색이 많군요."

　길비스(대공가에 충성을 맹세한 귀공자로 알려졌다)나 스벤야(열 살이라는 나이를 제쳐두고 절세의 미녀라는 대접)에게 주목이 너무 쏠려서 약간 가십지 같아진 보도 방송의 내용에 레나는 쓴웃음을 지었다.

　기동타격군도 발족된 지 반년, 그들이 군사적인 공을 세우는 것은 거의 당연해졌고, 슬슬 미디어도 민중도 새로운 화제, 새로운 영웅을 찾던 면이 있었겠지만.

　그게 싫다는 건 아니지만, 스벤야는 몰라도 길비스는 진심으로 기뻐하지 않겠거니 싶은 생각에 이상한 웃음이 새어나오는 레나에게 그레테가 어깨를 으쓱여주었다.

"브란트로테 대공이 손을 쓴 거겠지. 애초부터 그걸 위한 부대였겠고."

"일부러 시선을 끄는 광대 역할을 맡아 준 것도 있겠지. 대공쯤 되는 자가 설마 자기과시욕만을 위해서 부하의 공을 부풀릴 리도 없겠고."

이어서 비카가 담담히 말했다. 성교국에 파병된 동안에 수리를 마친 레르케를 평소처럼 거느리고, 방금 연방군 통합사령부에서 보낸 그것에 시선을 내린 채로.

"이것은 방송에 내보낼 수 없다. 실제로 움직일 때까지는 국민을 속여서라도 〈레기온〉 놈들에게 비밀로 해야만 한다."

"──예."

선단국군에서의 작전 때부터 〈레기온〉 중점의 파괴 외에 기동타격군에게 부여된 또 하나의 명령. 〈레기온〉 지휘관기의 제어중추의 노획.

이번 동시강습작전에서 신과 제1기갑 그룹에 추가로 제2기갑 그룹, 다른 지점을 습격한 의용부대 1개, 합계 세 부대가 자동공장형의 제어중추의 노획에 성공했다. 그 분석 결과가 지금 그들의 앞에 쌓인 서류의 산이다. ──만에 하나라도 〈레기온〉에 감청되지 않도록 전자서류가 주체인 연방에서도 종이로 발송된 중요 정보.

"양산형 전자가속포형과 전자포함형, 공성공창형의 제원표. 무엇보다도…… 다수의 〈레기온〉 사령거점 위치 정보, 이것은 크군."

"예. 이것이 확실해졌다면…… 다음은."

성교국에서 연방으로 돌아오는 동안, 어째서인지 다섯 명의 프로세서에게 고백받았다.

크레나가 신에게 마음을 주는 것은 알고 있었고, 크레나가 그 마음을 드디어 정리했으니까 그들이 마음을 고백하러 온 모양이다. 이야기한 적도 별로 없는 상대도, 아는 상대도 있었고, 한 명은 같은 소대의 동갑내기 소년이었다. 숨기고 있었지만 사실은 훨씬 전부터 동경했다고 말했다.

좋아한다는 말을 들으니 낯간지럽기도 하고, 호감을 줘서 고맙기도 한, 말하자면 다들 차이는 것을 기다렸던 건가 싶어서 부아가 치미는, 묘한 기분이었다. 그런 마음을 아직 주체하지 못하는 채로 크레나는 기지의 복도를 걸었다.

복도 모퉁이를 돌았더니, 마침 방에서 나오던 세오와 마주쳤다.

"아, 크레나. 어서 와."

극히 가벼운, 평소 말투였다.

"다녀왔어. 퇴원했구나."

"얼마 전에. 오늘은 짐을 챙기러 왔어."

잃어버린 왼손은 의수──가 아니라 왜인지 커다란 갈고리가 소매에서 엿보았다. 그 시선을 알아차린 세오가 웃었다.

"아, 이거? 멋지지? 이스마엘 함장이 보냈는데."

크레나로서는 세오에게도 이스마엘에게도 미안하지만…… 좀 그렇지 않나 싶었다.

"음, 그거…… 악어가 잡아먹을 것 같아."

"아…… 그거 말인가. 뭐, 해적 하면 그게 맞지만."

보여주듯이 쳐드는 갈고리 손과 반대편 어깨에는 커다란 가방이 걸려 있었다. 그게 가지러 왔다는 짐이겠지. 그리고 여기가 '집'일 터인 그가 이 방에 짐을 챙기러 왔다면.

"퇴역하게……?"

녹색 눈동자가 웃음기를 지우고 똑바로 이쪽을 바라보았다. 상처를 건드렸다는 분노나 비탄은 아니었다. 그저 상온의 물처럼 조용한 눈동자.

"지금으로선 그럴 생각이 없지만. 앞으로 재활도 있고, 병과가 바뀌면 교육 내용도 변하니까."

프로세서로는—— 기갑과에는 있을 수 없으니까, 다른 길로. 기지 밖으로.

어쩌면 그대로 군 밖으로.

"한발 먼저 전장 밖을 보고 올게. 비슷한 신세로 나간 녀석에게 이야기도 들을 수 있고…… 어쩌면 앞으로 비슷한 신세가 된 녀석에게 다음엔 내가 가르쳐 줄 수 있는 게 있을지도 모르니까."

"응."

밝게 웃고 말하는 세오에게, 크레나도 웃으며 고개를 끄덕였다.

전장에 있을 수 없어졌어도, 싸울 수 없어졌어도, 새로운 자신의 형태를 결정할 수 있다. 설령 시간이 걸리더라도, 우리는 그걸 할 수 있다.

우리는 에이티식스라고, 한 차례 결정할 수 있었던 이들이니까.

믿을 수 있다. 세오도, 자신도. 그러니까 더 이상—— 두려워하지 않아도 된다.

그저 웃으며 보내줄 수 있다.

"응. 다녀와."

"——문제의 제어중추의 분석, 이미 왔나. 연방의 높으신 분들, 의욕이 넘치는군."

"중요, 혹은 필요하니까 노획하라는 말을 들었지만, 정말이지 생각 외로 빨랐군. 그만큼 연방도 궁지에 몰린 걸지도 모르지만."

레나에게 분석 결과가 도달하면서 신 같은 총대장이나 대대장, 그 부장들에게도 전달되었다.

그러니까 제1기갑 그룹의 총대장인 신과 그 부장인 라이덴이 그런 이야기를 해도 부자연스럽지 않고, 그 핑계로 두 사람은 말을 나누었다. 가을의 힘없는 햇살이 비추는 뤼스트카머 기지의 막사 복도.

2년 전, 86구 제1전투구역의 최종처분장에서 마지막으로 내려진 특별정찰임무에—— 사실상의 결사행에 나선 것이 딱 이런 시기였다. 그때와 마찬가지로 가을 특유의 투명한 햇살.

라이덴이 짧게 말했다. 다른 이들에게 전해진 표면상의 분석 결과가 아니라 숨겨진 또 하나에 대해서.

"해냈군."

"그래."

에른스트가 직접 신과 라이덴, 앙쥬와 크레나. 그리고 기지를 떠났지만 세오에게도 전달한, 기동타격군에서는 이 다섯 명밖에 모르는 비밀정보.

〈레기온〉에 정지명령을 내리기 위한 발신기지로 예측되는 비밀 사령부는, 위치가 밝혀진 사령거점들 중에 포함되어 있었다.

정공법으로는 도무지 끝이 보이지 않는, 연방조차도 위험도가 커져만 가는 이 〈레기온〉 전쟁. 그것을 막는 열쇠가—— 에른스트의 수중에 모였다.

그렇다면 다음은.

복도 모퉁이를 돌아서 앙쥬와 프레데리카가 다가왔다. 올려다보는 진홍색 눈의 강한 빛. 그렇다면 프레데리카도 들었을까.

프레데리카의 안전을 위해 에른스트와 정부 고관들의 정치공작이 완료되는 것을 기다려야만 한다. 대규모 작전이 될 테니까 상응하는 준비가 필요하다. 그래도 그것이 끝나면.

"——반격에 나선다."

작가 후기

페이지가 아슬아슬해져서 평소 같은 잡담은 없는 걸로! 안녕하세요, 아사토 아사토입니다.

항상 감사합니다! 그리고 기다리게 해서 죄송합니다! 『86-에이티식스-』9권 'Valkyrie has landed'를 보내드립니다.

이번에는 성교국편입니다. 또한 신극의 설정 말입니다만, 눈치채셨겠지만 에이티식스 설정의 원형 중 하나입니다. 언젠가 다른 소설에서 쓸 생각이었습니다만, 결국 「86」에 등장했습니다.

일단 공지입니다. 페이지가 아슬아슬한 것은 공지가 많기 때문이니까 매우 고마운 일입니다.

소메미야 선생님이 그리시는 학원 86 만화 『오퍼레이션 하이스쿨』1권이 나왔습니다! 그리고! 반다이 님을 통해 저거노트와 레나의 프라모델이 발매 결정입니다! 또한 뽑기 상품도! 엄청난 기세로 86 월드가 넓어지고 있네요! 감사합니다!

요시하라 선생님의 코미컬라이즈와 애니메이션과 원작도 아무쪼록 잘 부탁드립니다.

이어서 항상 다는 주석.

· 아르메 퓨리우즈

전장까지 주인공의 기체를 실어다 주는 우주전함은 중요하다는 이야기.

3권부터 '어떻게 레기온의 전선을 돌파해서 신 일행을 보스에게 도달시키는가'로 골머리를 싸맸습니다만, 6권을 썼을 때 통감했습니다. 이미 돌파기동은 무리라고.

하지만! 돌파할 수 없는 전선이라면 뛰어넘으면 된다. 〈저거노트〉의 모티브는 M551 셰리든이고, 에이티식스에게 망령기행(다음에 설명)의 이미지도 있고, 좋아, 공수부대다. 하지만 공수를 위한 수송기는 방전교란형 때문에 띄울 수 없다.

그럼 캐터펄트로 쏴버리면 되지 않나?!

괜찮아, 괜찮아, 몇 톤짜리 포탄을 쏴대는 전자가속포형이 등장했으니까 할 수 있어, 할 수 있어! 5권에서 척후형이 캐터펄트 공수도 했고 〈레긴레이브〉도 어떻게든 되겠지!

그런고로 캐터펄트를 이용한 투척공수입니다. 바보냐.

· 망령기행

밤하늘을 달리는 망령들의 군대를 뜻합니다.

독일, 북유럽의 전승이면 망령기행을 이끄는 것은 오딘. 신을 오딘의 자리에 두고, 그럼 에이티식스들이 망령기행인가. 원래는 노르트리히트 전대의 명칭안이었습니다만, 그때는 채용하지 않았기에 공수무장 쪽에 붙여보았습니다.

마지막으로 감사의 말을.

담당편집자, 키요세 님, 츠치야 님. 이번에는 정말 죄송하단 말만 나옵니다……. 시라비 님, 2장 프레데리카와 스벤야의 꼬마 대결, 삽화가 나오는 것을 기대하며 썼습니다. I-Ⅳ 님. 방열 핀을 모든 〈레기온〉 공통으로 디자인으로 해 주신 것, 1권부터 말하고 싶었습니다만, 9권에서 간신히 낼 수 있었습니다! 요시하라 님. 공화국 편, 드디어 클라이맥스 돌입이군요. 소메미야 님. 매번 느긋하게 레나를 놀리는 학생 신 군입니다만, 슬슬 좀 따끔한 맛을 보게 해 주세요! 이시이 감독님. 감독님이 그리신 크레나가 너무 귀여워서 대항의식을 이글이글 태우면서 쓴 것이 이 9권입니다. 반다이 님. 바로 프라모델 예약했습니다, 와자!

그리고 이 책을 손에 들어주신 당신. 항상 감사합니다. 4권부터 시작된 에이티식스들의 긍지와 상처 이야기는 이번 권으로 일단락 나고, 앞으로는 그들이 미래를 향하는 싸움이 시작됩니다. 조금만 더 함께해 주시길.

그럼 재와 먼지가 내리는 땅끝의 전장에. 긍지와 소망과 저주의 틈새를 방황하는 그들 곁으로. 당신을 잠시 데려갈 수 있기를.

후기 집필 중 BGM : 유원도시 베로니카 (유리이 카논)

86 -에이티식스- Ep.9

-Valkyrie has landed-

2023년 05월 25일 제1판 인쇄
2023년 06월 01일 제1판 발행

지음 아사토 아사토
일러스트 시라비

옮김 한신남

발행 영상출판미디어(주)
등록번호 제 2002-000003호
주소 07551 서울특별시 강서구 양천로 570 NH서울타워 19층
대표전화 02-2013-5665

ISBN 979-11-380-2858-5
ISBN 979-11-319-8539-7 (세트)

86—EIGHTY SIX—Ep. 9 —VALKYRIE HAS LANDED—
ⓒAsato Asato 2021
Edited by 전격문고
First published in Japan in 2021 by KADOKAWA CORPORATION, Tokyo.
Korean translation rights arranged with KADOKAWA CORPORATION, Tokyo,
through Korea Copyright Center Inc.

 노블엔진(NOVEL ENGINE)은 영상출판미디어(주)의 라이트노벨 및 관련서적 브랜드입니다.